# 인생을 낭비한 죄

# 인생을 낭비한 죄

지은이 박원자

개정판 1판 1쇄 발행 2012. 12. 21.
개정판 1판 5쇄 발행 2020. 1. 15.

발행인 고세규
발행처 김영사
등록 1979년 5월 17일(제406-2003-036호)
주소 경기도 파주시 문발로 197(문발동) 우편번호 10881
전화 마케팅부 031)955-3100, 편집부 031)955-3200 | 팩스 031)955-3111



값은 뒤표지에 있습니다.
ISBN 978-89-349-6131-4 03810

홈페이지 www.gimmyoung.com 블로그 blog.naver.com/gybook
페이스북 facebook.com/gybooks 이메일 bestbook@gimmyoung.com

좋은 독자가 좋은 책을 만듭니다.
김영사는 독자 여러분의 의견에 항상 귀 기울이고 있습니다.

삶의 전환점이 필요한 그대에게

# 인생을 낭비한 죄

박원자 지음

김영사

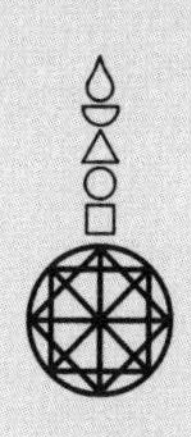

당신이 세상을 대하는 것과 똑같은 방식으로

세상도 당신을 대한다.

- 러디어드 키플링 -

# 인생의 전환점에 선 이들에게

"인생이란 무엇인가?"

"어떻게 사는 것이 잘 사는 것인가?"

인생의 주인공이 나 자신이라는 자각이 들면서 늘 함께해온 물음이었다.

시간이 흘러 인생의 중간지점에 이르러도 이 문제를 푸는 일은 간단하지 않았다. 혼자서는 이 문제를 풀기 어렵다는 사실을 깨달을 무렵, 수행자분들을 인터뷰하는 일을 하게 되었다.

나는 그분들에게 희망과 절망, 기쁨과 고통이 교차하는 사바세계에서 인간의 존엄성을 지키고 사는 법과 삶이라는 광활한 무대에서 당당히 주인공으로 살 수 있는 지혜를 물었다.

세상의 모든 욕망을 버리고 삶의 본질적인 문제를 추구하는 데 일생을 바친 수행자들은 극한의 체험에서 얻은 삶의 지혜를 들려주었다.

잘 사는 일은 그렇게 복잡하지 않았다.

내가 만난 수행자들이 전한 메시지는 이랬다.

"인생에는 정해진 법이 없다. 다만 자신이 하는 일에 정성을 다하라. 그리고 살아 있는 동안 스스로에게 자신이 누구인가 물어라."

단순하지만 실행하기 어려운 이 두 가지를 실천하는 일이 지혜롭게 사는 길임을 깨달은 나는 이를 삶의 닻으로 삼아 살게 되었다.

많은 수행자들을 만났던 이십 여 년의 세월은 인생을 수업하는 귀중한 시간이었다. 그분들과 만나면서 나는 정신만 바짝 차리고 살면 세상의 어떤 역경도 이겨낼 수 있으며, 절망에서 희망을 만들어내는 힘을 밖에서 끌어올 게 아니라 이미 내게 내재해 있는 힘을 충분히 쓰기만 하면 된다는 것을 깨달았다. 또한 인간의 존엄성을 실현하는 일은 나에게 주어진 시간을 낭비하지 않고 최선을 다해 사는 것임도 깨달았다.

인생은 시간의 역사다. 그러므로 시간을 낭비하는 것은 인생을 낭비하는 것이다. 강물처럼 흘러가는 시간을 너무 많이 헛되이 보냈노라고, 그래서 이제는 그 어떤 이유로도 남은 인생을 낭비할 수 없다고 결심한 사람들에게 이 책이 많은 도움이 되리라 믿는다. 부디, 인생의 전환점에 선 많은 분들이 이 책을 읽고 힘을 얻었으면 좋겠다.

책을 만드느라 수고하신 분들께 감사의 마음을 전한다.

2012년 겨울을 맞으며

박원자

# 행복한 인생수업

박원자 작가(승진행님)에게는 많은 애독자가 있다.

나도 그 많은 애독자 중 하나이며, 열렬하기로 다섯 손가락 안에 들 것 같다.

이 책의 내용들은 승진행님이 《나의 행자시절》 등을 취재하며 만났던 수승한 선지식분들에게서 받은 감동을 그대로 우리에게 전해준다.

우리는 살아가면서, '나는 누구인가?', '어떻게 살 것인가?', '인생의 보람과 행복은 무엇인가?'라는 근본적인 물음을 던지게 될 때가 있다. 그러다가 대다수는 해답을 얻지 못한 채, 이내 먼지 낀 일상생활에 매몰되어 이정표 없는 급급한 삶에 떠밀려 다닌다.

그러나 드물게 먼지가 덜 낀 분들이 있어 이러한 근본적인 물음을 지속하고, 생사를 걸고 해결하고자 한다. 인류와 우주의 가장 큰 스승인 부처님께서 깨달은 후, 침묵을 깨고 사십오 년을 길에서 보내며

쉼 없이 사람들에게 길을 보여주신 것도, 먼지가 덜 낀 이들이 있음을 아셨기 때문이다.

먼지가 덜 낀 이들이 목숨을 걸고, 갈고 닦아 빚어낸 보석들은 승진행님의 투명하고 따뜻하며 감동을 잘하는 거울 앞에서 그 모습을 드러내고 찬란한 빛을 발한다.

작가의 온기를 받아 생명으로 다가오는 그 빛을 받으면, 고단한 삶의 무게 속에 묻어두었던 근본물음의 불씨가 다시 타오른다. 그리고 어두움이 물러가며, 탁한 가슴에 시원하고 맑은 바람이 분다.

승진행님의 손길이 닿으면 수행 이야기가 빛을 발하는 것은, 법전 종정 스님의 수행기를 쓰고, 혜암 전 종정 스님의 유고법문집 출간을 맡고, 동국대 역경원의 역경위원을 역임할 정도의 깊은 불교지식에 힘입은 바 크다. 그보다 더 중요하게는, 항상 고뇌하며 수행의 원력을 가지고, 정진의 끈을 놓지 않는 작가의 내공과 끊임없이 샘솟는 구도심이 서려 있기 때문이다. 작가로서의 취재 후기이기도 하지만, 마치 《화엄경》 입법계품의 선재동자의 구도기를 읽는다는 생각이 든다.

승진행님을 만나뵌 것은 2004년 일월 추운 겨울 불교방송국에서였다. 당시 〈BBS 초대석〉의 작가였던 승진행님의 출연 섭외를 받았고, 그 이 개월 전 열반하신 청화 큰스님에 대한 회고담이 주 방송 내용이었다. 방송 출연 후 승진행님이 카페 '금강 불교입문에서 성불까지'에 회원으로 가입하여 글을 올렸고, 올리는 글마다 카페 회원들의 심금을 울렸다. 이 카페는 청화 큰스님의 법을 펴기 위해 2002년부터 만들어 운영하고 있던 터였다. 육 개월 후에는 회원들의 큰 바람에 따라 아예 '승진행의 불향산책'이라는 전용게시판을 만들어 지금까지 삼백 편을 훌쩍 넘기는 글을 올렸고, 그중 삼십여 편을 모아 이 책이 만들어졌다. 칠천여 명 카페 회원의 검증과 사랑을 받았고, 회원들이 책으로 내도록 열망한 산물이 열매를 맺은 것이다. 승진행님은 금강카페의 오프라인 모임인 금강정진회 철야정진에도 늘 주도적으로 함께하였다.

《삼국사기》보다는 《삼국유사》에서 선조의 숨결이 더욱 가까이 느껴지듯이, 취재 내용의 사실적 기술보다는 승진행님의 마음의 울림을 거쳐 익어서인지 이 책은 이미 출간된 《나의 행자시절》보다 더 친밀함으로, 나의 이야기로 다가온다. 차례대로 읽어도 좋고, 시간 날 때마다 책을 펼쳐 손에 잡히는 꼭지를 읽어도 좋다. 되풀이해서 읽어도 항상 새록새록하다.

경주 배광식(서울대 치의학대학원 교수, 국제포교사회 명예회장)

시간은 인간이 쓸 수 있는 가장 값진 것이다.

– 테오프라스토스

## 차례

## 벼랑 끝에서 한 걸음 더 나아가라



## 스스로 찾은 것만이 해답이다

길을 잃은 후에야
새 길을 찾다

# 인생을 낭비하지 않는 방법

혜국 스님

영화 〈빠삐용〉에서 주인공 역을 맡았던 스티브 맥퀸의 연기는 일품이다. 수용자들의 무덤이라고 불리는 악마의 섬에서 탈출하기 위해 벼랑 위에 앉아 풍랑을 연구하던 그의 야윈 뒷모습은 실제 주인공보다 더 실감나지 않았을까 싶을 만큼 명장면으로 기억된다.

프랑스의 실존인물이었던 빠삐용은 십수 년간의 수용소 생활을 하면서 여덟 번의 탈옥을 시도할 만큼 끊임없이 자신의 무죄를 주장한다. 그러던 어느 날 비몽사몽 빠삐용이 사막 한가운데로 걸어가는데 맞은편에 재판관과 배심원들이 앉아 있었다. 그는 평소처럼 결백을 주장하며 살인을 하지 않았다고 울부짖는다. 그러자 재판관이 이렇게 말하며 유죄를 선고한다.

"너에게는 분명 죄가 있다. 네 죄는 인간이 저지를 수 있는 최악의 죄다. 그것은 인생을 낭비한 죄다."

그토록 무죄임을 항변하던 그가 재판관의 말에 자신의 죄를 시인하는 장면은 영화를 본 많은 사람들에게 지난 자신의 삶을 되돌아보게 하는 강한 메시지를 남겼다. 몇 년 전 석종사에서 도반들과 삼천배 정진을 할 때 혜국 스님께서 법문 중 실감나게 저 영화를 거론하시면서 한 말씀이 있다.

"나는 불교에서 금하는 살생을 저지른 죄보다 인생을 낭비한 죄가 더 크다고 생각합니다."

당시 나에게 저 말씀이 영화에서보다 더 강한 울림으로 다가와 내 삶을 돌아보게 했고, 정진하고 돌아와 후기를 쓰면서 스님의 저 말씀을 전한 바 있다. 결국 이 책 제목의 모티브를 혜국 스님께서 제공해주신 셈이다.

그렇다면 인생을 낭비하지 않고 잘 사는 방법은 무엇인가? 저 질문을 드리러 스님께서 계신 석종사로 내려갔다. 바로 실천할 수 있도록 꼭 집어서 말씀해달라고 할 작정이었다.

"무한 경쟁 속에서 좌절하고 있는 젊은이들이 많습니다. 그들이 일어설 수 있도록 시원한 희망의 메시지를 전해주십시오."

하지만 좌절하며 사는 사람들이 어디 저 청춘들뿐인가. 뜻대로 인생이 풀리지 않아서, 자식이 말을 안 들어서, 너무 일찍 직장에서 퇴출당해서, 세상이 공평하지 않아서 날마다 좌절하며 살고 있는 게 우리들 인생 아닌가.

"대부분 희망을 밖에서 찾기 때문에 좌절하고 힘들어하는 겁니다. 희망은 내 마음속에 있는 것입니다. 그래서 좌절 쪽보다는 희망이라는 마음 밭에 양식을 준다면 어떠한 악조건 속에서도 일어설 수 있죠. 누가 지금까지 나와 있는 책 중에 한 권만 추천하라고 한다면 나는 두말 않고 《잠수복과 나비》라는 책을 추천하겠습니다. 중풍으로 쓰러져 꼼짝할 수 없는 사람이 왼쪽 눈꺼풀을 깜박이는 것만으로 쓴 책입니다. 동료가 알파벳을 순서대로 불러주면 원하는 알파벳이 나올 때 눈꺼풀을 깜박이는 식으로 한 단어를 완성하고, 문장을 완성하여 마침내 책 한 권을 썼다고 해요. 한 단어를 만들기 위해 얼마나 많은 눈을 깜박였겠습니까? 만약 내가 그런 상황에 처해 있었다면 그럴 수 있었을까 생각해보게 됩니다. 희망이란 어떤 절망적인 환경 속에서도 본인이 만들어가는 것입니다. 모양이 정해진 것이 아니죠. 좌절 속에서 희망을 만들어내는 것입니다. 그러므로 좌절이 없기를 바라는 속에서는 영원히 희망을 찾지 못합니다."

마치 기다리고 계셨다는 듯 말씀에 막힘이 없다. 스님을 뵙기 한 주 전쯤 봉은사에서 스님을 보았다. 봉은사에서 마련한 선지식 초청 법회에 오신 것인데, 법왕루 법당이 꽉 차서 발을 들여놓을 틈이 없었다. 천여 명 이상의 불자들이 숨소리를 죽인 채 스님의 법문에 몰두하던 모습을 보면서 스님을 향한 대중들의 존경심을 실감했다. 열 세 살 어린 나이에 절에 들어와 한평생 수좌의 길을 벗어나지 않고 일로매진해 전국선원수좌회 대표로 후학들을 이끌고 계신 스님에게도 좌절의 시간은 있었으리라. 어떻게 극복하셨을까 여쭈어보았다.

"물론 있었죠. 손가락까지 불에 태우고 태백산 도솔암으로 들어가 생식을 해가면서 눕지 않고 정진했어요. 그렇게 하면 어느 정도 공부가 될 줄 알았죠. 그런데 생각만 조금 다를 뿐 마찬가지인 겁니다. 어머니가 보고 싶고 이런저런 음식이 먹고 싶고 온갖 번뇌망상이 떠오를 때마다 내가 왜 여기에 왔던가 하는 생각이 들면서 좌절을 많이 느꼈죠. 그런데 시간이 흐르면서 보니까, 그 좌절은 다른 사람이 내게 맡긴 것이 아니었어요. 내가 좌절하는 기운 속에 있기 때문에 생긴 것이었죠. 과거 생부터 지금까지 익혀온 습관이 생각이 되어서 나 자신이 만들어놓은 것이기 때문에 좋든 싫든 내가 이겨내야 한다고 결론을 내렸죠. '내 안에 이런 기운이 있었구나, 일어나자' 하고 독려하면서 '번뇌를 화두로 바꾸고, 이 좌절을 희망으로 바꿔나가는 게 공부다. 내 안에 있는 약점을 장점으로 바꿔가는 게 수행이로구나' 하는 자각을 하면서 좌절을 극복했죠."

스님께선 정진하는 중에 하도 잠이 와서 성철 큰스님을 찾아가기도 했다고 한다. 해결을 하고 넘어가야지 안 되겠다는 생각이 들어 한달음에 해인사 백련암으로 달려가 산책을 하고 계시던 큰스님 앞에 엎드려 절을 하고 여쭈었다고 한다.

"스님께선 성전암에서 지내시던 십 년 동안 장좌불와를 하셨다고 들었는데 졸지 않으셨습니까?"

"야 이놈아, 내가 목석이가? 안 졸게?"

그 말씀을 듣는 순간 '아, 큰스님께서도 졸기도 하시면서 힘든 과정을 이겨냈구나' 하면서 희망을 가졌다는 말씀을 하셨다.

"내 인생을 가만 돌아다보면 공부가 잘되고 좋은 일만 있었던 것을 딱 떼어내면 한 삼사 년쯤 될까요? 그렇다면 그 시간밖에 못 산 인생일까요? 좌절했던 시기도 내 인생이죠. 자연으로 눈을 돌려보면 우리 인간은 혼자 사는 것이 아님을 깨닫게 됩니다. 무 배추 씨만 뿌려놓으면 그들이 온갖 역경을 딛고 열매를 맺습니다. 대지의 보시를 받고 우리는 살아가고 있습니다. 나무 한 그루는 우리가 하품을 한 가스를 받아들여서 밤새도록 정화작용을 하고 우리에게 산소 공급을 해줍니다. 허공은 나를 감싸고 태양은 똑같이 우리를 비춰줍니다. 그러므로 우주 대자연(큰 나)에서 볼 때 나는 완전히 성공한 사람입니다. 슬픈 일, 괴롭고 힘든 일, 짜증나는 일, 좌절하는 일들이 다 합쳐져서 인생이라는 드라마를 이루는 겁니다. 이 모두가 인생이라고 여기며 수용해서 극복해나가려고 하는 사람에게는 좌절은 희망의 양식이 됩니다. 딛고 일어서기만 하면 반드시 희망은 따라오기 마련이죠. 자연의 이치가 그렇습니다. 겨울을 이겨낸 매화 향기가 진하잖아요. 사시사철 꽃을 피우는 꽃들을 보세요. 향기가 있습니까? '뼛속에 스치는 추위를 겪지 않고서야 어떻게 매화 향기를 뿜을 수 있겠는가' 하는 황벽 스님의 말씀도 이를 대변해줍니다."

그런데 스님께서 그렇듯 몸부림치면서 공부하고 좌절을 극복했던 때가 몇 살이었을까 궁금했다.

"도솔암에 들어간 게 스물두 살 때였죠."

스물두 살이란 말씀을 듣고 "아이고 너무 젊은 나이 때이셨네요" 하는 탄식이 저절로 나왔다. 그 청춘의 스물둘에 두 손가락 다섯 개 마디를 불태우고 자신이 선택한 길에 목숨을 걸었다는 얘기 아닌가.

"열세 살에 절에 들어와서 사는데, 동상에 걸려 다리가 떨어져나갈 것 같은데도 노스님들께서는 '스스로 이겨내라!'고 하셨고 우린 마땅히 그 말씀에 따랐습니다. 어려서부터 스스로 자신의 일을 해결해 버릇했기 때문에 스물두 살은 그렇게 어린 나이가 아니었죠. 당연히 내가 이겨내야 한다고 생각했어요. 요즘 젊은이들은 부모가 다 알아서 해주니 역경을 이겨내는 힘이 부족할 수밖에 없어요. 부모에게 문제가 많죠. 정신을 제대로 차려야 합니다."

자식 둘을 키우는 나에게 하시는 말씀 같아 속으로 뜨끔했다.

몇 년 전 나는 스물두 살의 청년이 고독하게 걸었을 태백산 도솔암에 올라가 본 적이 있다. 스님의 스승인 일타 스님과 지금 해인사 방장이신 법전 스님 등 기라성 같은 수행자들이 목숨을 걸고 정진했던 절해고도와 같은 적막한 곳이었다. 인적은 없고 산돼지들이 우글거렸다는 그 길을 스물두 살의 스님은 무슨 심정으로 걸으셨을까. 그렇듯 뜨거운 불길로 이글거리는 용광로 속을 지나온 스님의 삶이 그 뒤 어떠했을지 미루어 짐작해볼 뿐이다.

"스님께선 성철 스님과 은사이신 일타 스님께 큰 가르침을 받으셨지요?”

“그 두 분과 송광사 방장이셨던 구산 스님께 덕을 보았죠. 세 분은 내게 각각 독특한 스승의 역할을 하셨습니다. 성철 스님은 문제만 딱 제기하고 네가 풀어라 하는 스타일이셨어요. 공부를 하지 않으면 안 될 것 같은 카리스마를 품고 계신 분이었죠. 일타 스님은 그와 반대로 아주 자상하게 대하시더군요. 마치 어머니가 사랑하는 자식을 대하는 것처럼 자애로우셨어요. 구산 스님께선 도저히 공부를 하지 않고는 배길 수 없게 행동으로 보이셨어요. 어느 해 구산 스님 밑에서 안거를 날 때인데 공부하려고 애쓰는 것이 보였던지 절 부르시더니, ‘잠을 줄이고 하루에 세 시간만 자고 공부하라’고 하세요. 대중들보다 한 시간 늦게 열한 시에 눈을 부쳤다가 두 시에 일어나서 혼자 정진하다 보니 졸지 않을 수 없었죠. 그런데 스님께서 열두 시만 되면 선방 앞에 오셔서는 마루를 똑똑 두드리고 인삼 달인 물을 놓고 가셨어요. 그때 내가 졸고 앉아 있으면 쏟아버리고 빈 그릇을 마루에 놓아두고 가셨죠. 다음 날 아침에 빈 그릇을 보고 정신을 차리게 하신 거죠.”

스님은 석종사에 오신 이후 구산 스님께서 가르치신 방식대로 솔선수범해서 하루 세 번의 예불에 빠지지 않고 들어가고 공양도 함께 하신다고 한다. 본질에서 보면 큰스님, 작은스님이 어디 있느냐고 반문하셨다.

“완전 평등한 관계죠. 나이가 좀 많다고 좀 편해지려고 하거나 큰

스님이라고 해서 다른 대접을 받으려고 한다면 그것은 인생의 큰 낭비라고 생각하면서 살고 있습니다. 수행이란 익은 것은 설게 하고 선 것은 익게 하는 것입니다. 눕고 싶고 편하고 싶고 게으른 것은 푹 익은 습관이기 때문에 설게 만들어야죠. 새벽 두 시 반에 일어나서 예불하는 것, 아무리 자고 싶어도 정진 시간을 정확히 지키는 것, 또는 어떤 사람이 와서 정말 짜증나게 하더라도 잘 들어주는 것은 선 습관이니까 익도록 만드는 게 수행이에요. 수행이란 물을 거슬러 올라가는 것과 같습니다. 자리를 지킨다고 가만히 앉아 있으면 한정 없이 퇴보하는 사람입니다. 쉼 없이 헤엄을 칠 때 제자리를 지키거나 더 나아가거나 수원지로 가죠. 자전거 타는 것과 똑같아요. 쉼 없이 바퀴를 돌릴 때 앞으로 가지, 놓으면 쓰러지게 마련입니다. 함께 사는 대중들은 나를 게으르게 하지 않고 나아가게 하는 스승이자 도반입니다. 저이들도 내가 사는 모습을 보고 신심을 낸다고 하니 서로에게 스승인 거죠."

"멘토를 찾는 것이 세간에선 트렌드가 되었습니다. 그만큼 스승의 필요성을 느끼는 것이겠지요?"

"살아가는 데 스승은 거의 절대적입니다. 부모는 자식에게 자식은 부모에게 스승이 되어야 하고 형님과 동생이 각각 서로에게 스승이 되어야 합니다. 한두 사람만이 스승이 아닙니다. 먼저 익힌 경험을 뒷사람에게 전수해주고 언행일치의 삶을 보여주는 것이 스승의 개념인데 서구문화로 인해 이 개념이 지식의 전달자로 바뀌어버렸어요. 요즘 젊은이들은 스승 없이 살아가는 불행한 세대입니다. 좋으나 싫으나 상대방과 나는 이 지구라는 배에 탄 동지가 틀림없거든요. 저 사람이 잘못되어서 기우뚱거리면 나 또한 기우뚱거리게 됩니다. 같은 배를 탄 서로에게 멘토가 되어주어야 해요. 나는 늘 '스승을 만나고 싶으면 자연을 살펴보라'고 말합니다. 저녁에 마루에 앉아서 겨울 하늘을 울면서 날아가는 새들을 보면 자유에 따르는 의무와 고통을 사유하지 않을 수 없어요. 언젠가 다른 종교의 성직자 한 사람이 출가하려고 왔길래 '왜 그 좋은 성직자의 자리를 놓아두고 왔는가' 하고 물었더니 다른 것은 전혀 부럽지 않은데 무엇에도 구애받지 않고 이리저리 맘껏 떠날 수 있는 불가의 자유가 부럽다는 겁니다. 그래서 내가 '새장 안에 있는 새는 겨울의 추위를 걱정하지 않아도 되고 이 밤을 어디서 나야 하는가 하고 울지 않아도 됩니다. 그러나 자유로운 새는 반드시 자신이 겨울을 날 수 있는 노하우를 익혀야 하고 저녁마다 잘 수 있는 집을 선택해야 합니다'라고 말해준 적이 있습니다.

그렇듯 자연을 살피게 되면 새 한 마리, 나무 한 그루도 스승 아닌 게 없음을 알게 됩니다. 마음의 문을 열면 처처 모두가 스승이고 마음이 닫혀 있으면 스승이 눈앞에 있어도 모릅니다. 내 마음에 스승을 닮으려고 하는 기운이 있는가부터 찾아보아야 합니다. 스승에게 어떤 것을 배워서 익히고 살아갈 것인가를 생각해야 합니다. 가까이 계신 부모님에게는 아무리 기분이 나빠도 어떻게 하는 것이 자식의 도리인가 살펴야죠. 배우려고 하는 좋은 기운을 가지고 있으면 스승은 반드시 나타나게 되어 있습니다."

마지막으로 찾아뵌 목적을 담아 질문을 드렸다.

"인생을 낭비하지 않고 잘 사는 방법을 말씀해주십시오."

꼭 집어서 말씀해달라고 요구하는 내게 즉각 스님의 명쾌한 답이 돌아왔다.

"어제는 지나간 오늘이요, 내일은 돌아올 오늘이기 때문에 영원히 하루밖에 없는 인생입니다. 그러므로 오늘 하루 할 일을 못 하고 사는 사람은 인생을 낭비하고 사는 것입니다. 지금 나에게 오늘 듣는 이 빗소리, 오늘 만나고 있는 내 앞의 보살님, 오늘 해야 할 일보다 더 중요한 일은 없습니다. 오늘 내가 만나는 사람, 그 사람을 만나면서 하는 말, 오늘 내가 아침부터 저녁까지 해야 할 것은 인류사에서 단 한 번밖에 없는 일입니다. 어제는 지나갔고 어제를 살았던 사람도 이미 죽어버렸습니다. 날마다 날마다 새롭게 마지막 하루를 사는 인생을 살라는 얘기를 많이 합니다. 그래서 나는 13세기 페르시아의 시인 루미의 〈손님〉이라는 시를 좋아합니다."

스님께서 가을비 소리를 배경음악으로 들려주신 한 편의 시는 그날 인터뷰 내용 전부를 대변하는 듯했다.

> 이 존재 인간은 여인숙이라
>
> 아침마다 새로운 손님이 당도한다

한 번은 기쁨, 한 번은 좌절, 한 번은 야비함,
거기에 약간의 찰나적 깨달음이 뜻밖의 손님처럼 찾아오기도 한다

그들을 맞아 즐거이 모시라
그것이 그대의 집안을 장롱 하나 남김없이 휩쓸어가는
한 무리의 슬픔일지라도
한 분 한 분 정성껏 모시라
그 손님은 뭔가 새로운 기쁨을 주기 위해
그대 내면을 비워주려는 것인지도 모르는 것

암울한 생각, 부끄러움, 울분,
이 모든 것을 웃음으로 맞아 안으로 모셔들이라
그 누가 찾아오시든 감사하라
그 모두가 그대를 인도하러 저 너머에서 오신 분들이니

저 시를 들으면서 나는 '네가 세상을 대하는 것과 똑같은 방식으로 세상도 너를 대한다'는 키플링의 시 한 구절을 떠올렸다. 긍정이 세상을 구원한다는 말과 함께.

"그날 만나는 사람, 그날 해야 할 일, 그날 듣는 소리, 그것이 우주의 전체라고 알고 살아간다면 그 사람은 정말 영원을 살아가는 사람입니다. 하루가 아니라 영원에 이어지는 삶을 사는 것이 인생을 낭비

하지 않는 삶이죠. 아무리 내게 와서 화를 내게 하는 사람이라도 지금 이 순간 이 사람만이 내가 만날 수 있는 사람이다 하고 최선을 다해 대할 때 낭비하지 않는 인생을 사는 겁니다. 현재를 내 것으로 만들지 못하는 사람은 항상 아무것도 없는 사람이죠. 사실상 오늘은 처음이고 마지막입니다. 가버린 것은 없는 거죠."

스님을 뵙고 돌아와 이 글을 쓸 때, 인류의 라이프스타일을 바꾼 IT계의 황제 스티브 잡스가 사망했다. 인류의 역사를 새로 쓰며 57세를 일기로 세상을 떠난 그의 인생은 크게 세 번 변했다고 하는데, 열일곱 살 때 그는 다음과 같은 일생일대의 문장을 만났다고 한다.

"매일을 인생의 마지막 날인 것처럼 살아간다면 어느 날 매우 분명하게 올바른 길에 서 있는 당신 자신을 만날 수 있을 것이다."

그는 이후 세상에 작별을 고할 때까지 삼십구 년간 매일 아침마다 거울을 보며 "오늘이 내 인생의 마지막 날이라면 나는 지금부터 하려는 바로 이 일을 할 것인가"라고 물었다고 한다.

최선의 삶을 추구하는 데 가장 중요한 역할을 하는 것이 죽음에 대한 통찰이라는 말이 실감난다. 천재와 범인의 차이가 저 죽음에 대한 통찰에 있다던가.

"모든 것은 노력에 의해서 이뤄집니다. 각자 사람에 따라 수행하는 방법이 다르겠지만 먼저 주로 내 안의 어떠한 기운이 나를 움직이는가를 살펴보아야 합니다. 주로 화를 내는 기운인가, 아니면 무엇이든 너무 잘하려고 하는 기운인가, 편해지려고 하는 기운인가 하는 것들을 알아내야 하는데, 그것은 내 안에 어떤 생각들이 제일 많은가를 알아내는 것을 말하죠. 화를 내는 기운이 많으면 나와 남이 둘이 아니라는, 즉 벽이 없는 세계를 늘 의식하면서 제어해야죠. 화를 내는 것은 나는 잘하고 남은 못한다는 생각 때문인데, 그런 생각이 들 때는 '일체가 평등하다'는 것을 관하려고 노력해야 합니다. 게으른 기운이 많다 싶으면 게으름을 낼 때마다 '아, 내가 이것을 못 이기면 무엇을 할 것인가'를 자각하고 게으름에 양식을 주면 빈곤의 악순환이 되풀이될 것이니 좀 설도록 만들자는 노력을 해야죠. 내 안의 어떤 감정과 생각이 나를 움직이고 있는가, 그걸 먼저 알아내고 그 생각을 다스리는 방법을 찾아내려고 노력하면 방법은 얼마든지 나옵니다."

스님과의 인터뷰를 끝내고 석종사의 그 환하고 너른 법당에서 절을 했다. 신심에 북받쳐 부처님께 천팔십배 공양을 올리고 나오는데 보니 스님께서 마루 의자에 앉아 밖을 바라보고 계신 것이 보였다. 자연이 곧 스승이라던 스님께선 그날 가을비 소리를 들으면서 또 어떤 깨달음을 얻으셨을까.

스님을 뵙고 있으면서 선지식들은 언행이 일치한 사람이라는 것을 새삼 느꼈다. '그 누가 찾아오든 그 사람이 이 세상에서 내가 맞이하는 마지막 사람인 것처럼 정성을 다해 모셔라', 스님께선 그날 그것을 철저히 실천하면서 내게 인생을 낭비하지 않고 사는 모습을 보여주었다.

# 내가 도둑놈이라고?

성철 스님

"니, 도둑놈이제!"

백련암 성철 스님의 방에 군불을 넣고 있던 열일곱 살의 행자는 갑자기 나타나 밑도 끝도 없이 그렇게 묻는 성철 스님의 물음 앞에 가슴이 철렁했다.

'도둑놈이라고? 내가 뭘 훔쳤더라?'

아무리 생각해봐도 절 물건을 훔친 게 없어 항변을 하려고 하는데 이미 큰스님은 문을 확 닫고 나가버린 후였다.

큰스님의 "니 도둑놈이제?"라는 물음은 그 후로도 계속되었다. 공양 준비를 하고 있을 때도 불쑥, 해인사 본절 강원에 내려가 공부를 하고 저녁 공양을 지으려고 헐레벌떡 뛰어오고 있으면 입구에 서 계시다가도 불쑥, 그렇게 묻는 것이었다. 그럴 때마다 행자는 억울해서 항변했다.

"큰스님 제가 뭘 훔쳤다고 그러세요? 억울합니다."

그러면 큰스님은 한결같이 "잘 생각해봐라 이놈아! 네 놈이 뭘 훔쳤는지" 하시는 거였다. 어쨌든 행자는 큰스님의 공양을 담당하고 있어서, 있는 정성을 다해서 밥을 짓고 찬을 만들었다. 그러면서 늘 생각했다. 나는 절집에 들어와서 먼지 하나도 남의 물건에 손댄 적이 없는데 왜 큰스님은 날더러 도둑놈이라고 하시는 걸까? 어느덧 그게 화두가 되어버렸다.

그러던 어느 날, 행자는 자신만 도둑이라는 누명을 쓴 게 아니란 걸 알게 되었다. 자신보다 훨씬 먼저 출가해서 선방에 앉아 정진하는 스님들에게도 똑같이 말씀하는 것을 보게 된 것이다.

그런데 이상한 것은 그 말씀에 항변하는 스님이 없다는 거다. 그제야 행자는 안심을 한다. '아, 큰스님이 나만 의심하는 것이 아니구나' 하고.

어릴 적부터 마을에 큰 유학자가 살고 있어서 중학교 때까지 사서四書를 익혔던 탓에 한문 실력이 어지간했던 터라 '내가 한번 팔만대장경을 번역해보리라' 하는 마음으로 해인사로 들어온 순박한 행자님이었다. 그래서 스님이 뭔지, 불교가 뭔지 하나도 몰랐다. 심지어는 선방에 스님들이 왜 앉아만 있는지도 몰랐다. 그래도 마을에서 자신의 스승이었던 대학자도 모르는 《반야심경》을 절에 와서 외우고,

장차는 자신의 손으로 장경각 안에 있는 한문 장경을 다 우리말로 옮기리라는 포부 때문에 절집 생활이 즐겁기만 했다.

스님이 뭐하는 사람들인지도 몰랐으니 성철 스님이 산중에서 얼마나 큰 어른이라는 것도 몰랐다. 해서 묻고 싶은 말을 망설임 없이 털어놓기도 했다.

"스님은 도인 아니세요?"

추운 겨울날, 포행하고 돌아오신 큰스님께서 아궁이에 앉아 불을 쬐고 있는 것을 보고 물어본 것이다.

"뭐라카노, 이놈?"

"아니, 도인은 춥고 더운 것도 모른다는데 왜 스님은 춥다고 아궁이 앞에 앉아 계십니까?"

그러던 어느 날, 행자시절이 끝나갈 무렵 행자님은 '도둑놈'의 정체를 알게 되었다. 성철 스님께서 선방 문을 드르륵 열어젖히고 벽력같이 소리를 지른 것이다.

"야! 이놈들아! 밥값 내놔라! 시주물로 살아가면서 밤낮 이렇게 졸기나 하고 공부를 제대로 안 하는 네놈들이 도둑놈이 아니고 무엇이냐? 당장 밥값 내놔라! 이 도둑놈들아!"

그러고는 몽둥이를 휘둘렀다.

군종감을 끝으로 제대하고 산사로 돌아오신 원오 스님에게 들은 이야기다. 저 행자시절로부터 사십여 년이 흐른 지금, 당시를 회상하면서 원오 스님은 이렇게 얘기했다.

"신도들의 피 같은 시주물로 살아가면서 수행자가 밥값을 하지 않으면 모두 도둑이라는 말씀이었어요. 출가자라면 간담이 서늘해지는 말씀이죠."

대한불교조계종 종정을 지낸 성철 스님께서도 단 한 번 "밥값 했다"라는 말씀을 하셨다는데, 역대 조사들의 어록을 발췌 번역한 《선문정로禪門正路》를 내고 나서였다고 한다.

원오 스님을 뵙고 돌아와 '밥값'에 대해서 생각해본다. 부모님께 받은 하해와 같은 은혜, 이웃과 세상이 준 무한한 은혜, 부처님께 받은 은혜에 얼마나 보답을 하면서 살고 있는지 말이다.

# 빈 배가 되라

청화 스님

어느 해, 곡성 성륜사 조실이셨던 청화 큰스님께서 한철을 나시려고 토굴에 갔을 때의 일이라고 한다.

첫날, 토굴에 앉으셨는데 얼마나 암자가 허름했으면 비가 오는데 지붕이 새서 그냥 앉아 있을 수가 없을 정도였다. 그래서 우산을 받치고 책상 앞에 앉아서 스님은 밤새도록 두 글자를 쓰셨다.

'무아無我'

지난 일월 말, 태안사 정진을 끝내고 돌아오는 버스 안에서 금륜행 보살님에게 들은 이야기다. 금륜행 보살님은 큰스님께서 태안사에 계실 때 처음 뵙고 법문을 들으러 다녔던 수행 깊은 보살님이다.

"큰스님께선 정말 '무아'를 체득, 실천하신 분입니다. 언젠가 그러셨죠. '중생이 참, 어여쁘단 말입니다'라고요."

스님께 직접 들은 이 이야기와 함께 보살님은 태안사 시절 이야기를 들려주었다.

"큰스님께서 태안사에 계실 때 저희 시아버님이 돌아가셨습니다. 예순일곱의 연세였지만 아버님의 별세 앞에 저희 시어머님의 충격이 너무 크셨나 봐요. 남편의 죽음 앞에서 하루도 빼놓지 않고 우셨습니다. 그러고는 오는 사람 가는 사람 붙들고 지나간 이야길 하셨어요. 열아홉에 시집온 이야기서부터 지아비와 함께한 지난 이야기를 하시면서 우셨지요. 처음엔 모두 위로를 했지만 날이 가도 똑같은 말씀에 울음을 그치지 않자 모두 견딜 수 없는 지경에 이르렀습니다. 그러다가 49재를 지내려고 태안사에 갔을 때였어요. 저희 어머니께서 큰스님을 뵙자 눈물을 흘리면서 전처럼 그 이야기를 하시려고 했죠.

그때 저희 시누이가 어머니의 팔을 잡으면서 거세게 제지를 했어요. 큰스님 앞에서 또 그 참기 어려운 이야기를 할 거냐는 힐책이었는데……. 그때였어요. 큰스님께서 저희 어머님 손을 꼭 잡으면서 말씀하셨습니다.

'아닙니다. 얼마든지 말씀하세요. 보살님께서 얼마나 상심이 크셨겠습니까?'

자애로운 모습으로 어머니를 바라보시면서 말씀하셨는데, 그때였습니다. 어머님께서 울음과 말씀을 동시에 멈추면서 주위를 살피셨는데, 그 모습이 마치 오랜 꿈에서 깨어난 표정이었어요. 제가 보기에 '내가 지금껏 꿈을 꾸었나' 하는 표정이셨어요. 그 순간 이후로 어머님은 여든여섯이신 지금까지 단 한 번도 시아버님 말씀을 하시면서 우신 일이 없습니다."

그리고 그날 태안사에서 불교에 문외한이셨던 시어머님이 금륜행 보살님에게 물었다고 한다.

"얘야, 저분이 부처님이시냐?"

그리고 집에 와서 또 물으셨다는 것이다.

"그분이 돌아가시면 부처님이 되시는 거지?"

그리고는 혼잣말처럼 "두고 봐라, 너! 그 스님 돌아가시면 부처님 되신다" 하시더란다.

비가 새는 방에서 우산을 받치고 앉아 밤새 '무아' 두 글자를 쓰셨다는 청화 큰스님. 얼마나 피나는 고행정진을 하셨으면 끝내 '무아'를 이루었을까. 그대로 '무아' 자체이셨기 때문에 스님 앞에서 모든 사람이 정화되지 않았을까 생각해본다. 어디, 사람뿐이었겠는가. 유정, 무정의 모든 존재에까지도 그 자비심이 미쳤을 것이다. 단 한 번의 만남으로 상대방의 깊은 슬픔, 두터운 업까지 녹여주셨던 분이란 생각이 든다.

한번은 법회에서 큰스님 법문을 들으면서 금륜행 보살님이 한없이 울었다고 한다. 구석진 자리에 앉아 큰스님의 절절한 실상 법문을 들으면서 '다시는 이 세상에 나오지 않으리라' 하고 눈물을 주체하지 못했는데, 법회가 끝난 뒤, 큰스님께서 나가시다가 그 수많은 대중들을 헤치고 구석진 자리로 오셔서는 아무 말씀 없이 보살님의 손을 꼭 잡아주고 나가셨다는 것이다.

법문 중에 수많은 대중들 가운데 한없이 울고 앉아 있는 보살 한 사람의 마음을 헤아리시고는 손을 잡아주시며 무언으로 슬픔을 녹여주셨던 큰스님.

보살님의 말씀을 들으면서, 나이가 들었어도 분별을 일삼는 '나'가 강하게 도사리고 있어 자식의 마음 하나조차 활짝 열지 못하는 내가 한심하기 그지없었다. 그즈음 나는 사춘기에 접어든 아이들과 갈등하는 가운데 있던 터라 더 그런 마음이 들었다.

"자식에게 엄마라는 존재는 관세음보살이 되어야 할 것 같아요. 정말 힘든 역할입니다."

자식을 키우면서 겪는 갈등을 이야기하면서 그렇게 말씀드렸더니 자녀분 넷을 키우신 보살님은 이렇게 말씀하셨다.

"그렇지요. 그런데 관세음보살이 되어야 한다는 그 생각도 무거워요. 그냥 빈 배가 되세요."

"장자의 '빈 배 이야기' 아시지요?" 하면서 '빈 배 이야기'를 들려주었다.

"어떤 사람이 배를 타고 강을 건너다가 빈 배와 부딪치면 아무리 성질이 나쁜 사람이라도 화를 내지 않을 거예요. 왜냐하면 그 배는 빈 배이니까. 그러나 배 안에 사람이 있다면 그는 그 사람에게 피하라고 소리칠 것입니다. 그래도 듣지 못하면 그는 다시 소리칠 것이고 마침내는 욕을 하기 시작할 거예요. 이 모든 일은 그 배 안에 누군가 있기 때문에 일어나는 거죠. 그러나 배가 비어 있다면 그는 소리치지 않을 것이고 화내지 않을 겁니다. 세상의 강을 건너는 나 자신의 배를 빈 배로 만들 수 있다면 아무도 나와 맞서거나 상처를 입히려 하지 않을 거예요. 그냥 빈 배가 되세요."

모든 분별을 내려놓고 텅 비어 있을 때 자유롭다는 말씀이었다. 아, 그런데 다 내려놓고 비우기가 왜 그렇게 어렵단 말인가.

# 일생을 실패한 사람

한암 스님

오대산 월정사에 다녀왔다. 상원사와 적멸보궁을 참배하고 내려와 저녁에 지장암에서 정안 스님을 만나뵙고 전나무처럼 푸르고 곧은 오대산 수행자분들의 이야기를 들었다. 다음 날 오대산을 그냥 나오기 아쉬워 다시 올라간 상원사에서 한암 스님의 말씀을 만났다.

"참선이란 군중을 놀라게 하고 대중을 동요시키는 별별 이상한 일이 아니라 다만 자기의 현전일념에서 흘러나오는 마음을 돌이켜 비추어 그 근원을 명백하게 요달하여 다시 바깥 경계를 대함에 부동함은 태산반석과 같고, 청정하며 광대함은 태허공과 같아서 모든 인연법을 따르되 막힘도 걸림도 없어 종일 담소하되 담소하지 아니하고 종일 거래하

되 거래하지 않아야 한다." -한암 선사漢巖禪師(1876~1951)

눈이 번쩍 뜨여 상원사 입구 게시판에 적혀 있던 글을 수첩에 적어 가지고 와서 수시로 보고 있다.

'바깥 경계를 대함에 부동함은 태산 반석과 같고, 청정하며 광대함은 태허공과 같아서', 볼 때마다 구절구절이 폐부를 찌른다.

한암 스님 회하로 출가한 인홍 스님의 일대기를 쓰면서 한암 스님의 지도 아래 공부했던 스님들을 몇 분 만났다. 그분들을 통해 한암 스님의 이야기를 들으면서 절로 고개가 숙여졌다. 언젠가 한암 스님의 일대기를 쓰리라 결심할 만큼 감동적인 이야기가 많았다.

한암 스님처럼 대중을 외호하는 데 철저했고 복을 아낀 분은 없다고 한다. 군인들이 상원사에 올라왔다가 도시락을 먹고 수각에 밥을 흘려놓으면 스님께서 직접 나가셔서 밥풀을 바가지에 주워서 씻어 가지고는 그 사람들 보는 데서 잡수시곤 했는데, 그러한 노수행자의 모습이 후학들에게 물자절약과 인과에 대한 지침이 되었을 것이다.

조계종 초대 종정을 지냈고 월정사 조실로 있으면서 열반에 드실 때까지 이십칠 년 동안 오대산 동구 밖을 나오지 않았던 한암 스님은 수행과 대중외호에 철저했던 오대산의 한 마리 학과 같았던 수행자다. 대중들에 대한 그분의 자비심은 오랜 세월이 지난 지금도 인구에 회자될 만큼 대단했던 것 같다.

어린 사미, 사미니에게도 한없는 자애로움으로 대하셨다고 한다.

한번은 경내를 지나시다가 간장을 떠 담는 사미승을 보시고 다가와 "애야, 간장은 이렇게 떠야 흘리지 않는단다" 하시고는 간장을 흘리지 않고 떠 담는 방법을 일러주셨다. 그리고 철없이 순진하기만 한 사미니 하나가 산딸기를 따와서 내밀고는 시시콜콜 이것저것을 여쭙자, 미소를 머금은 채 일일이 답을 해주셨다는 이야기를, 오대산에서 사셨던 한 노비구니 스님께 들은 적이 있다. 마치 부처님을 뵙는 것 같았다는 게 한암 스님을 직접 뵌 분들의 한결같은 전언이다.

한암 스님에 대한 여러 일화를 들어보면 사람에게는 물론 세상에 존재하는 모든 것들에 평등하게 대한다는 의미가 어떤 것인지를 이해할 수 있을 것 같다. 일제의 압제 속에서도 도에 대한 푸른 열정을 잃지 않고 승속을 가리지 않고 사부대중을 모아 상원사 좁은 방에서 칼잠을 자게 하며 정진을 독려하셨던 수행자 한암 스님.

수행자라면 참선 외에 염불과 간경과 의식과 가람수호에도 철저해야 한다며 수시로 나무아미타불을 염불하게 하고 해제철에는 직접 《금강경》을 설하였으며, 수행자가 의식을 집전하지 못하면 위의를 지닐 수 없다며 어산(범패)에 능한 스님을 모셔와 의식을 익히게 했던 선사셨다.

그렇듯 품이 넓고 자비로웠던 한암 스님께서도 계율을 어기는 일에 대해선 단호하셨다고 한다.

월정사 회주 현해 스님에게 전해들은 이야기다. 상원사에서 조금 떨어진 곳에 민가 두 채가 있었는데, 곡주를 팔았던 모양이다. 하루는 상원사 선방에서 공부하던 한암 스님의 상좌 두 사람이 그곳에서 곡주를 좀 마시고는 상원사로 올라왔는데, 무슨 일인지 조실채에 계셔야 할 한암 스님께서 한밤중에 마당에 나오셨다가 상좌들과 맞닥뜨렸다. 곧, 큰방에 상좌들을 앉혀놓고 물었다.

"술을 마셨는가?"

"예, 마셨습니다."

상좌들의 이실직고를 듣자마자 한암 스님이 시자에게 일렀다.

"회초리를 가져오너라."

시자가 가져온 회초리의 단이 가늘자 시자를 꾸짖으며 다시 명하셨다.

"회초리가 왜 이리 가느냐? 더 굵게 만들어오너라."

평소에 자비롭고 조용하며 화라고는 결코 내지 않던 조실스님께서 그날은 진노하셔서 회초리 한 다발이 다 부러질 때까지 두 사람을 내리쳤다.

"이, 나쁜 놈들아! 평생을 공부해도 깨칠까 말까 한데 술 마시고 들어오는 이것이 중노릇이더냐?"

현해 스님으로부터 "최근 한암 노스님께서 쓰신 글을 하나 새로 찾아냈습니다. 당신의 일생을 손수 쓰신 내용인데, 제목이 '일생패궐一生敗闕'이었어요. '내 일생의 실패작'이란 뜻입니다"라는 이야기를 들었다. 일평생 산문 밖을 나오지 않고 그렇듯 엄하게 계율을 지니고 철저하게 수행을 하셨음에도 불구하고, 말년에 '일생을 실패했

노라'는 글을 남긴 대선사 한암 스님의 삶 앞에서 숙연함을 넘어서 비감한 마음이 든다.

명색이 불자요, '수행하자'라고 무수히 부르짖으면서도 곁에 있는 인연조차 사랑으로 보듬지 못하고 분별을 일삼아 상처를 입히고, 정진에 대한 절박함을 잊은 채 적당히 세월을 보내며, 매사에 정밀하지 못한 채 탐진치 굴레 속을 끝없이 윤회하고 있는 내게 한암 스님께서 이렇게 꾸짖는 듯하다.

"평생을 공부해도 깨칠까 말까 한데 그렇게 사는 것이 사람 노릇이더냐?"

# 너무 먹고 너무 잤다

숭산 스님

1950년대 수덕사 견성암에서의 안거 중에 일어난 일이다.

밤이면 선방에 놓여 있던 향로가 사라졌다. 당시 방사가 부족해서 선방 대중 스님 모두가 큰방(선방)에서 몇 십 명씩 함께 잠을 잤는데, 잠을 자고 일어나 보면 향로가 감쪽같이 사라졌다. 선방 스님들이 향로를 찾으러 나가보면 선방 앞 나무에 매달려 있었다.

대중들은 술렁거렸다.

"이게 무슨 일이냐? 신장님이 노하셨나 보다."

"누군가가 의도적으로 한 일이다."

의견이 분분한 끝에 내린 결론은 '향로를 나무에 묶어놓은 솜씨를 보면 분명 사람이 한 일이다. 그를 잡아라.'

선방 스님들은 조를 짜서 며칠 잠을 자지 않고 번갈아가며 지켜보기로 했다. 드디어 선방 스님들이 소등을 하고 잠자리에 들었는데, 잠시 후 큰절(수덕사)에서 젊은 스님 한 사람이 견성암으로 올라왔다. 뚜벅뚜벅 거침없이 올라와서는 선방문을 열고 향로를 들고 마당에 나가 향로를 엎어 재를 탁탁 털고는 나무에 매달아놓는 것이었다. 그러고는 산길을 내려가는데 걸음이 비호처럼 빨라서 따라갈 수가 없었다.

며칠 후 드디어 향로를 나무에 매달아놓은 스님이 잡혔다.

"왜 그런 짓을 하느냐?"

어른 스님의 추상같은 꾸짖음에 무릎을 꿇고 앉아 있던 젊은 스님이 이렇게 대답했다.

"왜 공부를 하지 않고 잠을 잡니까? 허구한 날 자는 게 잠 아닙니까?"

출가한 지 얼마 안 되는 젊은 스님의 일갈에 선방 스님들이 얼굴을 들지 못했음은 불문가지의 일이다.

화계사 조실이셨던 숭산 스님의 이십 대 때 일화다.

당시 견성암 선방에서 안거를 나면서 그 일을 목격했다는 한 스님으로부터 이 이야기를 전해들었다는 광옥 스님은 이렇게 말씀하셨다. 광옥 스님은 삼십 대 초반에 캐나다로 가셔서 삼십 년 동안 그곳에 머물며 한국불교를 포교하고 예순이 넘어 돌아오신 비구니 스님이다.

"곁에서 뵌 숭산 큰스님은 정말 깊은 신심과 함께 신명을 다 바치고 사신 분이었어요. 제가 환갑 때, 숭산 큰스님에 대한 이 이야기를 문득 떠올리고 제 삶을 돌아보았어요. 너무 많이 자고 너무 많이 먹었더군요. 먹은 것은 남산만큼이고, 잠잔 시간을 따져보니 이십 년을 잤더라구요. 평생 쉬지 않고 공부해도 마음이 열리기 어려운데……. 그날 이후 정식으로 요를 깔고 자지 않습니다."

1976년, 숭산 스님을 뵙고 나서 출가하게 된 뉴욕 조계사의 묘지 스님은 숭산 스님에게 이렇게 물었다고 한다.

"스님께 너무 감사합니다. 어떻게 하면 그 빚을 갚을 수 있을까요?"

좋은 선배와 스승을 만난 것으로 인해 평범한 삶에 종지부를 찍고 인생을 바꾼 스님이었기에 그런 질문이 가능했을 것이다. 남편과 자식이 있는 유복한 가정을 뒤로 하고 이민 온 미국 땅에서 출가를 결행한 묘지 스님의 질문에 숭산 스님은 이렇게 답했다고 한다.

"어떤 사람은 복이 많아 돈이 많다. 어떤 사람은 복이 많아 말을 잘한다. 또 어떤 사람은 복이 많아 글을 잘 쓴다. 너는 이 공부를 해내는 거다. 끝까지 해내는 거다. 그게 빚을 갚는 거다."

'끝까지 해내는 거다!'

그 말씀을 듣는 순간, 온 세상이 환해진 것 같은 느낌과 함께, '내가 공부를 하면, 나로 인해 또 다른 세상이 열리고 또 다른 인생을 살 수 있다는 것을 알게 되었다'는 묘지 스님은 그로부터 삼십 년이 흐른 후, 어느 지면에서 이렇게 고백했다.

"무언가를 끝까지 해낸다는 것은 생각만큼 쉽지 않다. 끈기와 인내가 필요하다. 끝없이 자신과 싸우는 과정이다. 그 자리에서 사생결단을 낼 마음으로 들러붙어야 한다. 끝까지 한다는 것은 결코 쉽지 않으나 그래도 해야 한다. 무조건 해야 한다. 절실하면 해야 한다. 다른 변명이 필요하지 않다."

세계 4대 생불(티베트의 달라이 라마, 캄보디아의 마하 고사난다, 베트남 출신으로 프랑스에서 활동 중인 틱낫한 그리고 한국의 숭산 스님)로 존경받았던 숭산 스님의 세계적인 저력은 우리가 알고 있는 것보다 훨씬 대단했던 것 같다.

숭산 스님은 폴란드, 구소련, 일본 등 전 세계를 누비며 불법을 전하다가 사십 대 중반, 혈혈단신으로 1972년도에 생면부지의 미국으로 건너갔다. 진정한 행복이 물질보다 정신적인 것에 있다는 것에 관심을 갖기 시작한 미국 젊은이들을 보면서 '불교는 필요한 곳에 있어야 한다!'는 게 그 이유였다. 몇 년간 세탁소에서 허드렛일을 하면서 영어를 익혔다는 일화는 널리 알려진 일이다. 삼십여 년 동안 한국불교를 포교하면서 현각, 무량, 무상 스님 등 수많은 외국인 제자들을 길러냈다.

"캐나다에 오래 계셨으니 미국에서 오랫동안 포교하신 숭산 스님도 잘 아시겠네요?"

눈가의 주름이 아름답고 웃음이 단정했던 광옥 스님은 숭산 스님에 대한 말씀을 이렇게 전했다.

"스님은 말할 수 없이 부지런하셨고 신심이 깊으셨어요. 원력 또

한 대단하셨죠."

'부지런함'과 '신심'과 '원력'으로 숭산 스님을 설명하셨다.

"숭산 큰스님의 근면함은 누구도 따를 수 없을 만큼 대단하셨어요. 큰스님께서 미주, 캐나다, 유럽 등 세계 여러 나라에 있는 선원을 순회하실 때 곁에서 모신 적이 많았죠. 큰스님께선 그 전날 아무리 늦게 주무셔도 늘 새벽 한 시면 일어나셨어요. 그러고는 구백배를 하시는 게 하루 일과의 첫 시작이었죠."

천팔십배가 아니고 왜 구백배였을까.

"평생 하루 천팔십배를 하셨는데, 나머지 백팔배는 새벽예불 때 대중들과 함께 하셨죠. 아마 평생 한 번도 거르신 적이 없을 거예요. 오래전 중국과 우리나라가 수교가 안 되었을 때, 종교인 자격으로 중국을 방문한 적이 있으셨어요. 기차만 며칠을 타고 가는 중에도 스님께선 매일 새벽에 일어나셔서 열차 통로에 담요를 깔아놓고 천팔십배를 하셨다고 합니다."

돌아가시기 얼마 전, 문병을 간 자리에서 광옥 스님이 숭산 스님께 여쭈었다고 한다.

"스님! 요즘에도 천팔십배 하십니까?"

"흠, 몸이 아파서 그렇게 못해. 삼백배만 한다네."

"신심과 원력이 원대하지 않으면 그럴 수가 없지요. 스님은 일 년 삼백육십오 일 용맹정진을 하신 분이에요. 거의 한 해 동안 세계 각지의 제자들이 이끌고 있는 선원들을 순회하셨는데, 각 선원에선 일 년에 한두 차례 일주일씩 용맹정진을 하죠. 그때마다 큰스님께선 꼭 대중과 함께 정진하셨어요. 단 한 시간도 빠지지 않으셨죠. 그쪽 선원들은 일 년에 한두 차례지만 스님은 꼬박 일 년 내내 용맹정진을 하신 거죠. 곁에서 봐도 정말 그 신심이 놀라웠어요."

"용맹정진은 어떤 식으로 했나요?"

"한국에서와 똑같이 예불, 좌선(명상), 염불을 했어요. 예불문이나 염불도 항상 한국말로 했죠. 많은 외국인들이 모여 한국말로 '지심귀명례' 하고 예불을 시작하면 참 장관이었죠. 몇 시간씩 한 자리에서서 '관세음보살' 정근을 하는데, 그땐 목탁, 북, 꽹과리 등 손에 들 수 있는 악기들이 등장했죠. 심지어 집에 있는 도마까지 들고 나와 그것들을 두드리면서 염불을 하는데, 얼마나 하모니가 아름답고 장엄한지 몰라요. 마치 염불음악회 같았죠. 큰스님께선 언제나 맨 앞에서 작은 북을 치시면서 아주 큰 소리로 염불을 하셨죠. 얼마나 염불 소리가 좋은지 따라 하는 사람들이 전부 환희로워했어요."

일 년 내내 계속되는 용맹정진을 단 한 번도 빠짐없이 대중들과 함께하셨다니, 숭산 스님의 저력이 바로 그러한 수행에 있었을 거라는 생각이 절로 들었다.

숭산 스님의 성품이라든가 인간적인 면이 궁금했다.

"큰스님은 모든 신심을 다 바치신 분이었죠. 미국에 오셔서 크게 인간적인 배신을 당한 적이 있으셨어요. 포교를 위해 미국에 오셔서 고생하면서 이룬 모든 것을 한 사람으로 인해 잃어버리셨죠. 어렵게 다시 시작하셨는데, 당신을 배신하고 모든 것을 가져간 그 사람에게 여전히 무얼 주시는 거예요. 불러서, 때로는 방문해서 무언가를 주시곤 했죠. 저희들이 기가 막혀 '스님은 그러고 싶으세요?'라고 여쭈었는데 이에 답한 큰스님의 대답이 너무나 감동적이었습니다. '그것은 그 사람의 job이고 내 job은 그에게 주는 것, 그것뿐이라네' 라고 하셨죠."

"오직 모를 뿐."
"오직 할 뿐."
숭산 스님께서 세상에 던진 저 깊고 절실한 화두가 어디에서 왔는지 비로소 실감되었다.

# 니, 죽고 싶나?<br>살고 싶나?

현각 스님

강릉 대성사에 계신 현각 스님은 열네 살에 스님이었던 이모님의 손을 잡고 오대산 월정사 지장암으로 입산해서 올해 일흔일곱 살이 되셨다. 연세가 믿기지 않을 만큼 아직도 소녀처럼 곱고 순수한 모습을 지니고 있다. 스님의 한평생 살아오신 말씀을 들으면서 생사해탈이라는 대과제를 지닌 채 출가자로 한 생을 살면서 부처님과 스승을 믿는다는 의미를 생각하지 않을 수 없었다. 그리고 무엇보다 '목숨을 바쳐 기도를 한다'는 게 무엇인지 실감할 수 있었다.

겨울 초입, 수행승의 푸른 기상처럼 전나무 숲이 아름다웠던 월정사 지장암에 들렀다가 강릉으로 스님을 찾아뵈었을 때 노스님의 첫 말씀이 이랬다.

"나는 누구한테 선뜻 기도하라는 소리 못해요. 목숨 바쳐 죽어라고 했으니까. 기도를 하려면 그렇게 해야지, 어설프게 해서는 안 돼요."

삼십 대 중반, 죽음을 눈앞에 두고 처절하게 부처님께 기도해서 목숨을 건진 스님다운 말씀이었다.

어려서부터 몸이 실하고 건강해서 '여장군' 소리를 들었고, 출가해서도 건강할 땐 풀을 베어 하루 오십 짐씩 나를 정도로 건강했던 스님이 너무나 몸이 아파서 염불은 물론 일을 할 수 없게 된 것은 출가해서 이십여 년이 흐른 뒤였다.

열일곱 살 때부터 아프기 시작했으나 참고 견디며 살던 중, 은사 스님을 따라 울산 석남사에서 살 때였다. 몸이 시원치 않아 그토록 동참하고 싶었던 한국 비구니 최초 삼 년 결사에도 빠진 채 총무 소임을 볼 때였다. 삼 년 동안 산문 밖을 한 발자국도 나서지 않고, 삼 개월 동안을 단 한숨도 자지 않으면서 화두 하나에 목숨을 건 결제대중에게 너무 부끄러워서 아프다는 이야기는 차마 입 밖에 꺼낼 수가 없었다.

몇 년 전 들렀던 한약국에선 늑막결핵이라고 했으나, 한약 한 제 먹고는 견디었고 그나마 자신의 병이 같이 사는 대중에게 전염될까 봐 전전긍긍하는 나날이었다. 무엇보다 '신심이 없어 아픈 게지' 하는 자책 때문에 신음소리 한번 제대로 내보지 못했던 터였다.

이십 대 중반에는 이모 스님이 계신 절로 갔다. 아무것도 먹지 않고 바위틈에 앉아 있다가 죽을 생각이었다. '이 몸뚱이는 짐승들에게 보시나 하자' 하고 앉아 있었을 만큼 건강이 악화되었던 것이다.

"어른들이 공부한다고 워낙 한 점 빈틈없이 사시니까 아프다는 표를 낼 수도 없고, 아픈 자체가 부끄럽다는 생각으로 살았죠. 대중들에게 미안하고. 내가 하도 오래 앓으니까, '아픈 중, 아픈 중' 그렇게 소문이 났었거든요."

그러던 어느 날, 병원에 근무하고 있던 외국인 수녀 한 분이 석남사에 놀러왔던 인연으로 몸이 좋지 않았던 다른 몇몇 스님들과 함께 병원에 들러 진찰을 했을 때, 병원의 외국인 의사가 엑스레이 사진을 보고 나더니 깜짝 놀라면서 말했다.

"아니! 이런 상태로 어떻게 견뎠단 말입니까? 당장 입원을 해서 수술을 받아야 합니다."

병명은 늑막결핵. 결핵을 너무 오래 방치해두어서 균이 늑막으로 옮겨갔는데 빨리 손을 쓰지 않으면 목숨에 지장이 있다고 했다. 함께 갔던 인홍 노스님은 이 소리를 듣고 "이처럼 많이 아팠는데 그렇게 미련하게 견뎠단 말이냐?" 하고 나무라면서도, 너무 무심하게 두었던 걸 미안해했다.

"병원에 가기 전까지 대중이 내 병이 그 정도인지 몰랐거든요. 그런데 그 병은 얼굴은 더 좋아지는 거예요. 그러니 꾀병을 앓는다는 오해를 받았죠. 사진을 찍으니 아예 폐 한쪽이 물이 차서 사진이 나오질 않았어요. 입원을 하고 폐에서 물을 빼내는데 끝없이 노랑물이 흘러나왔어요. 그때서야 노스님이 너무 놀라셨죠."

그런데 문제는 다음부터였다. 입원을 하고 수술을 하려면 환자복으로 갈아입어야 하는데, 현각 스님이 죽어도 환자복을 입지 못하겠다는 거였다.

"죽어도 이 먹물 옷을 안 벗으려고 했죠. 환자 옷을 입고 있다가 죽으면 나는 속인으로 죽는다, 그 생각뿐이었어요. '나, 이 옷 안 입는다'고 버텼지요."

인홍 노스님이 손자 상좌에게 사정사정을 했다.

"현각아, 괜찮다. 며칠만 벗고 있자. 응?"

그러나 스님은 막무가내였다. 속인으로 죽을 순 없다고 생각했다. 노스님이 끝내 설득시키지 못하자 이번엔 간호사가 와서 잠깐이면 된다고 졸랐다. 그래도 물러서지 않자 이번엔 의사가 들어와 사정을 했다.

"꼭 낫게 해드릴 테니 그때까지만 이 옷을 입읍시다."

"그러니 어째요? 할 수 없이 먹물 옷을 벗고는 내가 얼마나 울었는지 모릅니다. 스님 세상을 완전히 떠난 것 같은 게 너무 마음이 아파서 많이 울었어요."

스님은 환자복을 입고 독방에 누워 있으면서 지난 십오 년의 나날들을 돌아보았다. 열일곱에 삼만배를 하고 나서 성철 큰스님께 화두를 받으러 갔던 일, 목침을 손끝에 들이대며 '지금 당장 죽어도 화두만 들 테냐?' 하던 큰스님께 '정말이지 목숨을 바쳐 한평생 화두를 놓지 않고 공부하겠다'고 맹세했던 일을 떠올렸다.

스님은 기가 막혔다. 공부 한번 제대로 해보지 못하고 속인 옷을 입고 앉아서 수술을 기다리자니 비로소 정신이 번쩍 났다.

"속인 옷을 입고 앉아 병원에서 이렇게 죽을 순 없다!"

더군다나 음식이라곤 아무것도 먹을 수가 없었다. 물은 수도 냄새가 나서 못 먹겠고, 음식을 잘 먹어야 한다면서 고기에, 파 마늘이 들어간 반찬들을 내오니 한 술도 뜰 수가 없었다. 아무것도 먹지 못하고 음식을 그냥 내놓자 병원에선 미음을 끓여다주었으나, 이번에도 수도 냄새가 나서 먹지 못했다. 수술할 날이 다가올 즈음, 간신히 환자복을 입혀놓고 석남사로 돌아갔던 노스님이 삼 일 만에 다시 오셨다.

"오셨는데, 죽어도 절 마당에 들어서서 죽어야지 여기서는 못 죽겠다고, 퇴원시켜달라고 막 졸랐어요. 그러는 나를 못 당하시곤 노스님은 나를 데리고 석남사로 들어가셨습니다. 수술을 마다하고 병원을 나간다는 것은 곧 죽음을 의미했지만 죽어도 절에 가서 죽을 생각이었어요. 석남사 구석진 뒷방에 있으면서 노스님이 가져다주시는 것을 먹으면서 견디었죠. 그런데 그러고 있으려니 공부하는 대중들에게 미안해서 도저히 안 되겠더라구요. 은사 스님께 말씀드려 태백산 한 암자로 갔다가 사정이 생겨 다음에 간 곳이 해인사 극락전이었어요. 그곳에서 죽을 생각이었죠."

마침 와사병(안면신경마비)이 와서 극락전에서 기도를 하고 있던 은사 스님 곁에서 머물며 죽음을 기다리고 있을 때, 사숙 되는 스님 한 분이 찾아왔다. 어린 아들 둘에게 새어머니를 얻어주고 출가해서 누구보다 혹독하게 공부하던 스님이었다.

"현각! 이왕에 죽을 건데 성전암에 계신 성철 큰스님에게 인사나 드리고 죽지."

그 소리에 스님은 정신이 번쩍 났다. '그래, 어떻게 내가 화두를 받았던가. 큰스님과 어떤 약속을 했던가. 인사도 드리지 않고 죽어서야 되겠는가.' 화두를 가지고 공부하면서 경계가 들려서 찾는 것 아니고는 큰스님께 가는 것은 꿈에도 생각한 적이 없었으나, '그래, 죽기 전에 가서 인사나 드리고 죽자. 철조망을 뚫고라도 들어가서 만나뵙자' 하는 생각이 들었던 것이다.

당시 성철 스님은 파계사 성전암에 철조망을 두르고 공부하시면서 세상에 나오지 않을 때였다. 드디어 선배 스님 세 사람이, 아파서 몸도 가누지 못하는 스님을 데리고 길을 나섰다. 허리에 장삼 끈을 매고 두 스님이 앞에서 끌고 한 분은 뒤에서 밀고 가파른 산길을 올라갔다. 열이 나서 콧물이 줄줄 흐르고 정신을 거의 잃을 지경인 스님은 가다가 드러눕고 가다가 쓰러지고 하면서 몇 시간을 걸어 성전암으로 올라갔다.

미리 사정을 전해놓았던 터라 굳게 닫혔던 문이 열렸고 간신히 성철 스님이 계신 문지방을 넘는데 날벼락이 떨어졌다.

"니, 왜 왔노?"

미리 스님의 이야기를 전해들었던 성철 스님은 노발대발하셨다.

'살 길이 있는데 신심 없이 물러서 있다가 왜, 다 죽어서야 왔느냐'는 안타까운 마음이 섞인 꾸중이었다. 본디 딴 말씀 없이 일언지하 본론으로 들어가는 성격의 성철 큰스님은 그날도 예외는 아니었다. 간신히 삼배를 올리고 쓰러질 듯 앉아 있는 스님에게 물었다.

"니, 죽고 싶나? 살고 싶나?"

"많은 사람들이 큰스님을 찾아와서 병이 낫고 하는 영험이 있을 때였죠. 아무 말씀 없이 '죽고 싶나? 살고 싶나?' 하고 계속 물으시는데 대답을 할 수가 없었어요. 살고 싶다고 하면 기도하라고 하실 텐데, 그 당시 기도를 한다는 것은 상상도 못할 때였어요. 밥숟가락도 제대로 들지 못했으니까요. 그러니 하지도 못할 기도를 스님께 한다고 거짓말할 순 없잖아요. 그래서 대답을 못하고 있는데 내 앞으로 오셨다가 물러났다 하시면서 '니, 죽고 싶나? 살고 싶나?'를 계속 물으시는데 어쩔 도리가 없더라구요. '살고 싶습니다'라고 했죠."

"그래, 살고 싶제? 살고 싶제?"

성철 스님은 몇 번이고 확인하더니 이윽고 이렇게 해결책을 내놓으셨다.

"그래, 그러면 기도해라. 너거(너희) 스님 삼천배 하고 있제? 니도 따라 해라. 알겠제?"

그러나 스님은 대답을 못했다. 서너 번만 절을 하면 피를 토하고 죽을 건데, 하는 생각에 대답을 하지 못한 것이다. 걸음도 걷지 못하는데 질을, 그것도 삼천배를 어떻게 한단 말인가. 끝까지 대답을 못 하고 성전암을 나왔으나 해인사 극락전으로 돌아와 정신을 차리고 큰스님 말씀을 떠올렸다.

"네가 부처님 밥을 먹은 세월이 얼만데 그냥 죽을 수야 없지 않나? 부처님 멱살이라도 한번 잡아보고 죽어야 하지 않겠나?"

스님은 곰곰이 생각한 끝에 결론을 내렸다.

'이래 죽나 저래 죽나 죽는 건 마찬가진데, 단 한 번 절을 하다가 죽어도 이 몸뚱이는 부처님께 바치자. 내 영혼은 성철 큰스님이 알아서 해주시겠지.'

스님은 그러한 굳건한 믿음을 가지고 하루에 한 번 꼭 목욕을 하고 화장실에 가는 옷과 신발을 따로 하면서 법당에 들어가 절을 하기 시작했다. 아침 여덟 시에 들어가 법당 중앙에서 절을 하는 은사 스님을 따라 절을 하는데, 천장이 땅이 되고 땅이 천장이 되는 어지러움을 느꼈다.

"정신이 하나도 없었어요. 너무 아파서 제발 죽었으면 하고 엎드리면 고개가 들리고, 또 죽어야지 하고 엎드리면 다시 고개가 들려지고 했어요. 그렇게 첫날, 절을 천 번 했어요. 그런데 천배를 하고 나니까, '내가 이 송장 덩어리인 나한테 수십 년을 속아가지고 허송세월을 보냈구나' 하는 생각이 들더군요. 자신에게 너무 속았다는 분한 마음이 하늘 끝까지 올라왔어요."

스님은 비로소 '왜 이제 왔느냐'고 소리를 지르면서 야단치셨던 성철 큰스님 말씀이 마음에 와닿았다.

'이렇게 못난 내게 속고 살면서 은사 스님은 물론 여러 대중들을 괴롭혔다니. 나는 죽어야 한다.'

첫날, 도저히 할 수 없으리라 생각했던 삼천배를 해내고, 사흘 동안 아무것도 먹지 못하고 참회의 눈물을 흘리면서 절을 했다. 몸도 가누지 못했는데 첫날 삼천배를 해내고 이틀 연속 삼천배를 하자 놀란 것은 은사 스님이었다. 그러나 반가움은 잠깐, '이렇게 멀쩡하게 절을 하는 아이가 십수 년 물러서서 나를 애먹였구나' 하는 괘씸한 마음에 쳐다보지도 않고 속도를 더 내서 절을 했다. '나무관세음보살'의 염불 소리도 더 빨라졌다.

그런데 부처님께서 내리신 가피는 곧 나타났다. 죽기 아니면 살기로 참회의 눈물을 흘리면서 절을 하는데 사흘 되던 날 아침, 그간 힘이 없어서 산을 하나 매달아놓은 것처럼 무거웠던 엉덩이가 누군가 들어주는 것처럼 가뿐하게 올라가는 것이었다. 절이 빨라지기 시작하자 은사 스님이 그랬다.

"니는 무슨 절을 그리 빨리 하노?"

스님은 그동안 자신에게 속은 것이 괘씸해서 '먹던 약을 다 끊고 사십구 일 동안 기도해라. 칠 일 하고 나서 칠 일 쉬고 그렇게 사십구 일 동안 절을 해라' 하고 과제를 주셨던 성철 스님의 말씀을 어기고, 사십구 일 동안 하루도 빠지지 않고 삼천배를 했다. 그동안 무릎은

다 벗겨지고 피가 흘렀지만 몸은 점점 가벼워졌고 정신 또한 명료해지고 있었다.

그런데 그때, 사십구 일 동안 하루에 반드시 한 번은 극락전에 들러서 스님을 보고 가는 스님 한 분이 있었다. 해인사 지족암의 일타 스님이었다. 태백산 홍제사에 살 때 그 위 도솔암에서 홀로 정진하면서 스님이 다 죽어갈 만큼 아픈 것을 보았기 때문에, '과연 저 스님이 살아날까? 혹시 내일은 일어나지 못하는 것은 아닐까?' 하면서 와보셨다고 한다. 큰절에 머물면서 하루 한 번씩 와서 보고는, 점점 얼굴이 좋아지는 스님을 보고 일타 스님이 하루는 물었다.

"얼굴에 화장했나?"

일타 스님의 극락전 출근은 곧, '다 죽어가는 스님이 극락전에서 삼천배 기도한다'는 소문으로 이어져, 해인사 강원과 선원에서 공부하는 스님들이 매일 차례로 구경을 왔다. 마침, 그때 일타 스님의 맏상좌인 혜인 스님(현 단양 광덕사 회주)이 해인사 장경각에서 하루 오천배 백일기도를 하고 있던 중이었다. 일타 스님은 두 군데를 오가면서 후학들을 격려했던 것이다.

드디어 스님은 사십구 일 기도를 무사히 마치고 성전암으로 올라갔다. 누구의 부축 없이 혼자 거뜬하게 올라온 스님에게 성철 스님이 한마디 하시더란다.

"니, 안 죽었네? 죽으라고 시켰더니만 안 죽었네?"

그러고는 또다시 과제를 내주었다.

"사십구 일 더 해라."

두 번째 기도를 가볍게 마치고 다시 가니 성철 스님께서 "그래, 이렇게 살 길이 있는데 십수 년을 물러서 있었느냐?" 하고 나무랐다.

그리고 세 번째도 사십구 일 그리고 다음엔 백일기도를 하라고 하셨다. "이제 하루 삼천 배의 반씩만 해도 된다" 하면서.

"백일기도를 마치고 가니 큰스님께서 '진단서를 받아가지고 오너라' 그러시더군요. 대구 동산병원에 가니까, 의사가 내 상처를 보고는 '고생했네요' 소리를 몇 번이나 해요. 그러고는 '아무 이상 없습니다' 그러는데 믿기지 않아서 내가 또 물어봤는데, 정말 아무 이상이 없다고 하더군요. 그래서 진단서를 하나 떼어서 큰스님께 갔더니, '조금 더 있다가 기도하는 보살들이 나오거든 보고 내려가거라' 그러세요. 서울과 부산 신도들이 와서 기도할 때거든요. 그래서 내가 '왜요?' 하고 여쭈었죠."

그러자 큰스님이 부탁하셨다고 한다.

"네가 처음 병원에 입원할 때 따라갔던 보살들이 네가 살아 있다는 소식을 듣고 믿지 않는다. '죽어서 저세상 사람 된 지 오래되었다'고 하더구나. 그러니 살아 있는 모습을 보여주고 가거라."

잠시 후 기도시간이 끝나자 사람들이 들어와서는 스님을 붙들고 "아이구, 스님 정말 살아 계셨네요" 하고 울었다.

"그렇게 내가 살아났습니다. 거의 일 년을 기도한 셈이지요. 그런데 기도하고 병이 나으니까 전생의 인연 인과라는 것이 확실히 느껴졌어요. 의술로도 안 되는 것을 기도해서 나았다는 것은 전생의 죄를 참회했기 때문이죠. 바늘 끝만 한 것도 인과 아닌 게 없어요. 우리네 사는 게 좋은 일이건 나쁜 일이건 전생에 자기 눈으로 찍고 녹음해놓은 필름이 돌아가는 겁니다. 우리가 살고 있는 지금 모습은 필름이 돌아가는 과정이에요. 사진 잘 찍은 데는 편안하고, 고통받는 것은 전생에 안 좋은 마음을 썼기 때문에 나타나는 거죠. 조금도 어긋나지 않아요. 전부 다 인연인과, 자작자수, 내가 지어 내가 받는 것입니다."

이 이야기를 성철 스님은 그 뒤, 성전암을 나오셔서 해인사에 머물며 법문을 하실 때 대중 스님들에게 전했다고 한다.

"보라! 이렇게 마음의 힘은 무한한 것이다!"

# 내 인생의 마지막 기도처럼

원만 스님

인상이 말할 수 없이 순박해 보이는 김천 수도암 원만 스님은 서른 아홉에 출가했다. 그야말로 늦깎이 스님이다. 수계 무렵, 나이가 너무 많아 아무도 상좌로 삼으려 하지 않았는데 당시 해인사 주지이셨던 법전 스님을 은사로 계를 받아서 정말 다행이었다고 말씀했다. 그런데 그렇게 늦게 출가한 스님의 출가 사연이 참으로 소박했다.

"그렇게 기도하고 싶더라고요. 그냥 기도해서 신도님들께 불교를 알려주고 싶었죠. 그런데 기도도 열심히 못했어요."

그런 인연 때문일까? 스님은, 오로지 이십여 분의 수도암 선방 스님네들이 수행정진을 여법하게 할 수 있게 외호하고, 기도하고 싶은 분들이 와서 정성스러운 기도를 할 수 있게 도와주는 것을 수행으로 삼고 있다.

기도하고 싶어서 출가한 스님은 신도분들에게 어떻게 기도하라고 말씀하실까 궁금했다.

"절에 와서 기도할 때만큼은 예불 시간에 절대 빠지지 말고, 하루 천배 이상 하라고 합니다. 그리고 무엇보다 기도할 때 이것이 '내 인생의 마지막 기도다' 생각하고 최선을 다하라고 하죠."

한참 이야기를 하다 보니 스님의 얼굴이 수도암 나한전의 나한님과 비슷하다는 생각이 들었다. 수도암에 며칠 머무는 동안 자주 나한전에 들락거렸다. 다녀온 지금도 맑고 정갈해서 나오고 싶지 않았던 나한전 법당 청정한 기운이 마음속에 뭉클대고 있다.

"스님은 나한전의 나한님과 참 많이 닮으셨네요."

그랬더니 스님께서 웃지도 않고 대답했다.

"기도하러 오신 분들이 그런 얘기를 많이 합니다."

그래서인지 스님께선 부처님께 꼭 부탁드릴 게 있으시면 나한전에 가서 기도를 한다고 한다.

"기도하는 분위기 위주로 조촐히 살고 있지만 부처님께 꼭 부탁드리고 싶은 일이 생기기도 하잖아요. 그러면 나한전에 들러 기도하고 말씀드리죠. '이러저러한데, 부처님, 나한님 좀 들어주세요' 하고 나옵니다."

그러면서 스님은 수도암에서 기도를 열심히 하고 간 어느 분의 얘기를 들려주셨는데, 아주 감동 깊게 들었다.

"제가 주지 소임을 맡고 얼마 안 있어 사십 대 중반의 한 보살님이 백일기도를 하러 왔어요. 하루 만배를 하면서 기도를 했는데, 집에서 이백 일 동안 하루 만배를 하면서 기도를 끝내고 곧바로 수도암으로 왔다고 하더군요. 두세 시간의 수면과 공양하고 용변 보러 가는 시간 빼놓고는 절만 하는데, 정말 신심 있게 하더라고요. 그래서 기도를 하러 왔던 다른 분들도 따라서 절을 하곤 했어요. 처음 절을 하는 사람들이 절하는 방법을 물어보면 그 시간 없는 와중에도 틈을 내어 일일이 답해주곤 하더군요. 그래서 어떤 날은 거의 잠도 못 자고는 했어요."

백 일 동안 열심히 기도를 하는 보살님이 고마워서 스님도 기도를 잘할 수 있도록 정성껏 보살펴드렸다고 한다.

"그런데 그 보살님이 기도를 원만히 잘 끝내고 나서 절에서 일하는 사람에게 '있어보니까 신도들이 묵으면서 기도하는 요사채가 너무 불편한 것 같다'고 하면서 요사채를 새로 지었으면 좋겠다고 하더래요. 신도분들이 기도하러 오시면 묵는 요사채가 사실은 오래전에 지은 시멘트 건물이어서 불편하거든요. 새로 지어야 되긴 했어요. 그런데 더 시급한 게 있었는데 못하고 있었어요. 무슨 얘기냐 하면, 전 주지 스님이 스님들의 요사채 건축 불사비용 일부를 국고로 지원받아놓고 소임을 마치고 나갔는데, 내가 능력이 없어 나머지 비용을 마련하지 못하고 있었죠."

소박하게 사는 게 스님의 생활방식이었지만 전 주지 스님이 국고까지 받아놓았는데 다음 일을 해결하지 못하고 있는 것이 늘 마음에 걸렸다는 것이다.

"밖에도 잘 안 나가고 절에만 있는 제가 무슨 힘이 있겠어요. 그래서 나한전 부처님께, '부처님, 요사채 마무리 지어야 하는데요' 하고 기도드리고 있었어요. 그때 삼백만배 기도를 끝내신 보살님이 요사채를 짓는 얘기를 꺼낸 거였어요. 그래서 말을 전한 사람에게 '지금 급한 것은 스님들이 공부하면서 지낼 요사채'라고 했어요. 난 쑥스러워서 직접 그런 말도 못해요. 그랬더니 그 얘기를 전한 모양이에요. 기도를 마친 그 보살님이 수도암 신도분들이 몇 분 있는 자리에서 그 이야기를 했답니다. 그런데 그때 수도암에 자주 오시는 노거사님이 계셨는데 그 이야기를 듣고는 마음을 내셨어요. 딱 필요한 액수를 수도암 통장으로 입금시켰더군요."

시주를 하신 노거사님은 수도암에 들를 때마다 열심히 정진하는 보살님을 보고는 많은 격려를 아끼지 않았다고 한다. 그래서 바로 요사채 신축공사가 시작되었고 얼마 전 공사가 마무리되어 올해 하안거부터 스님들이 사용할 수 있게 되었다.

보시엔 세 가지가 청정해야 한다고 한다. 주는 사람, 받는 사람, 보시하는 물건 모두가 청정해야 올바른 보시라고 하는데 수도암 선방 요사채는 세 여건이 다 잘 맞은 것 같다. 삼백 일 동안 하루 만배를 정성스레 부처님께 바치고 회향한 신심 깊은 신도의 말을 듣고 신심을 낸 시주자와 그 청정한 시주물, 그리고 사심 없이 공심으로 기도

하고 그 시주금을 받은 수행자. 수도암이 그리도 맑고 청정한 도량으로 느껴졌던 이유를 알 것 같았다.

스님께서 나한전 부처님께 기도한 지 이십여 일 만에 기도가 이뤄졌다고 하는데, 기도할 때 스님만의 원칙이 있다고 했다.

"나는 사심이 들어간 기도는 안 해요. 아니, 못하죠. 누가 봐도 꼭 필요한 것만 부처님께 말씀드려요. 그러면 들어주시더라고요."

스님의 말씀을 들으면서 '나'가 빠진 기도, 누가 봐도 들어주고 싶은 사심 없는 기도가 세상에서 가장 아름다운 기도일 것이라는 생각을 해보았다.

스님의 은사이신, 지금 해인사 방장이자 조계종 종정이신 법전 스님께서 늦깎이 상좌인 스님을 두고 그러셨다고 한다.

"그 아(아이)는 화주도 못하고 신도 관리도 못하는데 공심公心은 있다"고.

"은사 스님께서 늘 강조하시는 말씀이 있어요. '너희들이 출가해서 머리 깎고 먹물 옷을 입었으면 참선, 포교, 대중외호 이 세 가지 중 하나는 해야 밥값 하는 것이다.' 가끔 신도분들이, 이렇게 매일 다른 스님들 뒷바라지만 하면 스님 공부는 언제 하느냐고 하지만 나는, 스님들이 참선 잘하시고, 신도님들 기도 잘하게 외호하며 사는 게 좋아요. 새벽예불과 사시(오전 열 시) 마지 기도에 안 빠지고 들어가고, 나한전에 참배하고, 그렇게 살아요."

출가 전, 동국대에서 인도철학을 공부했다는 스님은 자신이 매우 능력이 없는 주지라고 몇 차례나 말씀하셨는데, 아무래도 그게 아닌 것 같다. 다실 곁, 문이 열려 있는 스님의 방을 들여다보고 정말 감탄했다. 앉은뱅이 조그만 책상 하나에 전화기 한 대가 전부였다. 흔한 책 한 권도 보이지 않았다.

"풀을 먹일 줄 몰라 무명옷이나 삼베옷을 안 입어요. 그냥 기지옷 입다가 빨아서 저녁에 방에 깔아놓으면 말라요. 그러면 그것 입고 지내죠."

스님의 처소엔 일체 먹는 것을 들이지 않는다. 시장하면 부엌에 들러 찬밥에 물 말아 먹거나 죽 한 그릇 먹는다. 종정 법전 스님의 일대기를 정리하면서 수도암에 여러 번 가서 머물렀는데, 그때마다 부엌에 서서 음식을 드시는 스님을 보았다. 보기가 좀 민망해서 "스님, 식탁에 앉아 드시지요" 하면 고개를 흔들었다. 공양주 보살님도 번거로운 것을 싫어하는 스님의 성격을 알아서인지 그릇을 들고 서서 음식을 드셔도 신경 쓰는 기색이 없었다.

돌아오는 날 점심을 먹고 선방 곁에 있는 조사전을 참배했다. 조사전에는 수도암을 창건한 신라시대 도선 국사와 선종의 초조로 불리는 달마 스님의 영정이 걸려 있었다. 삼십여 년 전, 법당에 발도 들여놓을 수 없을 만큼 퇴락한 수도암을 중수한 법전 스님의 조그만 사진도 벽면 한쪽에 걸려 있었다. 법전 스님께서 일 년에 한두 차례 머무신다는 조사전을 나오면서, 나를 안내해준 종무소 사무장에게 말했다.

"출가해서 한평생 공부를 했으면 저 조사전에 영정 하나는 걸려 있어야 하지 않겠어요?"

몇 세기에 한 분도 오르기 어려운 것이 조사전의 영정 아닌가. 그만큼 열심히 공부해야 하지 않겠느냐는 뜻으로 말한 것인데, 그가 이렇게 대답했다.

"꼭 그렇지만은 않은 것 같습니다. 성철 스님께서 생전에 '도인엔 상급, 중급, 하급 이렇게 세 종류의 도인이 있는데, 나는 중급이다. 하급 도인은 나를 찾아와달라고 먼저 나서서 말하는 사람, 중급 도인은 법문하지 않고 산속에만 있어도 신도들이 찾아오는 사람, 상급 도인은 곁에 있어도 아무도 그를 알아보지 않는 사람이다'라고 하셨답니다. 진짜 도인은 상이 없어 아무도 알아보지 못한다는 말씀인 것 같습니다."

그에게 한 방 먹고 비로소 깨달았다. 신라시대부터 지금까지 천 년이 넘는 세월 동안 왜 수도암 조사전에 두 분의 영정만이 걸려 있었는지, 그리고 원만 스님의 대중외호가 얼마나 값진 것인가를. 그리고 또 깨달았다. 내가 얼마나 많은 것에 고정관념을 갖고 있었는지, 또 그것에 걸려 얼마나 많이 자유롭지 못한지를.

정말 도처에 선지식이 머물고 있었다.

# 안 하면
# 어떻게 할 겁니까

일수 스님

구월 초, 서울 성북동 법천사에서 만나 뵌 일수 스님은, '삼십오 년쯤 공부하니까 마음이 열리고 조사어록이 보이기 시작하더라' 고 하셨다. 스님은 백양사 고불총림 운문선원장을 지냈다.

"선방에선 책을 보는 것을 금하잖아요. 해서 나도 책을 보지 않았어요. 그런데 어느 날부터 가만히 앉아 있는데 글이 보이기 시작했어요. 참선공부로 인해 마음이 열린 거죠."

'마음이 열리다!' 어디에도 걸림 없이 자유롭다는 말 같아서 언제 들어도 참 부러운 말이다.

"스님, 마음이 열리면 어떻습니까?"

여쭤보기 어려운 질문을 해봤다. 대답하기도 어렵거니와 마음이 열리지 않은 사람은 들어도 알아듣지 못한다는 게 수행자분들의 말씀 아닌가. 스님께서는 간단히 대답했다.

"깨어 있는 상태가 되는 거죠."

세상 만물과 내가 둘이 아니라는 사실에 깨어 있고, 자신의 언행에 깨어 있고, 자신이 무지하다는 것에 깨어 있게 된다는 것이며, 자신에게 다가오는 모든 상황에 성성적적 깨어있게 된다는 말씀으로 이해했다. 삶에서 그 깨어 있음이 얼마만큼 실현되느냐가 깨달음의 정도 아닐까.

"제가 참 지독한 에고이스트였어요. 성격이 급하고 단순하고 고집이 세었죠. 내 공부한다고 원칙만 고집하고 꼬장꼬장 융통성 없이 굴고 마음이 좁아서 도반들, 부모형제들, 신도님들 등 나와 반연된 모든 인연들에게 상처를 많이 주었어요. 이제 비로소 그게 보여요. 그래서 참회하고 있습니다. 이제부터라도 따뜻하게 대하려고 해요."

월간 〈해인〉에 연재하는 '나의 행자시절' 취재를 처음에 야박하게 거절한 것을 의식해서인지 스님께선 그렇게 말씀하셨다. 그런데 나는 스님의 뜻밖의 말씀에 위로가 되었다.

수십 년 공부한 분에게도 상대방에게 상처 준 것이 많아 참회하고 있다는 것은 얼마나 큰 위안인가. 참회와 감사와 발원으로 이뤄진 기도정진을 마음만 먹으면 언제나 할 수 있는 불자라는 사실이 새삼 다행으로 다가온다.

"출가의 길에서 가장 중요한 것은 무엇입니까?"

스님께서 거침없이 답하셨다.

"화두입니다."

수행이라는 말씀일 것이다.

"화두로 생명을 삼고 화두로 승부를 내야 합니다. 죽더라도 화두 잡고 죽어야 해요."

"화두가 뭡니까?"

"《달마관심론達磨觀心論》에 보면 혜가 스님이 '부처님의 가르침을 구하고자 한다면 어떤 법을 닦아야 가장 간단하면서도 중요하겠습니까?' 하고 묻습니다. 제자의 물음에 달마 스님이 '오직 마음을 관하는 한 법이 일체의 현상을 모두 포섭하므로 간단하면서도 중요한 수행법이라 할 수 있다'라고 답하죠. 마음을 관하는 것, 즉 자신의 마음을 살피는 것이 화두예요. 우리의 본성인 고향을 찾아가려면 마음공부를 해야 합니다. 그 길 말고는 다른 길이 없습니다."

서른일곱 살부터 거의 밤잠을 자지 않고 십오 년 동안 가행정진을 하셨다는 스님께 여쭈어보았다.

"수행의 효능은 무엇입니까?"

"나를 편안하게 하는 것입니다. 내가 편할 때 주변 사람들이 편해지죠. 수행을 통해 안심安心을 얻어야 참사람이 됩니다. 너와 내가 따로 없이 한자리인 사람이 참사람이죠."

수십 년을 선방에 있다 세상으로 나온 스님의 눈엔 세간 사람들이 사는 것이 어떻게 보일까?

"많이 배웁니다. 망상을 피우고 사는 모습을 보면서 내 자신을 돌아봅니다. 말은 수행한다고 하지만 기복에 많이 머물러 있어요. 공부를 제대로 안 하고 있다는 생각이 듭니다. 재가불자들은 분주한 일상생활 때문에 공부하기 어렵다는 생각이 들어요. 그러나 어렵더라도, 잘 안 되더라도 해야죠. 수행에 힘이 붙으면 날이 갈수록 더 공부하고 싶은 열기가 나고 휘몰아가는 힘이 생기죠. 안 하면 어떻게 할 겁니까? 고향에서 미끌어져가는데."

해도 그만 안 해도 그만인 아마추어적 수행이 아닌 프로적인 독한 수행을 해야 불성이라는 고향에서 멀어지지 않는다는 말씀일 것이다.

스물셋, 젊음의 몸살로 방황하다가 우연히 들른 해남 대흥사에서 잿빛 승복을 보고 아련한 그리움을 일으켜 삭발해버리고 말았다는 스님의 인생에 대한 해석이 궁금했다.

"바람 따라 구름 따라 사는 거죠. 그냥 자연스레 인연에 따라 사는 것이 인생입니다. 고통스러움이 오면 그 속에서 공부하고 편안함이 오면 그 속에서 또 공부하는 겁니다. 어느 것에 치우치지 말고, 순간순간 다가오는 경계를 타고 넘으면서 공부하는 것이 가장 자연스러운 공부죠. 본래 아무것도 없는 거예요. 분별해서 쌓이고 쌓인 것을 토해내는 것이 가장 자연스럽게 사는 거예요. 정진하지 않으면 결코 영원한 생명의 고향에 이를 수 없어요. 정진하고 공부하는 사람이 참사람입니다."

결론은 늘 하나, 마음을 닦는 공부를 멈추지 않는 것이다. 마음과 부처와 중생이 하나임을 기억하고 내 마음이 지금 어디에 있는지, 무엇을 하고 있는지 살펴보는 일에 게으르지 말아야겠다. 부지런함만이 공부를 이룬다고 하지 않는가.

# 끊지 말고 풀라

탄성 스님

생전에 금오 큰스님은 우편물이 오면 물건을 묶은 끈을 툭 잘라내지 못하게 했다고 한다. 어쩌다 누군가 무심코 가위로 툭 끊어버리면 날벼락이 떨어졌다는 것이다.

"끊지 말고 풀어라. 맺힌 것은 끊지 말고 풀어야 한다."

한낱 물건도 그렇게 끊어 버릇하면 모든 일에 있어서도 그렇게 된다고 경계한 말씀이었다.

몇 년 전 돌아가신 괴산 공림사 조실이셨던 탄성 스님께 들은 이야기다. 탄성 스님께선 스승의 가르침대로 행자시절 이후 살아오시면서 무엇을 툭 끊어버린 적이 없다고 하셨다. 우편물을 부칠 때도 그쪽에서 풀기 쉽게 꼭 고를 내놓으셨다고 한다.

나도 그 말씀을 듣고 난 후부터는 물건을 묶은 끈을 가급적 풀려고 노력한다. 잘 풀어지지 않을 것같이 단단히 동여맨 끈도 천천히 차근차근 풀다 보면 풀어졌다. 아이들에게도 이 일만은 실천하게 하고 있다.

옹기종기 모여 구슬치기를 하는 이라크 소년들의 순한 눈망울을 담은 신문 기사를 보면서 문득 탄성 스님의 말씀이 생각났다. 팔다리가 잘려나가는 것이 예사인 전쟁이 그치지 않는 세상, 열아홉 소년이 탄피를 허리에 두르고 죽음을 불사하는 나라, 얼마 전엔 이미 아들딸 하나씩을 둔 스물한 살의 팔레스타인 여인이 자살특공대에서 폭사했다는 기사를 읽고, 자식을 기르는 엄마의 입장에서 무척 가슴이 아팠다. 참혹만을 남기는 전쟁은 고리 지어진 인연을 풀지 않고 끊어버리는 대표적인 예라는 생각이 든다.

서로 죽고 죽이는 우리가 누구인지 깊이 명상해보면 굳이 전쟁을 하지 않아도 될 텐데, 미움의 골이 너무 깊은 그들은 풀어내려는 노력을 아예 생각지 못하는 것 같다. 가슴 아픈 일이다.

끊지 말고 풀라. 탄성 스님께 들은 이후로 이 말씀은 하나의 좌우명처럼 자리하고 있다. 연기법이 삶을 관통하는 법칙이고 보면 우리에게 닥친 세상의 모든 일은 다만 풀어야 할 일일 뿐 끊어버릴 것은 단 하나도 없지 싶다. 그런데 그게 수월하게 안 된다. 그래서 부단한 수행이 필요한 것이겠다.

탄성 스님은 단 두 번밖에 뵙지 못했지만 언제나 내 마음속에, 하심下心의 아름다움을 보여주신 수행자로 기억되는 분이다.

스님을 처음 뵌 것은 행자시절을 취재하기 몇 년 전, 조계사 사태로 한창 종단이 시끄럽던 1994년이다. 각각 다른 이권으로 스님들이 두 패로 나뉘어 다투는 모습이 날마다 일간지며 텔레비전 뉴스를 장식하던 때였다. 당시 〈해인〉 편집장이었던 스님이 총무원 삼 층 건물에서 떨어져 사경을 헤매고 있었다.

안에서 해결을 하지 못하고 분쟁을 멈추지 못하자 공권력이 침투되는 불상사를 당하면서 종단의 온갖 치부를 다 드러내고 있을 때, 탄성 스님께선 개혁회의 의장으로 선출되어 총무원으로 오셨다. 조계사 안에 있는 총무원 건물이 불에 그을리고 유리창이 깨진 흉물스런 모습을 하고 있는 한가운데서 스님을 만났다. 총무원장 특별 인터뷰 명목이었다.

도대체 왜 싸움을 멈추지 못하는가, 온 나라의 구경거리가 되고 있는 이 고질적인 병폐는 무엇인가, 만신창이가 된 불교의 모습은 어디까지 가야 멈출 것인가, 해결책은 무엇인가, 불자들은 스님들 때문에 부끄러워 고개를 못 들겠다는 둥 마치 따지듯이 질문을 퍼부었다.

"그래요. 이해합니다."

총무원장이라는 버거운 직함 때문에 처음에 갈 때는, 준비해간 수십 가지의 질문을 어떻게 다 드려야 하나 하고 긴장을 많이 했으나, 스님은 그런 긴장을 녹여주기에 충분히 인자하신 분이었다.

스님은 질문 하나하나에 정성을 들여 모두 답하셨다. 때로는, 스님도 속상하다는 듯 우리 일행에게 하소연하듯 말씀을 하시자 곁에서 지키고 있던 시자 스님이 흘낏 견제를 하기도 했다. 그때 인상적이었던 것은, 그렇게 풀릴 길 없이 만신창이가 된 종단의 모습 앞에서도 스님의 말씀이 참으로 긍정적이었다는 것이다.

"괜찮습니다. 잘됩니다. 승가라는 집단은 뱀과 용이 어우러져 있는 곳이에요. 어차피 용 하나가 나와 다 끌고 가는 것입니다. 이렇게 시끄러운 듯해도 공부할 사람은 산속에 묻혀 지독하게 공부하고 있습니다. 지금 우리나라는 전체적으로 운이 나아지고 있어요. 종단도 곧 안정을 찾고 불교의 수승한 모습을 드러낼 겁니다. 육이오가 나기 직전 우리나라 산의 소나무들이 붉게 죽어가고 있었거든요. 그래서 노스님들이 나라에 무슨 일이 있겠다고 그러셨어요. 그래, 난리가 나고 국운이 쇠하지 않았습니까? 그러나 지금 우리의 산하는 푸릅니다. 보세요, 소나무가 푸르잖아요. 괜찮아요."

인생 굽이굽이에서 만나는 역경계 앞에서 되뇌고 싶은 말, '괜찮아. 괜찮다.' 스님께선 조용하고 나직한 음성으로 그렇게 위로의 말씀을 하셨다.

두어 시간 동안의 인터뷰가 끝나고 조계사 지하 식당에서 점심 공양을 하고 일어서려는데, 언제 오셨는지 스님들 전용 좌석에서 탄성 스님이 혼자 공양을 들고 계셨다. 긴 인터뷰 탓으로 공양시간이 조금 늦었기 때문인지 노스님은 홀로 공양을 드시다가 일어서 나가려는 우리 일행과 눈길이 마주쳤다. "먼저 일어서겠습니다" 하면서 합장하고 고개를 들었는데, 스님께선 여전히 허리를 굽히고 계신 게 아닌가.

그때의 감동을 잊을 수 없다. 그때 그 모습이 얼마나 강렬하게 각인되었던지, 《나의 행자시절》 서문에서 스님의 얘기를 이렇게 썼다. '나는 그날 하심의 아름다운 모습을 비로소 보았다.'

그리고 스님을 다시 뵌 것은 몇 년 뒤, '나의 행자시절' 연재를 시작하고 얼마 안 되어서다. 공림사에 내려가 계신 스님을 만나뵙던 날은 잔설이 있던 따뜻한 겨울이었다.

스님의 행자시절 이야기는 평범해서 쓰는 데 좀 힘들었던 기억이 난다. 그러나 '나의 행자시절'을 단행본으로 낼 준비를 하면서 다시 보니 새삼, '행자시절, 복을 지어놓은 게 없어서 이번 생애에는 부목이나 하고 지내다가 다음 생에나 출가를 해야겠다'라고 생각하셨다는 대목에서 스님의 겸손한 성품을 느끼지 않을 수 없었다.

경전공부를 좀 하고 싶어도 스승인 금오 선사께서 '참선만 해라' 해서 답답한 마음을 무릅쓰고 그대로 참선만 하셨다는 이야기도 많은 것을 시사한다. 자신의 생각을 거둬들이고 우직하게 스승을 절대적으로 믿었기에 탄성이라는 한 아름다운 수행자가 존재할 수 있지 않았나 하는 생각이 든다.

괴산 공림사에는 절에서 공동으로 쓰는 차 한 대가 없었다. 스님의 승용차는 물론 살림살이를 실어 나르는 차 한 대가 없는 것이다. 절집과 수행자는 가난해야 제대로 공부한다는 스님의 철학이 그대로 반영된 것인데, 그 덕에 나도 인터뷰가 끝나고 한참을 기다려서야 밖으로 나오는 신도분의 차를 얻어 탈 수 있었다.

돌아오는 차 안에서 신도분들에게서 들은 이야기는 감동적이었다.

"스님께선 신도들이 차로 공림사에 모셔다드리는 것을 극구 마다하십니다. 꼭, 하루에 네 번 들어오고 나가는 버스를 이용하시죠. 한번은 법문을 마치고 버스 타는 데까지만 모셔다드리기로 하고 스님께서 승용차를 타셨어요. 그러다가 운전하는 이가 '스님, 타신 김에 그냥 공림사까지 모셔다드리겠습니다' 하고 버스정류장을 지나쳤어요. 그러자 스님께서 차를 세우라고 하시면서 달리는 차문을 여셨어요. 결국 스님께선 승용차에서 내리시곤 버스를 타고 가셨죠."

공림사에 다녀오고 나서 삼 년 뒤 스님께서 열반하셨다는 소식을 들었다. 벽에 걸려 있던 가사장삼 한 벌과 조그마한 책상 말고는 그 흔한 찻상이나 다구 하나 없이 정갈하고 조촐했던 공림사 작은 방에서, 인터뷰 말미에 조용하게 토로하셨던 탄성 노스님의 말씀 하나가 마음속에 남아 있다.

"수행자의 삶은 참, 고독합니다."

고독! 수행자가 천형처럼 받아들여야 할 절대고독을 말씀하신 것이리라.

책을 엮을 때 스님의 행자시절 원고 내용 마지막에 이 말을 새로 썼다.

'古爐淸香(옛 화로에 맑은 향기).'

탄성 스님은 바로 그런 수행자이셨다는 생각이 든다.

# 정성을 들여 올인하라

설정 스님

"스님, 인생은 정말 뭘까요? 삶 속에 있으면서도 삶을 모르겠습니다. 알 것 같기도 하다가 다시 깜깜해집니다. 잘 사는 방법은 뭘까요?"

서울에서 수덕사까지 두 시간 만에 달려가 삼배를 올리고 다짜고짜 드린 질문에 수덕사 덕숭총림의 방장이신 설정 스님께선 빙그레 미소부터 지으신다. 스님의 푸근한 미소에 마음이 편해진다.

"인생이 무엇이냐고 의문을 갖는 자체가 인생이지. 의문을 갖지 않는 인생은 이해할 수 없는 것이죠. 어떠한 노력을 하며 어떻게 인생을 살아가야 하는 것일까 묻는 것이 인생을 살아가는 한 과정이겠죠."

"알 것 같아 안심이 되기도 하다가 어느 날 보면 다시 아무것도 모르겠는 원점에 와 있습니다."

"부처님을 비롯해 모든 역대 선지식들의 출가는 인생에 대한 큰 의문, 즉 과연 이 삶이란 무엇인가, 대체 나는 어디로부터 와서 어디로 가는 것일까 하는 물음에서부터 출발한 것입니다. 그것을 확실히 아는 사람을 부처라 하고 선지식이라 합니다. 모르는 사람을 어리석은 중생이라고 하는데 그걸 모르면 헤맬 수밖에 없죠. 중생의 입장에서는 삶과 죽음이 분명히 다른데 선사들은 둘이 아니라고 했습니다. 둘이 아닌 것을 깨달은 사람은 모든 것을 해결한 사람이죠. 이를 생사를 초월했다고 합니다."

낮은 톤의 말씀에 조금 느리면서 구수한 충청도 사투리가 살짝 배어난다. 미리 연락을 드리긴 했지만 사실상 불쑥 찾아뵌 셈인데도 말씀이 오래 준비하신 듯 정성스럽다.

"사람들은 오욕이라고 하는 소위, 자신의 욕망을 충족하기 위해서 살아가죠. 돈이나 명예나 이성 등을 추구하는 안일한 삶을 가치 있다고 생각하고 그것에 매달려 있는데 실제 그 오욕으로 나의 생을 채우려고 해봐도 채워지지 않잖아요. 돈이나 명예가 있다고 행복한 것도 아니고요. 물론 기본적으로 먹고 살아야죠. 그러나 많이 먹고 편하다고 해서 행복한 것은 아니에요. 결국 오욕이라는 자체도 나를 편안하게 해주는 것이 아니죠. 그림자 같고 물거품 같은 거예요. 그럼 이런 것들이 아닌 진짜는 무엇인가 하는 의문을 가지고 시작하는 것이 선禪의 시발점입니다. 불교에서 말하는 공부의 시발점이죠. 그런데 출발점을 떠나 이 문제를 해결한 사람이 과연 얼마나 될까요? 조갑상

土爪甲上土, 즉 손톱 위에 흙을 올려놓은 것처럼 그 수가 적습니다. 인생의 생사 문제를 해결한다고 하는 것이 저렇게 어렵기 때문에 보통의 마음 가지고는 안 됩니다."

그렇다면 어떠한 노력이 필요한 걸까. 스님의 말씀이 조용히, 그러나 간곡하게 이어진다.

"고도의 극기와 자제 그리고 인내가 아니면 이 공부를 성취할 수 없습니다. 세상사에 있어서도 성취를 하려면 저것들을 다해야 하는데, 세상 사람들이 하는 그런 정도 가지고는 안 돼요. 이 문제를 해결하는 것은 정말 목숨과 맞바꾸겠다는 철저한 의지와 신심, 발심이 아니면 불가능해요. 세간과 출세간을 막론하고 인생에서 가장 중요한 태도는 정성스러운 것입니다. 정성으로 삶에 올인해야 그것이 사람을 아름답게 하고 일을 성취하게 하죠. 적당히 어설프게 도전해서는 도저히 안 돼요. 안에는 들어가지 못하고 껍데기만 두드리다 말죠."

진지한 말씀을 하시면서도 얼굴에 미소가 가득하다. 그런데 나는 적당히 살고 있는 나를 꿰뚫어보시고 하시는 말씀 같아 따라 웃을 수가 없었다.

"그래서 선사들이 하신 것처럼 모기가 무쇠솥을 뚫으려는 가당찮은 그런 무모한 용기로 붙어야 돼요. 그 약한 모기의 부리가 솥을 뚫는 도리가 있단 말이죠. 그것은 생명을, 모든 정성과 의지를 다하는 것인데, 이것을 일심불란이라 하죠. 일심불란으로 올인하면 그 문제는 해결이 될 수 있어요."

"공부를 해야 한다는 자각을 해도 실천하기가 어렵습니다. 알면 알수록 첩첩산중이라는 느낌이 듭니다."

"첩첩산중이죠. 그러나 미리 겁을 내고 뒤로 물러나 도전을 하지 않아서 그렇지 남녀노소 누구나 성취할 수 있는 일입니다. 그런데 업력이 지중한 사람은 소리와 모양이라고 하는 뜬구름 같은 것에 얽혀서 자신도 모르게 떠내려가며 평생 중생놀음을 합니다. 자기를 잃어버리고 주체적인 삶이 아닌 객관적인 상황에 얽혀 흘러가기 때문에 자기를 망각하고 사는 거지요."

중심이 서지 않으면 시시각각 우리 앞에 마주한 대상을 따라 이리저리 흔들리며 사는 것이 우리네 인생이다. 스님은 이를 중생놀음이라고 하신다.

"잃어버린 자기를 바로 보는 것이 공부예요. 나라는 존재가 지금 무엇을 하고 있는가, 그것을 바로 보고 있다 보면 나라는 것도 없어져요. 나라고 의식하는 그놈마저도 없어질 때 자기의 본모습이 드러나게 되어 있어요."

"그런데 중생들은 오히려 '나'라고 하는 것이 없어지는 것을 두려워합니다."

"불교에서 최고 목표로 하는 것이 안심입명安心立命입니다. 마음이 편안해서 자기의 생명이 바로 된 상태를 말하죠. 중생의 생명은 어느 곳에 부딪쳐 없어질지 몰라 항상 위태위태해요. 돈, 명예, 이성을 좇다가 부서지곤 하죠. 모든 생각이 쉬어져서 가장 편안한 마음을 안심이라고 하죠. 어디를 가도 즐겁고 편안합니다. 그 경계를 법열이라고 하고 대우주와 내가 혼연일치된 상태라고 합니다. 그 상태야말로 어떤 상황에서도 걸림이 없는 자유자재한 경지죠. 원효 선사는 이를 '일체무애인'이라고 하셨어요. 돈이나 명예, 이성 등 어떤 소리와 모양에도 걸림이 없는 것을 생사를 초월했다고 하고 그런 사람을 일컬어 생사가 없는 사람이라고 합니다. 공부하는 사람의 궁극적 목표는 생사가 없는 경지에 이르는 것입니다. 생사가 없는 곳은 너와 내가 둘로 나눠진 게 아니라 대우주와 내가 혼연일치가 된 상태입니다. 그 상태를 현실적 해탈이라고 합니다. 다시 어떤 특별한 법이 있어서 추구할 대상이 있는 것이 아니고 있는 그대로 해탈이죠. 그런 상태가 되었을 때를 공부인의 이상적 경지인 열반, 또는 해탈이라고 얘기하죠. 그런 상태가 되면 천상락을 즐길 일도 없고 지옥의 고통을 받을 것도 없는 거예요. 지옥고가 있다고 생각했을 때 고를 받을 공포와 두려움이 생기는 거죠. 그 상대가 다 소멸되어 버렸는데 굳이 천상에 가야 할 이유도 없고 지옥에 가서 괴로워야 할 이유도 없는 거죠. 이를 현실적 해탈이라고 하는 겁니다. 정성스럽다는 것은 어떤 일을 하든 정성스럽게 올인하는 것인데 이 공부를 그렇게 해나가게 되면 해결이 납니다. 인생이 무엇인가 하는 물음에 해답이 나온단 말입니다. 그동안 사대육신이 나라고 생각하고, 오욕이 나라고 생각했던 것들이 한 꺼풀 훌렁 벗겨지면서 수처작주隨處作主하는 참나가 생기는 거죠. 그 자리가 해탈이고 열반이고 그 자체가 그대로 법열입니다."

"그렇다면 날마다 저희들에게 닥치는 현실적인 문제를 해결할 수 있습니까?"

"수처작주가 되니까 별 문제가 없지요. 이른바 공부를 하면 네 가지 큰 지혜가 나오게 되어 있어요. 정말 텅텅 비어서 아무것도 없는 대원경지大圓鏡智가 그것입니다. 거울에 한 점의 티끌도 없이 삼라만상이 그대로 비추어 모자람이 없는 것과 같이 원만하고 분명한 지혜죠. 거울은 사람이 오면 사람을 비추고 달이 오면 달을 비추고 물이 오면 물을 비춰도 흔적이 남지 않아요. 그런데 중생들은 흔적을 남기죠. 찌꺼기를 남기기 때문에 괴롭고 어려운 것입니다. 그리고 평등성지平等性智가 생겨요. 일체 유정 무정의 모든 존재가 평등 일여한 진리를 관하고 대자대비한 마음을 일으키는 지혜를 말합니다. 세상과 내가 둘이 아닌 평등성을 알기 때문에 자비의 마음을 일으키지 않을 수 없죠. 그와 동시에 묘관찰지妙觀察智가 생깁니다. 사물 하나하나에 대해 분명한 이치를 아는 것입니다. 사물의 이치를 환히 아는 지혜죠. 그 다음 성소작지成所作智가 생겨요. 만들고 이뤄지고 없어지게 하는 모든 도리를 다 알게 되는 지혜를 말합니다.

불교의 근본은 지혜와 자비입니다. 네 가지 지혜가 드러난다는 것은 내가 우주법계와 혼연일치가 되어 둘이 아니라는 이치를 아는 것입니다. 이 네 가지 지혜가 드러나면 저절로 자비희사慈悲喜捨와 효순孝順이라고 하는 여섯 가지 기능의 중생을 위하는 길이 생겨요. 불교의 매력이 여기에 있습니다. 자신만 공부를 이뤄 극락세계에 이르는 것이 끝이 아니고 우주와 혼연일치가 되어 둘이 아닌 경계가 되었을 때는 자신이 어떤 데도 홀리거나 매이질 않습니다. 자신도 모르게 자비희사와 효순이 구족되지요. 그때 비로소 중생을 위할 수 있는 철저한 기능이 발현되지요.

나를 좋아하거나 싫어하거나 예뻐하거나 원망하거나 상관없이 어머니가 자식을 사랑하는 마음처럼 어떤 중생도 다 예쁘게 보이죠. 그게 자慈예요. 그리고 중생의 아픔과 괴로움이 내 아픔과 괴로움이 되어서 연민의 정이 나오는 것이 비悲예요. 꽃이 꺾여도 내 마음이 아픈 것이 비입니다. 희喜는 어렵고 힘든 일을 유정이든 무정이든 상대에게 보이지 않는 것을 말합니다. 어떻게든 그 사람이 나의 모습을 보고 기뻐하고 좋아하게 하는 거죠. 거역하지 않고 기쁨을 주는 겁니다. 사捨는 희생봉사를 말하는 것으로 요즘 말로 하면 봉사정신이죠. 내 것을 전부 버려서 봉사하는 거죠. 중생의 이기심에서 나오는 옹졸하고 좁은 삶이 아니라 내 것을 다 버린 큰 삶을 사는 거죠. 그렇다고 해서 그 사람이 아무것도 없는가 하면 그렇지 않습니다. 그 사람은 우주 법계가 다 제 물건이기 때문에 끝도 없이 자기 것을 버려서 중생을 봉사함에 다함이 없단 말입니다. 그것이 부처님의 무한한 공덕입니다. 마지막, 효와 순은 무조건 순종하는 것을 말합니다.

부처님께서 이 세상에 나오셔서 '천상천하유아독존이라'고 하신 것은 당신뿐 아니라 모든 중생이 저 네 가지 지혜와 자비희사라는 공덕을 가지고 있는데 그걸 놓아두고 엉뚱한 짓을 해서 스스로 헤매고 괴롭고 힘들어하니까 자신에게 이미 갖춰진 보물을 찾아 쓰라고 한 것입니다."

"저희 중생들의 문제는 이해는 하겠는데 확연히 깨치질 못해서 인생에 활용이 안 된다는 겁니다."

"오욕 속에 앉아서 오욕을 처단하려고 하면 그게 처단이 되나?" 하시면서 웃으시는 스님의 모습이 마치 자식의 앞날을 걱정하는 어버이의 모습처럼 따스하게 느껴진다.

"오욕을 철저히 처단하겠다는 그 생각을 일심으로 하기 위해서 주력, 염불, 참선 등의 수행을 하는 거지요. 번뇌망상이 걷혀야 해요. 자성(자신의 진실한 성품)을 드러내기 위해서 수행을 하는 것이고 자성만 확실하게 드러나면 그때부터 아하 내가 헛살았네, 보물단지가 여기 있었네 하고 느끼는 겁니다. 엉뚱한 짓을 하고 산 것을 알게 되는 거지요. 인간은 오욕락을 추구하는 것에 자신의 전부를 쏟아붓고 살고 있지만 그건 마치 불나비가 불빛을 보고 쫓아가서 결국 목숨을 잃는 것처럼 화려한 것 같지만 내 것이 아니거든요."

"스님 말씀을 듣고 있으니까 '이렇게 사는 것이 아니다!' 하는 자각을 크게 한 번 해야 할 것 같습니다. 잘못되었다는 자각 없인 정성스럽게 최선을 다하는 삶을 살 수 없을 것 같습니다. 일단 큰 자각을 하려면 어떻게 해야 합니까?"

"그걸 발심이라고 합니다. 사실은 우린 얼마 안 가서 다 죽습니다. 끝났을 때를 생각하면 깜깜하잖아요. 자신을 모르면 깜깜한 거예요."

"이렇게 아무것도 모른 채 죽음을 맞는다면 정말 큰일이라는 생각이 듭니다."

"큰일 났다고 하면서도 관념적으로만 받아들이지 심각하게 받아들이질 않아요. '내일도 모레도 있으니까 그냥 천천히 생각해보지' 하면서 살아가지요."

그러면서 스님께선 《발심수행장》에 나오는 원효 스님의 말씀을 전하신다.

오늘도 그지없이 나쁜 짓은 많이 해도
내일내일 미루면서 착한 일은 얼마 없네

금년 일 년 미루면서 번뇌 속에 한량없네
내년 후년 미루면서 도 닦는 일 못하누나

찰나찰나 잠깐 흘러 낮과 밤이 금방 가고
하루하루 번개처럼 보름 한 달 훌쩍 가니

한 달 두 달 쉬지 않고 홀연 일 년 지나가서
한 해 두 해 거듭하여 문득 죽음 닥쳐오네

깨진 수레는 가지 못하고 늙은 몸은 닦지 못한다

누워 게으름 앉아 혼미 망상만이 어지럽네

얼마나 살겠기에 낮과 밤을 헛되이 보내며
살날이 얼마라고 평생토록 닦지 않나

이 몸은 반드시 죽음이 있으니 다음 생을 어찌하나
생각하면 급하구나 생각할수록 급하도다

원효 스님이 공부하는 사람들을 위해 쓰셨다는 저 말씀을 들으면서 설화 한 토막을 떠올린다. 히말라야 설산에 한고조寒苦鳥라는 새가 산다. 그는 둥지를 틀지 않고 살기 때문에 밤만 되면 사나운 눈바람을 그대로 맞으며 온몸이 얼어붙는 괴로움을 겪는다. 그래서 그는 밤이면 '날이 밝으면 꼭 아늑한 둥지를 지으리라' 하고 다짐한다. 그러나 날이 밝으면 따스한 햇살과 설산의 화려한 풍광에 눈이 팔려 집을 짓겠다는 다짐을 잊어버린다. 그러고는 또 다시 밤이 되면 똑같은 다짐을 하며 추위에 떨다가 일생을 마감한다. 중요한 문제를 차일피일 미루고 어리석음과 게으름 속에서 윤회하는 우리의 삶도 저와 무엇이 다를까 하는 생각이 스치는데, 스님께서 일침을 가하신다.

"불교를 믿는다 하더라도 관념적으로 믿죠. 철저하게 발심해서 믿질 않으니까 공부를 해도 진척이 없어요. 내일 죽는다고 생각하면 잠이 오나요? 잠이 오지 않을 정도로 철저히 발심해서 그 마음이 참선 염불 등의 수행으로 향했을 때 얻어지는 게 있지, 관념적인 신앙으로는 얻어지는 게 없어요. 무엇인가 좀 얻어지고 참나가 드러날 때 '아하 바로 이거였구나, 이것밖에 없구나' 하는 깨달음이 오죠."

스님을 모시는 시자 스님과 약속한 시간이 지나고 있다. 시자 스님은 찾아간 나를 대하고는 한걱정을 했다. 칠십이 넘은 노인이신데다 건강이 그리 좋은 편이 아니시고 또 며칠 후 미국에 가실 일이 있어 좀 쉬셔야 하는데 사람들이 끝도 없이 찾아온단다. 건강해 보이신다고 했더니, 스님께선 찾아온 모든 이들에게 결코 피곤한 기색을 보이지 않고 대하셔서 사람들이 잘 모른다고 했다. 몇 년 전, 스님께서 큰 수술을 받으신 것으로 알고 있다. 그런데도 정말 스님께선 최선을 다해 객을 맞고 계셨고 나는 스님의 말씀에 푹 빠져 "삼십 분만 뵙고 나올게요" 한 약속을 잊고 있었다. 시자 스님이 짐짓 방에 들어왔다 나간다. 그만 끝내라는 신호인 것 같아 조금 불안해진다.

"이 세상을 떠나갈 때 가지고 갈 수 있는 것 하나도 없어요. 그렇게 애지중지하던 처자권속을 비롯해 명예나 재산, 그런 것들을 가지고 갈 수 있나요? 오로지 자신이 지은 업 덩어리만 짊어지고 가는 거예요. 그래서 불교를 믿는 사람들은 철저하게 공부를 해서 깨치지 못했다 하더라도 좋은 업을 지어야 돼요. 죽음은 끝이 아니라 새로운 시작입니다. 그 새로운 시작을 잘 하려면 업을 바로 하고 가야 돼요. 탁하고 악하고 독하고 추한 업을 짓지 말고 가야 돼요. 가능하면 좋은 업을 짓고 가야 다음 생이 근사해지지 않겠어요?"

"철저한 발심을 하는 데엔 스승의 존재가 중요하지 않을까요? 공부하는 데 믿고 따를 수 있는 스승이 있으면 공부에 진척이 좀 있을 것 같습니다."

"스승도 중요하죠. 그러나 나를 깨우쳐서 이끌어줄 스승을 찾기 전에 내가 이 생명을 바쳐 공부를 해야겠다는 강한 의지가 제일 중요하죠. 혜가 스님이 달마 스님을 찾아가 '어떤 것이 대도입니까?' 하고 물었을 때, '네가 그 어쭙잖은 생각으로 여기서 대도를 찾겠다고 하는가? 턱도 없는 소리! 과거의 모든 불보살들이 수많은 생을 살면서 생명을 버렸다. 그렇게 도를 닦았는데 너는 눈 속에서 하루 저녁 서 있던 것을 가지고 나한테 대도를 묻겠다고 하는가' 하고 꾸짖으시잖아요. 그때 혜가 스님이 그 말씀을 듣고 칼로 팔을 잘라 달마 스님께 바쳤습니다. 그냥 슬슬 적당히 하는 게 아닙니다. 구도에 대한 철저한 열정이나 신심을 가지고 시작해야지, 좋은 스승을 만나서 말 엉덩이에 파리 붙어가듯 공짜로 묻어가겠다고 한다면 잘못된 생각입니다. 공부를 하겠다는 철저한 의지와 신심이 있으면 좋은 스승을 만날 수 있는 인연이 만들어집니다."

스스로 닦아야지 누가 대신 해줄 수 없는 길이라고 하신다. 준비가 되어 있지 않은 사람에겐 아무리 훌륭한 스승이 곁에 있어도 소용이 없다 하신다.

"총림의 제일 어른이신 방장스님께선 어려운 일이 있을 땐 어떻게 해결하시나요?"

위로받을 수 있는 질문을 해본다. 스님이라고 어려운 일이 없으시겠는가.

"절 집안이라고 해서 세상을 떠나 있는 게 아니에요. 어려운 일은 어느 곳에나 있어요. 그러나 해결하는 방법은 다르지요. 어려운 일이 생기면, '아 내가 전생에 어려움을 당할 원인을 지었구나' 하고 생각하죠. 그러니까 어려움이 닥치면 닥치는 대로 누굴 원망하거나 회피하기보다는 수용해서 거기에 최선을 다해버리는 거죠. 중생심을 발동하면 발동한 만큼 힘들고 어려워서 견디질 못하겠죠. '이건 내 것이다' 생각하니까 그냥 무난하고 자연스럽게 해결이 되죠. 또 시간이 해결해주고요. 개인적인 문제도 있지만 집단적인 것도 있잖아요. 하루하루 거기에 최선을 다하면 돼요. 결과에 대해선 연연해하지 않아요."

"늘 위기에 서 있는 게 중생의 삶인데, 그때그때 최선을 다해서 살면 되지 따로 닦을 필요가 있느냐 하고 묻는 사람들도 많습니다."

"사람들은 얼굴이 더러우면 세수를 하고 옷이 더러우면 빨아 입습니다. 껍데기는 잘 챙기지만 마음이 더러워지고 탁해지면 세탁을 하려고 하지 않아요. 마음을 그냥 놓아두면 탁한 잡초가 우거지고 죄의 벌레가 우글거리게 되어 있어요. 죄의 벌레라든가 탁한 잡초를 없애려면 항상 마음 세척을 해야 하는데 그것이 염불이고 주력이고 참선이에요. 마음 세척을 해야 좋은 지혜를 가지고 맑은 정신으로 잘 살 수가 있어요."

탐진치를 그냥 내버려둔 채 성질나는 대로 자신을 되돌아보지 않고 살다 보면 어느 쓰레기통에 처박힐지 모른다고 쐐기를 박으신다.

"그래서 인생을 잘 살아가는 비결은 수심修心과 용심用心에 있어요. 어떻게 마음을 닦고 어떻게 마음을 쓸 것인가가 중요하죠. 그냥 마구잡이로 막 살면 안 돼요. 사람과 사물에 대해서 어떻게 좋은 마음, 아름다운 마음을 가질 것인가, 깨끗한 마음을 가질 것인가, 넉넉한 마음을 가질 것인가, 항상 마음의 준비를 하고 닦아가는 것이 수심이에요. 쓸데없이 성질내고 원망하고 미워하고 시기질투하면서 그렇게 탁하고 옹졸하게 살아야 되겠어요? 결국 세상에서도 잘 사는 길이 수심과 용심에 있는데, 대부분 사람들이 그렇게 안 살잖아요? 바쁘다고 하는데 뭐가 바빠요? 바쁜 놈은 밥 안 먹고 사나요? 밥 먹는 시간이면 그 생각 다해요. 그런 생각을 하지 않고 사니까 인생을 실패하는 겁니다."

"불자는 수심과 용심을 하는 데 수행이라는 도구가 있지만 일반 사람들은 어떻게 해야 될까요?"

"수심을 해야죠. 반성해야지요. 죄에 휩쓸리지 않아야겠다, 굳은 의지를 가져야겠다, 남을 배려해야 되겠다, 남을 위해 헌신해야겠다, 남을 원망하거나 미워하지 않겠다, 남을 불편하게 하는 일을 하지 말아야겠다고 생각하는 것이 수심이고 발심입니다."

"늘 내 마음이 어떻게 쓰이고 있나 살펴야겠습니다."

"그렇죠. 자기를 비추어봐야지요. 지금 내가 어떤 자세로 있는가,

비틀어졌는가 바른가, 자신을 되돌아보는 게 수심입니다. 그것이 인생을 잘 사는 길이지 반드시 염불이나 참선만 하는 길이 전부가 아닙니다. 일반 사람들도 그렇게 살아야 돼요. 그러면 별로 낭패가 없어요."

"그간 살아오던 인생의 패턴을 달리해 인생의 시나리오를 다시 한 번 써보고 싶은 사람들에게 희망의 메시지 좀 들려주세요."

"인생에 대한 준비를 하고 있는 사람들은 걱정이 적습니다. 요행수를 바라서는 안 됩니다. 인생은 요행수에 있는 게 아닙니다. 철저하게 자기를 되돌아보고, 매사 적극성을 띠어야 해요. 요즘 청년실업률이 높고 타의에 의해 일자리에서 빨리 물러난 중년 가장들도 많은데, 무엇이든 해야겠다는 생각을 하고 있으면 일자리는 얼마든지 있습니다. 꼭 자기가 하려고 하는 일만 생각하고 있으니까 일자리가 없는 거예요. 자신을 낮추고 일할 준비와 능력과 자질을 갖추고 있으면 일자리 때문에 어려워하지 않아도 됩니다. 남을 원망할 필요가 없어요. 자기가 지은 대로 사는 겁니다. 개선하는 길은 인간의 의지에 달려 있는 겁니다. 예를 들어 가족 구성원 하나하나가 멋진 인생 작품을 만들겠다는 의지를 가지면 그 집안은 어떤 상황에서도 잘돼요. 기업도 노사가 함께 좋은 생각으로 힘을 합치면 망하지 않고 일어나지는 겁니다. 나와 너, 개인과 집단이 둘이 아니라고 생각하는 불이적인 가치관을 가지고 살면 반목이 없어요."

"어떤 가치관을 가지고 사느냐가 중요할 것 같습니다."

"덕을 베풀고 살면 자손이 융성하고 잘돼요. 좀 있다고 목에 힘주고 다니는 것은 가장 못난 사람이 하는 짓이에요. 정치하는 사람이든 기업을 하는 사람이든 이 사회를 이끌고 가는 사람들은 가치관이 분명하고 훌륭해야 돼요. 노블레스 오블리주라는 말이 있잖습니까. 그 자리에 있는 사람은 자신을 희생할 줄 알아야 하고 역할을 잘해야 돼요. 기업인은 직원들의 생명에 대한 책임과 의무를 수행할 줄 알아야 하고 그런 사람이 대접받을 때 아름다운 사회가 되죠. 나만 잘 먹고 잘살겠다는 것은 어리석은 사람들, 요샛말로 하면 쪼다들이 하는 짓이죠. 착취하고 도둑질한 녀석들은 저 지구의 오지 한구석에 태어나 골병드는 거예요. 그리고 축생보를 받는 거예요. 나중에 혼이 나는 거예요. 이기적인 사람들은 옹졸해서 나중에 자동폐기물로 전락할 수밖에 없어요. 그리고 그런 자손들은 펴나갈 수가 없습니다. 그래서 재물 있는 사람들은 돈을 물려주지 말고 잘사는 방법을 가르쳐주어야 하는 겁니다."

이제 마무리를 지어야 할 것 같다. 어느덧 저녁 시간이 다가오고 있었다. 공양주 보살님의 도마질 소리가 점점 크게 들려왔다.

"일찍 절에 들어오셔서 어느덧 칠십이 넘으셨어요. 한평생 돌아보시면 어떤 소회가 드시는지요."

스님께서 지금까지 말씀하신 것을 한마디로 정리라도 하시듯 짧고 간단하게 답하신다.

"불교를 더 발전시키는 것에 좀 더 정성을 들여 살았더라면 좋았을 걸 하는 아쉬움이 있어요."

정말 이제 그만 물러나야 하는데, 못말리는 나의 이기심이 발동한다.

"스님, 저는 게으른 편인데요. 게을러서 어떡하죠?"

"아침저녁으로 백팔배 하면서 참회하세요. 마음속으로 '과거 전생에 잘못한 모든 중생에게 참회합니다. 나로 인해서 억울함을 당했던 모든 생명에게 참회합니다. 나태와 방일로 세상을 살았던 것을 참회합니다.' 이렇게 참회하면서 정진하세요."

마지막 질문까지 진심을 다해 친절한 말씀으로 답하시는 스님을 뵙고 나오면서 크고 푸르른 나무 그늘 아래 앉아 있다 나오는 느낌을 지울 수 없다. 마침 스님께서 주석하시는 집의 이름이 취송당이다. 인사를 드리고 잘 빗질된 마당을 가로질러 주차장으로 걸어가고 있는데 스님께서 마루문을 열고 말씀하신다.

"그러고 보니 차 한 잔도 대접 못했네. 내가 이렇게 인정머리가 없는 사람이여."

눈썹이 흰 스님을 처음 뵐 땐 산신령 할아버지 같으셨는데 돌아오는 길 인사를 드릴 땐 청년 산신령 같은 느낌이 든 것은 무엇 때문일까.

"세속에 살아도 사람을 대하거나 일을 하는 데 정성을 다하는 것, 그것이 성공하는 비결이고 잘 사는 비결이여. 또 불교공부를 하려면 발심해서 거기에 올인하는 거여. 그러면 자기라는 게 드러나게 되어 있어!"

돌아오는 길, 스님의 간곡한 말씀이 덕숭산 너머 가을바람에 실려 들려왔다. 행복한 하루가 저물고 있었다.

# 인생에서 버려도 되는 많은 것들

# 무심을 얻은 사람

법전 스님

'사문은 무심을 얻은 사람이다.'

출가사문을 두고 한 말 가운데, 나는 이 표현이 가장 마음에 든다. 그토록 우리가 버리기 어려운 사랑과 미움으로 인한 분별, 무엇이 옳다 그르다, 좋다 나쁘다, 귀하다 천하다, 잘났다 못났다, 잘한다 못한다는 이 모든 이분법적 분별을 여의고 무심에 도달한 사람이 곧 사문이라는 뜻 같기 때문이다.

해인사 퇴설당에 계시는 법전 스님을 뵈면, 분별을 여읜 무심의 실체를 보는 것 같은 느낌이 든다. 매순간 분별 없이 최선을 다하시는 모습, 상대방을 말이 아닌 행동으로 존중해주는 모습을 보면서 무심의 아름다움을 체감한다.

천지 산하가 아무런 분별 없이 세상을 품고 아우르며 그 자리에 있는 것처럼, 아름다움의 궁극인 저 '무심'을 지닌 공덕으로 인해 스님께서 이 퇴설당에 머물고 계시겠구나 하는 생각도 해보게 된다.

해인사로 들어가는 홍류동 길이 벚꽃 터널을 이루며 봄을 활짝 드러내고 있던 날, 퇴설당으로 스님을 찾아뵈었다. 늘 그러하듯이 단정히 장삼을 차려입으시고 객을 맞으셨다.

열세 살까지 속가에 있으면서 〈천자문〉에서부터 사서삼경, 《통감》을 읽으며 서당에서 공부하다가 열네 살 때, 단명하리라는 팔자를 면하려고 절에 들어오셔서는, 거의 강산이 일곱 번쯤 바뀐 뒤 조계종 최고의 어른인 종정에 오르신 수행자.

고초당초보다 매운 사년 여 년의 행자시절을 마치고 열일곱 살에 사미계를 받고, 스물네 살에 당대의 선지식인 성철 스님을 법사로 모시고 평생을 참선수행으로 일관하신 선승이시다.

스승인 성철 선사를 만나던 첫날, '아, 이분은 확실히 도를 깨친 분이구나'라는 믿음과 함께 전적으로 의지해버렸고, 화두를 참구하는 것이 부처가 되는 가장 수승한 길이라는 가르침을 추호도 의심하지 않고 받아들여 실천한 우직한 수행자.

스님께서 서른두 살에 대승사 묘적암에서 공부하신 이야기를 들어보면, 목숨을 내놓고 공부를 한다는 것이 참으로 무엇인지, 공부에 절박하다는 것이 무엇인지 실감하게 한다.

'이렇게 공부하고도 마음에 변화가 오지 않으면 내 발로 걸어나오지 않고 죽으리라' 결심했다는 스님은, 공부에 진척이 없는 것은 죽음보다 더한 고통으로 느껴져 여러 번을 통곡하셨다고 한다.

스님의 말씀을 듣고 나서 수행을 하는 사람이라면, 적어도 한 번쯤은 그런 죽음과도 같은 터널을 건너봐야 하지 않을까 하는 생각을 하게 되었다.

스님은 묘적암에서 공부하신 다음 파계사 성전암에 머물던 스승 곁에서 공부를 점검받은 뒤, 삼십 대 중반에 태백산에 들어가서 농사를 지으면서 십 년, 그리고 김천 수도암에 머물며 선원을 짓고 후학들과 정진하면서 십오 년을 보내고 육십이 넘어 스승 곁인 해인사로 돌아오셨다.

스님의 삶은 저 중국의 도인으로 일컬어지는 임제, 덕산, 남전 스님들의 삶을 연상케 한다. 임제 스님의 눈망울에서는 생애와 인격이 펄펄 살아 움직이는 느낌을 받았노라고 하시던 말씀을 듣고, 사진 한 장에서 어떻게 그런 느낌을 받을 수 있을까 생각해보면서 감동한 적이 있다.

스님을 만나뵈면 전설 같은 이야기를 무수히 남겨놓고 열반하신 스승 성철 스님의 이야기가 나오게 마련이다. 퇴설당으로 스님을 찾아뵌 그날도 예외는 아니었다.

"백련암 노장이 워낙 별나셨거든요. 일반인들은 이해하지 못할 행동을 많이 해요. 수좌들이 찾아오면 공부 안 하고 쓸데없이 돌아다닌다고, 어떤 때는 장삼을 벗겨 태우기도 하고, 몽둥이로 사정없이 패

기도 하셨어요. 옆에 오면 긴장이 되어서 두렵기도 하고 해서 공부를 하지 않을 수 없었어요. 노장님은 화가 나면 장독도 깨고, 온 집안을 수라장을 만드셔서 늘 집안이 시끄러웠어요."

스님께선 1950년대 초, 통영 안정사 천제굴에서 스승과 단 둘이 지내시던 일을 추억하시면서 그렇게 말씀하셨다.

"그렇게 장독대를 다 부숴버리면 장이 없어 어떻게 해요?"

"곁에 있는 사람들이 수발하려면 힘들 때가 많아요."

그렇게 괴팍한 스승임에도 불구하고 스님은 스승을 시봉하는 동안 꾸중을 들은 기억이 별로 없다고 한다.

"스님을 모시고 살면서 '너는 왜 이렇게 하니' 소리 한 번 안 들어 봤어요. 그만큼 내가 민첩했어요. 안정사에 살 때 밭이 꽤 많았는데 그 밭을 다 갈고, 삼시 세끼 밥하고 빨래하고, 노장님이 주무시는 방에 장작불을 넣고 소제하고, 약을 달여드려야 하고, 과일즙을 내드리고, 손님이 오면 선별해서 만나도록 해드리고, 고성 읍내까지 가서 장도 보고…… 복잡하게 살았어요."

그러시면서 스님은 뒤에 앉아 이야기를 듣고 있던 퇴설당 시자를 바라보면서, "그런데 지금, 저 사람들은 그렇게 못할 거예요. 나는 그렇게 지금 사람들 대여섯 명이 할 일을 혼자 다 하고 살았어요"라고 말씀하셨다.

"성철 큰스님 얘기가 나오면 모두 혼난 말씀들을 하는데, 한 번도 야단 들은 적이 없다는 분은 스님 한 분밖에 없으신 것 같습니다."

곁에서 듣고 있던 사진작가가 그렇게 말씀드리자 스님께서 그러셨다.

"언덕에 뿔이 나오면 소가 있는 줄 알 듯 노장님의 동작을 보면 다 알았어요."

스님의 그 말씀에 일행 모두 웃고 말았지만, 그러한 상황에서 시봉하는 스님의 동작이 얼마나 민첩했을지 짐작하고도 남았다. 스님의 상좌분들의 전언에 의하면, 일흔이 다 된 스님께서 여든이 넘으신 성철 스님을 모시는 모습이 그렇게도 극진하셨다고 한다. 두 분의 나이 차는 십삼 년이다.

"스님께선 큰스님과 두 분이 사실 때도 가사장삼을 차려입고 장을 보러 다니셨다면서요?"

"광목장삼을 입고 다녔으니 그땐 내가 좀 미련했겠지. 재가 굉장히 높았습니다. 뒷산이 벽방산이거든요. 장을 보러 고성에 갈 때 더워도 장삼을 입고 다녔어요. 장을 봐서 걸망을 북통 같이 지고 왔지요.(웃음) 짐을 한 짐 해서 짊어지고 그 재를 넘어 절에 오면 옷이고 장삼이고 다 푹 젖었어요."

반세기 전, 이십 대의 우직하고 신심 깊은 수행자의 풋풋한 모습이 보이는 듯하다. 평생을 잠 때문에 낭패를 보시거나 힘들어본 적은 없으시다는 스님께 여쭈어보았다.

"스님, 저는 잠이 안 오다가도 좌선만 하면 졸음이 오는데, 왜 그렇습니까?"

“화두를 열심히 챙겨서 잠이 스스로 물러가도록 해야지 억지로 잠을 안 자려고 하면 그건 병이에요, 못써요. 사람마다 소질이 각기 다릅니다. 《한산시》에 보면, ‘쥐를 잡는 데는 가장 빠르다는 천리마보다 다리를 저는 고양이가 더 낫다’라는 말이 있어요. 참선한다고 다 견성하는 것이 아니고, 소질이 천성적으로 있는 사람이 있어요.”

그러면서 스님께서는 공부하는 방법에 대해 다음과 같은 말씀을 해주셨다.

“번뇌망상으로 꽉 찬 사람이 화두 한다고 하면 잘 안 되잖아요. 화두가 일념이 되지 않으면 공부가 안 되는 거예요. 화두를 드는 근원적인 목표를, 스물네 시간, 번뇌가 하나도 없이 화두일념이 되는 데 두어야 합니다. 그런데 그건 거의 불가능한 일이에요. 공부를 하지 않은 사람은 더군다나 못 알아들어요. 화두일념이 되는 사람은 스물네 시간 잡념이 없어요. 잡념이 없게 되면 차원이 달라져버려요. 낮에 활동을 할 때도, 꿈에서도, 잠을 자면서도 화두가 되어야 해요. 젊어서 화두를 할 때 보면, 낮에 화두를 열심히 하면 꿈에도 화두를 해요. 어느 날은 자고 나서 그 이튿날 깨보면 화두를 하고 있는 거예요. 우린 성격이 굉장히 단순하고 순박했어요. 잡생각을 모르고 일을 꾀하는 것은 전연 몰라요. 누가 무엇을 하라고 하면 그것만 하는 사람이지요. 스물네 시간 활동할 때 화두가 안 떠나고 꿈에도 똑같이 화두를 해도 잠이 푹 들었을 때 화두가 안 되면 영겁 생사를 면할 수 없다고 했습니다. 이것이 성철 노장께서 말씀하신 삼분단三分段 법문입니다. 누구든 공부를 하려면 거기에 목표를 두고 해야 해요. '경계가 났다, 무엇이 보인다' 하는 것은 다 쓸데없는 소리죠. 큰스님만 그렇게 말씀한 게 아니고 부처님께서도 《능엄경》에 오매일여를 얘기하셨고, 대개 명안종사들은 그 부분을 얘기했어요. 그런데 어떤 분들은 꿈은 물론 숙면에도 화두일념을 할 수 없다고 합니다. 그냥 깨쳐서 한소식을 하면 되는 거지, 무슨 오매일여냐고 합니다. 그러나 명안종사들이 오매일여를 주장했고 백련암 노장님도 삼분단을 주장하셨죠."

스님은 다시 한 번 강조하셨다.

"어쨌든지 스물네 시간 중 내가 활동할 때 화두가 되어야 하고, 꿈에도 화두를 해야 하고, 숙면에 들어도 화두가 되는 것을 기본해서 그것을 스승으로 삼아야 합니다. 그렇게 해서 삼매에 이르면 갈 데가 없는 거예요. 그런 다음 인연이 닿으면 바람 소리를 듣고도 깨칠 수 있고, 돌을 던지는 소리에도 깨칠 수 있는 거예요. 내 성품이라고 하는 것은 원만구족해서, 무엇 하나 보탤 것이 없고 덜어낼 것도 없습니다. 항상 밝아 있는 거예요. 바로 깨치면, 한밤중처럼 캄캄한 데서 살다가 아침에 해가 뜨듯 밝은 세상으로 나오는 겁니다. 부처님 경에도 자성이 밝은 것을 백천일월에 비유했거든요. 그만큼 밝은 거예요. 삼분단에 이르도록 공부하면 반드시 그런 경계가 오는 겁니다. 고려시대 때, 태고 스님이라는 분이 스승이라고 할 만한 이를 찾지 못하고, 조사어록을 보고 '만법귀일萬法歸一 일귀하처一歸何處'라는 화두를 해서 깨쳤답니다. 부처님께서 이런 법을 깨쳤나보다 하고 자신감을 가지고 한가로이 지내다가 중병을 앓게 되었어요. 그런데 고통스럽고 어둡고 갈피를 못 잡고 조금도 효과가 없거든요. 그래서 잘못 알았다고 생각하고 다시 '조주趙州 무자無字' 화두를 가지고 십칠 년인가 공부해서 오매일여가 되어 깨쳤다는 얘기가 있어요."

목숨을 내건 정진이 있고 나서 스승이 권했던 《증도가》나 《신심명》, 《육조단경》 등 조사어록을 비소로 마음으로 읽었다는 스님께선 진심으로 조사들의 삶을 이해하고 존경하면서 바라보고 계신 것 같았다. 저 옛날 명안종사들의 얘기를 하실 때면 신이 더 나시는 것 같았고, 그분들이 공부하시던 일화들이 끊임없이 풀려져 나오곤 한다. 그날도 한참이나 자신의 선배님이신 도인들의 이야기를 하셨다. 삶에서 누구를 좋아하고 따르느냐가 그 한 사람의 삶의 방향을 가르지 않나 싶다. 그릇이 크고 사람을 소중하게 다룬 중국 조사들을 좋아하신다는 스님을 뵈면, 사람은 결국 자신이 좋아하는 사람을 닮는다는 것을 알 수 있다. 결국 끌린다는 것, 좋아한다는 것은 유사한 기질, 같은 업을 가지고 있기 때문일 것이다.

언제나 뵐 때마다 무심으로 이뤄진 언행이 한결같고, 대하는 모든 사람을 정중하게 대하시는 스님이시다. 그것은 대중들과 정진하실 때, 마치 바다에 섬 하나 떠 있듯 일고여덟 시간을 미동도 하지 않고 수행하셨던 힘에서 나온 것은 아닐까 하는 생각을 해본다. 종정으로 계시던 스승이 열반한 지 십여 년 후에 종정 자리에 오르신 스님께서 이런 말씀을 하신 적이 있다.

“젊어서 공부할 때 내 심정은 이런 방장이나 종정 같은 것은 할 생각도 없었어요. 초야에 묻혀 농사나 짓고 조용히 사는 것이었지요. 종단에서 밥을 많이 얻어먹었으니 이 자리에 있는 것이지, 나한테는 맞지 않아요.”

그래서인지 스님에게 어떤 권위의식 같은 것은 정말이지 한 점도 찾아볼 수 없다. ‘무위자연無爲自然’ 그대로의 모습이다. 자신이 옛 도인들의 말씀을 신이 나서 하셨던 것처럼, 훗날 공부 열심히 하는 후학들에 의해서 ‘가야산의 눈 밝은 선지식’으로 회자되어질 수행자! 눈을 떠보니, 탐진치 삼독이 바로 ‘참나’더라고, 탐진치를 가지고 있는 세상 사람들이 모두 자신의 분신이더라고 하셨던 수행자! ‘진정한 종교혁명은 어떤 형식이나 제도에 있는 것이 아니고 선지식 하나가 참말로 자신과 같은 눈 밝은 사람 하나 만들어내는 것’이라고 하셨던 종정 스님!

돌아오는 길에 다시 본 홍류동 청매화 한 그루가 한층 더 푸른 빛, 매운 향기를 뿜어내는 듯했다.

# 내일은 없다

혜춘 스님

지금으로부터 오십여 년쯤의 어느 동안거 해제일, 깊은 산중의 암자에 비구, 비구니, 우바새, 우바이 사부대중이 스승이 나오길 기다리며 침묵 속에 정좌하고 있었다. 해제 전날 밤새도록 정진하고 새벽 예불을 마친 뒤였다.

잠시 후, 깊은 정적을 깨고 뚜벅뚜벅 스승이 걸어 나와 법상에 앉는다. 잠시 선정에 들고 나더니, 형형한 눈빛으로 대중을 둘러본 다음 주장자를 내리치며 스승은 일언지하 묻는다.

"일러보라!"

백 일 동안 공부한 살림살이를 내놓아보라는 스승의 언하에 숨죽인 고요만 법당을 맴돌 뿐 감히 아무도 답을 못하고 있었다. 십 년 동안 장좌불와를 멈추지 않은 스승 앞에, 아무도 들어오지 못하도록 철망을 쳐놓고 들어앉아 '네 공부하라'며 찾아오는 후학들을 몽둥이로 쫓아내던 스승 앞에, 진정 공부했는가 하고 쏘아보는 눈빛 앞에 감히 무엇을 내놓는단 말인가.

스승은 다시 묻는다.

"내놓아보라!"

그렇게 묻는가 싶더니 스승이 법상에서 내려왔다. 곧 사부대중의 어깨며 등짝에 주장자가 내려앉는다. 늘 해제일이면 있던 일이어서인지 제자들은 가만히 앉아 여름날 소낙비 내리치는 듯한 무차별한 주장자의 매를 맞았다.

그날, 주장자가 부러지도록 매를 맞던 스님들은 스승의 매가 멈추지 않을 것임을 알아차리고 하나둘 법당 밖으로 나오기 시작했다. 그러고는 담을 넘었다. 와르르 돌담이 무너지는 것을 아랑곳하지 않고 모두 도망치기 시작했다. 그러고는 다음 철이면 또 그 자리에 앉았으니 그 일을 경험해보지 않고는 알 수 없는 일이다.

강릉 매봉산 자락에 있는 대성사의 현각 스님은 당시의 일을 이렇게 회고했다.

"저는 그때 스무 살도 안 된 풋중이었어요. 오대산에 살면서 성철 큰스님에 대한 이야기를 많이 들었습니다. 큰스님을 뵈오니 소문대로 무서운 분이었어요. 그 단단한 주장자가 뚝뚝 부러져나가는데 얼마나 무서운지 벌벌 떨고 있었죠. 그때 제일 많이 맞은 분이 지금 종정이신 법전 스님과 혜춘 스님이었습니다."

당시 법전 스님은 성철 스님을 시봉하고 있었고, 혜춘 스님은 삼십대에 자식 넷을 두고 출가한 분으로 당시 막 출가해서 정진을 하고 있던 때였다.

법률가 집안에서 태어나 군수 부인으로 대접만 받고 살던 그분이 예기치 않게 남편을 잃은 후, 인생의 무상을 느끼고 성철 스님께 화두를 받고 공부하다가 출가하겠다는 말씀을 드렸을 때 성철 스님은 허락을 하지 않았다고 한다.

그래도 출가를 고집하자 성철 스님은 백장청규를 실현하면서 결사를 하고 있던 비구니 도량의 수장인 인홍 스님에게 "도량엔 받아들이되 선방에는 들여놓지 마시오"라고 일렀다고 한다. 혜춘 스님은 속인인 상태로 마산 성주사 법당 뒤 한데에서 거적을 깔아놓고 여름 한철을 지내면서 정진했다. 세속에서의 화려했던 생활을 완전히 끊고 하심하고 인욕할 수 있도록 공부를 시킨 것이다.

한여름의 습한 기운이 몸에 올라 습병을 앓으면서도 포기하지 않고 부엌에 앉아 밥을 먹으면서 한철을 나고서야 출가를 허락받고 정진 중이었다.

"혜춘 스님을 많이 내리치셨던 것은 자식을 떼어놓고 왔으면서 매서운 정진을 하지 않는다는 무언의 경책이셨죠. 한번은 혜춘 스님을 마당에서 내리치는데 손가락이 터져서 피는 철철 나고, 정말이지 겁이 나더라고요. 어린 소견에 누군가 말리지 않나 싶었는데…… 그게 말리고 할 일이 아니잖습니까? 그런데 큰스님께서 저를 부르시는 겁니다."

"너, 저기 가서 혜춘이 바랑 가지고 오너라."

장삼을 태워버리려고 했던 것이다. 옷을 태워버리고 하산하라는 의미였다. 어린 사미니는 피를 철철 흘리면서 무릎 꿇고 앉아 있는 선배 스님께는 미안하지만 어느 안전이라고 명령을 거역하랴 싶어 바랑을 가지러 들어갔다. 그런데 그 사이 마침 절에 다니러 왔던 성철 스님의 노모께서 그 광경을 보고 바랑에 들어 있던 장삼을 꺼내고 다른 것을 넣어두었다. 바랑이 마당에 도착하자 성철 스님이 일렀다.

"불을 질러라."

활활 불길을 내며 타오르는 바랑을 바라보면서 스승도 제자들도 무언 속에 있었다.

"분한 마음을 내서 공부하라고 경책하신 거지요. 혜춘 스님은 공부하려고 무진 애를 쓰시다가 돌아가셨습니다. 그분만큼 열심히 정진하신 분도 드물어요. 돌아가셨는데 자식들 인연으로 들어온 영결식장의 화환이 절 마당이 다 찰 정도였어요. 시댁에 두고 온 자식들이 훌륭하게 성장해서 사회 각층에서 활동하고 있죠."

현각 스님은 열일곱 살에 삼만배를 하고 나서 성철 스님께 화두를 받았는데 화두를 주는 자리에서 성철 스님은 목침을 들이대면서 물으셨다고 한다.

“니, 손가락이 끊어져도 화두만 공부할끼가?”

“네! 끊어져도 하겠습니다.”

그렇게 화두를 받고 한평생을 화두와 함께 살아오신 스님께 여쭈었다.

“지금 돌아보시면 큰스님의 어떤 말씀이 가장 공부에 도움이 되셨나요?”

노스님의 대답이 참으로 인상적이었다.

“어떤 말씀보다는 스님께서 우리를 공부시키려고 보여주셨던 행동들이 공부하는 데 힘이 되었습니다.”

십여 년 전 어느 산중에서 만난 선객 스님의 말씀이 떠오른다.

“화두요? 안 하면 죽게 생겼으니까 하는 거지요. 우리에게 내일은 없습니다.”

# 밝은 생각이 복을 만든다

인홍 스님

흔히 해인사에 주석하셨던 성철 큰스님을 '가야산 호랑이'라고 부른다. 선방에서 졸고 앉아 있거나 지대방에 등이라도 기대고 있는 수좌들이 눈에 띄면 "이놈들아, 밥값 내놓아라" 하시며 몽둥이찜질을 했다는 이야기는 이미 고전이 된 유명한 일화다.

비구니 스님 중에 기상과 기질이 성철 큰스님과 흡사한 한 분이 있다. 성철 스님과 비슷한 연배이고 울산 석남사에 주석하다 열반하신 인홍 스님이 그분이다.

평소 성철 스님을 존경하며 사상을 그대로 이어받아 실천 수행했던 그분은 생전에 '가지산 호랑이'라고 불렸다.

규칙에 어긋나는 일이 조금이라도 눈에 띄면 몽둥이를 들고 뛰어

나왔기 때문에, 멀리서 그런 인홍 스님을 보게 되면 대중들이 이리저리 숨느라 난리가 났다고 한다.

봉녕사 승가대학 부학장 도혜 스님은 그런 인홍 스님 밑에서 사 년 동안 행자시절을 보낸 분이다. 아홉 살 때, "일주일만 할머니와 있다 가렴" 하시는 삼촌 스님의 말씀에 따라 삼촌 스님이 계시는 절에 다니러 갔다가 그냥 눌러앉아 출가자가 되어버린 스님은, "오십 여 년 행복하게 출가자의 길을 걸었으니 나는 전생에도 그전에도 수행자로 살았을 거예요"라고 하셨다.

삼촌 스님 밑에서 빈틈없이 절도 있게 행자생활을 하다가 열다섯 살에 석남사로 간 스님은 가지산 호랑이를 노스님으로 모시며 다시 사 년의 행자시절을 보냈다고 한다.

인홍 스님의 일대기를 쓰기 위해 제자 스님들을 비롯해 손상좌 등 동시대를 함께했던 스님들을 인터뷰하면서 많은 일화를 들었지만, 인홍 스님에게 혼쭐이 난 이야기는 타의 추종을 불허한 듯했다. 진정한 스승은 배우는 이보다 몇 배 더 열의를 내는 사람이라는 것을 몸소 보여준 분이란 생각이 들었다.

비구니계의 대모로 불렸던 인홍 스님은 비구니의 존재와 위상이 미미했던 시대에 비구니 승가의 출가정신을 회복시키는 데 앞장섰던 분이다. 지금으로부터 반세기 전, 울산 석남사 주지로 취임하면서 선원을 열어 대중과 함께 수행정진하면서 퇴락한 가람을 일으켜 세우는 데 혼신의 힘을 다했던 비구니계의 걸출한 지도자였다. 스님 생전의 사십여 년 동안 석남사 회상을 거쳐 간 운수납자가 이천여 명이 넘었고 삼백여 명이 넘는 은恩제자를 길러냈다고 하는데, 저렇듯 후학들을 엄격하게 가르치지 않았으면 불가능한 일이었을 것이다. 훌륭한 지도자란 자신의 모든 것을 버리고 함께 가는 사람을 위해 철저히 헌신하는 삶을 사는 사람이라는 것을 보여준 분이었다.

도혜 스님에게 "스님은 인홍 노스님께 혼난 적 없으세요?" 하고 여쭈었다. 그랬더니 "왜 혼이 안 났겠어요" 한다.

"그렇게 착실히 사셨는데도 혼이 나셨어요?"

"아마도 노스님께 멱살을 안 잡힌 대중은 없었을 거예요. 제가 열여섯 살 때입니다. 새벽예불이 끝나고 강당 방에서 행자들이 모여 《초발심자경문》을 배우고 있었는데, 그날따라 제가 잠시 졸았었나 봐요. 책상에 얼굴을 대고 말이죠. 선방에 계시던 노스님께서 화장실에 다녀오시다 문을 왈칵 열고 들어오셨는데 그만 자고 있는 제 모습을 보신 거예요. 당장 제 멱살을 잡으시더니 밖으로 끌어내시면서 나가라고 하셨어요."

"어디로 나가라고 하신 건가요?"

"노스님께서 나가라고 하시는 것은 산문 밖으로 쫓겨나는 것을 의미하죠. 그런데 나가라고 한다고 나갈 수는 없잖습니까? 해서 뜰 앞에 서 있었더니 다시 멱살을 잡고 나가라고 밀어내시더군요. 행자가 감히 공부하다가 책상에 얼굴을 대고 잠을 잔다는 것은 당시 석남사 규칙상 있을 수 없는 일이었어요. 그래서 석남사 다리까지 쫓겨난 적이 있었습니다.”

그 후 어떻게 되었을까.

“일주일 동안 참회하며 보냈습니다. 노스님께 가서 매일 참회하고 대중의 어른 스님들께 용서를 빌며 참회했죠. 그런데 더 괴로운 것은 그 일주일 동안 먹는 것도, 잠자는 것도 제대로 할 수 없다는 거예요. 용서받을 때까지는 죄인이기 때문에 마음대로 할 수 없는 거죠. 해서 사형님들이 가져다주는 주먹밥을 먹으면서 지냈고 잠도 대중 스님들 틈에 끼어 새우잠을 잤죠.”

일주일이 지나자 스님은 겨우 용서를 받고 일상으로 돌아올 수 있었다고 한다.

“그렇게 엄했던 노스님께서 자주 하시던 말씀 가운데 기억나는 것 있으세요?”

“‘생각이 복이다’란 말씀을 자주 하셨죠. 생각을 늘 긍정적이고 발전적인 쪽으로 하라고 하셨어요. 그런 생각을 해야 복이 된다는 거죠. 자신에게 닥친 상황을 어떻게 받아들이느냐에 따라 삶이 달라진다는 말씀이셨는데, 제가 살아보니 노스님 말씀이 참 맞는 말씀이셨어요. 뭔가 잘되는 사람들은 생각이 밝고 긍정적이에요. 밝은 생각으로 스스로 복을 짓는 거죠. 그런데 힘들게 살아가는 사람들은 가르쳐줘도 복 짓는 생각을 못해요.”

가지산 호랑이가 포효했던 조계종 유일의 비구니 종립선원 석남사에 가보면 도량이 티 하나 없이 깨끗하다. 강원을 두지 않고 선원만 있는 석남사에서 스님들을 뵈면, 그 반듯한 위의와 고요한 모습에 그만 옷깃을 여미게 된다. 가지산 호랑이를 곁에서 평생 모셨다는 일흔일곱의 선원장 스님의 모습은 그대로 관세음보살이다.

# 꿈을 잃을 때
# 사람은 늙는다

백졸 스님

1

가을이 다 끝나갈 무렵, 천년의 고도 경주를 거쳐 부산에 다녀왔다. 고도답게 편안하고 넉넉한 느낌이 드는 경주에서 한 분의 노스님을 찾아뵙고는 곧바로 달려간 부산 옥천사에서 고희의 연세에도 젊은 수행자 못지않게 열심히 수행정진하고 계신 백졸 스님을 만나뵈었다.

"어서들 오세요. 많이 기다렸죠?"

뒷산을 포행하고 돌아온 스님은 볼에 옅은 홍조를 띠고 활짝 웃으셨다. 인터뷰를 그리 탐탁지 않게 여겨 좀 걱정을 했던 것과는 달리 일단 말문을 여시자, 법사를 모시며 가르침을 받았던 성철 스님과 은

사이신 인홍 스님 이야기 그리고 공부에 대한 이야기를 진솔하게 털어놓았다.

인터뷰 말미에 활기찬 음성으로 “자, 다음 생엔 우리 도반합시다!” 하셨던 말씀 앞에 자신 없이 “네!” 했던 기억이 떠오른다.

부산의 한 사범학교에 다니던 열일곱 소녀 하나가 어머니를 따라서 몸이 편찮아 잠깐 병원에 다니러 온 성철 큰스님을 만나뵈었다. 소녀는 호기심어린 눈빛으로 도인 스님에게 묻는다.

“스님, 산에 가면 조용하지요?”

“산에 가면? 안 조용하다.”

“……?”

“물소리 바람 소리, 시끄럽다.”

이것저것 물어대는 소녀를 바라보면서 스님은 등가의 원리에 에너지와 질량의 관계를 대입시켜 불교를 설명해주었다. 질량은 유의 세계이며 에너지는 무의 세계인데, 이것이 같아질 수 있다는 이야기를 들은 소녀는, ‘마음이 상상할 수 있는 것은 다 현실이 될 수 있겠구나! 참, 멋있겠구나!’ 하고 감탄했다.

“스님?”

“와 또 부르노?”

“그래서 공부가 다 되면 어떤데요?”

호기심을 이기지 못해 궁금한 것을 죄다 묻는 소녀를 바라보면서

도인이 대답한다.

"니 그게 궁금하노? 그건 말이다. 눈을 감고 자도 백 촉짜리 전등 켜놓은 것처럼 환하다."

그리고 소녀에게 평생 지울 수 없는 말씀 하나를 던진다.

"얘야, 참 좋은 것이 있단다. 한 길만 가면 말이다."

집으로 돌아온 소녀는 책을 펴고 앉아 있어도 광채로 환하던 눈빛 그리고 그 말씀이 자꾸 생각났다.

"얘야, 참 좋은 게 있다. 한 길만 가면, 한 길만 가면."

호기심으로 가득했던 열일곱 소녀가 일흔 살의 노승이 되어 그때를 이렇게 추억한다.

"입도 크시고 윤곽이 분명하니까 참 좋은 게 있다고 하실 때 너무 실감이 났어요. 참 좋은 것이 있다고 하시는데, 스님이 그렇게 좋다는 데가 어딘고? 자꾸만 그것이 내 마음에 뭉클대고 있었어요. 그리고 그 참 환하다는 말씀도 너무 좋았어요."

사범학교에 다니는 동안 성철 스님이 계신 곳을 찾아가 공부하는 법을 물으면서 '화두를 풀면 진정으로 행복해질 수 있겠다'는 결론을 내린 소녀는 졸업을 하자마자 집을 나온다. 공부를 더 해서 의사가 되고도 싶었고 교육자의 길을 걷고도 싶었고, 또 시인이 되고도 싶었던 유복한 집안의 꿈 많은 소녀는 '이 길이 정말 행복하고 싶은 사람에겐 적격이다' 싶어서, 집에다가는 '한 일주일 산사에 가서 공부를 좀 하고 오겠다'는 말을 남기고 집을 나섰다.

그러고는 마음이 잘 맞는 동무 한 사람과 함께 "우리 본격적으로 공부 한번 해보자!" 하고는 해인사 근처 청량사로 들어갔다.

"화두를 놓치면 살아 있으면서도 송장과 같다."

도인 스님이 일러주신 이 말씀 하나 품고 머리를 기른 채 산사로 들어간 것이다.

'살아 있으면서 송장 같을 수야 없지. 살아서 송장 노릇하면 이건 마이너스 인생이다.'

이렇게 되뇌면서 소녀는, 여름 안거를 시작한 여러 스님들 틈에 앉아 화두 하나에만 몰입했다. 배고프면 여름에 보리쌀 쪄놓은 것을 눈치 없이 집어먹고, 밤에는 졸지 않으려고 걸으면서 화두를 들었다.

스물네 시간 잠을 자지 않으며 화두를 참구하던 소녀는 과연 꿈속에서도 화두가 여여할 수 있다는 것을 경험한다. 그러고는 하루 이십사 시간, 일 년 삼백육십오 일을 정말로 잡념 없이 깨어 있는 공부에 도전하는 것을 평생 과제로 정한다. 화두를 제외한 모든 것을 잘라내야겠다고 결심하고 나니, 글을 쓰고 책을 보고, 또 하고 싶은 공부들은 두 번째 세 번째 순서로 밀려났다.

삼 개월의 안거가 끝나자 곧바로 태백산으로 들어갔다. 일주일간의 휴가를 얻어놓은 집엔 몇 차례의 연장 휴가 서신을 보내놓았지만, 혹여 찾으러 올까봐 고향 부산과는 멀리 떨어진 곳으로 간 것이다.

태백산의 홍제사에는 스무 명 남짓의 스님들이 겨울 안거를 나려고 모였다. 열한 시에서 세 시까지 잠자는 시간을 정해놓았지만 드러

누워 자는 대중은 없었다. 조금 쉬다가 일어나 제자리에 앉는 사람, 마루 끝에 앉아 졸음을 쫓는 사람, 눈밭을 달리는 사람, 마당가를 거니는 사람, 성철 큰스님께 화두를 받으려고 밤새 절을 하는 사람들만이 있었다.

소녀는 화두 하나에 딱 걸려서 누군가와 이야기를 하는 것도, 듣는 것도 싫었다. 그래서 점심을 먹은 후면 산모퉁이를 돌아서서 낙엽이 수북한 곳에 혼자 앉아 가부좌를 틀곤 했다. 때론 외워둔 게송을 읊어보기도 했다.

그렇게 그 겨울을 참으로 멋지게 보내고 머리를 기른 채 이 절 저 절 공부하러 다닌 지 삼 년이 지나자 비로소 출가를 결심했다. 미적분을 푸는 것보다 단순하게 보였던, 그래서 금방 풀릴 것 같았던 화두는 삼 년이 되어서도 풀릴 기미가 보이지 않고, 사람들은 이제 그만 삭발하고 은사를 정하라고 성화를 했다.

여자라는 형색조차 벗어나고 싶어서 남자용 와이셔츠를 줄여 입고 머리를 커트한 채 삼 년의 시간을 보내면서 눕지도 자지도 않고 그 감당할 수 없는 엄청난 자리, 참 좋은 자리, 죽어도 살아 있는 자리, 그 한 길을 가고자 삭발을 하고, 어느새 반 백 년의 세월이 흘러 일흔 살의 노스님이 된 백졸 스님께 여쭈었다.

"스님! 공부해보시니 깨친 경지는 어떻던가요?"

얼마나 화두가 여일하시냐는 질문에, 한평생 스승이 일러준 길을 가려고 혼신의 힘을 쏟았던 노선객이 답하셨다.

"골인점이 보이는데, 다 정해졌는데 나아가지지가 않아요. 그래서 큰스님께 '공부가 잘 안 된다'고 하소연도 많이 했습니다. 하루 이십사 시간 숙면일여, 몽중일여가 여일하고 그 삼매 정도가 십 년, 이십 년 이상 가야 하는데, 안 될 때가 더 많습니다."

"그렇게 평생을 하셨는데요?"

"아직도 구십구 퍼센트 안 됩니다."

그렇다면 스님의 그 일 퍼센트 깨친 경지는 어떤 걸까?

"정말로 태양을 천 개 안은 기쁨이지요. 태양을 천 개 안아봐요. 얼마나 좋겠어요. 깨친 경지는 말로는 표현할 수 없는 겁니다. 빛밖에 없는 거예요. 안팎이 투명 자체로 다 보이는 거죠. 그런데 안 될 때가 훨씬 많아요. 저는 철없었을 때, 큰스님이 잠이 들었어도 환한 상태를 다른 표현으로 말씀해주셨으면 했어요. 그게 듣고 싶은데 공부도 안 한 주제에 여쭐 수도 없고, 깨치면 어떨까 그게 그렇게 궁금했어요. 한번은 큰스님께 여쭈었어요.

'큰스님! 육조 스님은 어째서 그렇게 나무장사를 하시다가 《금강경》의 '응무소주이생기심應無所住而生其心(머무는 바 없이 그 마음을 내라)' 는 그 한 구절 듣고 깨치셨습니까?' 하고 말이죠. 그랬더니 큰스님께서, '다 몇 십 겁을 닦아 그렇다' 이러시는 겁니다. 그래서 나는, 내생에 태어나면 다섯 살쯤에 일찌감치 금생에 하던 공부를 밀어줄 수 있는 스승을 만나고 싶어요. 학문도 허무한 겁니다. 작은 학문이지만, 나이 들어 눈이 어두워지니까 방 안의 온도조절기도 안 보여요. 그것뿐인가요? 나는 그런 공부에 투자하기 싫습니다. 어떤 분들은 학교에 가서 공부를 더 하고 온다고 하지만, 나는 그 세월이 아까워요. 이 공부만 더 깊이 하고 싶어요."

"세상에, 그렇게 공부를 하셨는데도요?"

"'그렇게'가 너무 값이 없는 거예요. 밥을 안 먹고 해봤는가, 잠을 자지 않고 해봤는가? 그게 오래 안 되는데 어떻게 해요? 먹여주어야 되고 잠을 자주어야 되니, 그렇게 해가지곤 할 수가 없지요. 큰스님처럼 잠도 잊고 먹는 것도 잊고, 죽 밀고 나가야 되는데 그렇게 노력할 준비도 안 되어 있었던 거죠. 내 마음이 후련하도록 좀 열심히 하고 싶은데 그게 안 돼요. 큰스님처럼 팔 년 동안 잠을 안 자고 그렇게 하고 싶은데, 그런 연습이 안 된 것 같아요."

저 멀리 골인점은 보이는데 너무 공부가 안 되는 것이 기가 막혀서, 죽고 싶을 정도로 기가 차서 일주일 동안, 삼 분 단위로 시간을 끊어 잡념이 얼마나 지나가는가를 시험해보았을 만큼, 화두 하나에 한 생을 거셨던 스님께 그런 말씀을 들으니 정말 할 말이 없었다.

"내가 실제로 공부를 해보니까 무서운 자리가 있는 거예요. 그 다음에 그것에 도달한 사람들의 노력은 말로 다할 수가 없겠죠. 골인점이 보이니까 도전했을 것 아닙니까? 그런데 삼 분도 잡념 없이 공부가 안 되니, 얼마나 처참했겠습니까?"

2

“공부하실 때 성철 큰스님께 그렇게들 혼나셨다면서요?”

“파계사 성전암에 계실 때와 그 이전 시절엔 우리에게 밥도 한 번 안 주셨어요. 시자들이 우리들에게 밥을 주면 밥상이 날아갔죠. 철조망을 쳐놓고 우리에게 기왓장을 던지면서 내쫓으셨어요. 그때 나는 ‘참, 같은 사람인데 누구는 쫓아내고 나는 왜 이렇게 쫓겨다니며 설움을 당해야 하나’ 하는 생각이 들었어요.”

이 말씀을 하면서 스님은 눈시울을 붉혔다.

“분한 마음에 더 공부가 되었겠네요?”

“바로 그거예요. 돌아가면 더 분심을 내서 공부를 했죠. 다음에 갈 때는 당당하게 스님께 공부한 것을 말씀드리도록 해야지 하고는 삼 개월 동안 죽기 살기로 공부하는 겁니다. 그랬는데, 세월이 흘러 큰스님께서 해인사로 오셨어요. 그때부터는 밥을 주시는 거예요. 그때, ‘아, 큰스님께서 우리를 그렇게 격려하시다가, 해도 해도 안 되니까 포기하셨구나’ 하는 생각이 들었죠.”

“밥을 주신 걸 포기하셨다고 생각하신 거예요?”

“우리가 사람을 가르치려고 할 때 그렇게 닦달하기가 쉬운가요? 그 멀리서 왔는데 밥도 안 먹이고 쫓아내기가 어디 쉬웠겠어요? 시자 스님들도 어른 말씀대로 하려니까 얼마나 고달팠겠어요. 몇 십 년 동안 그렇게 설움을 주며 공부를 시켜도 우리들이 제자리이니까 포기를 하시지 않았나 싶습니다.”

스승에 대한 존경의 염을 담은 스님의 말씀이 너무나 절절해서 마음이 숙연해졌다.

"매질을 하면서 격려해주셨는데 우리가 기대에 못 미치니까 스님께서 교육방침을 바꾸셨다는 생각이 들어서 면목이 없었죠. 큰스님께서 늘, '돌아다니지 마라, 말 많이 하지 마라, 적게 먹어라, 책 보지 마라, 잠 많이 자지 마라' 이렇게 다섯 가지 지침을 말씀하셨는데, 실천이 안 되는 거예요. 공부인이 지켜야 할 저 다섯 가지 계율을 지키지 못했으니까 공부를 안 한 거죠. 그러니 큰스님 앞에 가서 무슨 이야기를 할 수 있겠습니까. 《능엄경》에 보면 망상을 폭포수와 비교해놓았어요. 물이 한줄기로 떨어지는 것 같지만 그 속에 수많은 물방울이 있듯이 미세망상도 그렇다는 겁니다. 없는 것 같아도 우리에겐 수십 전생의 DNA가 우글거리는 겁니다. 그것을 정리하고 나서야 자유인이 되는 거죠. 그러니까 나이 들어 공부하겠다, 다음 생에 공부하겠다고 하는 건 너무나 어리석은 소리입니다. 습관이 잘 들어야 이 공부를 하게 돼요. 습관이 나쁘면 또 공부를 못하겠더라고요. 좋은 시대에 부처님 법을 만났으니 얼마나 좋은 인연입니까. 그 이상 들을 수 없는 수승한 이론을 만났다고 해도, 잠자는 습관, 책 보는 습관, 이렇게 사람만 보면 이야기하는 습관, 이거 다 나쁜 습관이죠. 바보처럼 이 공부만 할 수 있도록 습관이 들어야 해요. 재주가 자신을 죽이지요. 아예 소질도 없이 바보처럼 살아 이 공부만 할 수 있어야 도를 이룰 수 있는 겁니다."

"그렇다면 세속에 사는 저희들은 어떻게 공부해야 할까요?"

"시간을 정해놓고 날마다 규칙적인 수행을 계속해야지요. 그리고 우리가 산에 올라가려면 나침반이 필요하듯이 의지하는 경전(소의경전)을 가지고 있어야 해요. 육법전서로 법을 판결하듯이 그 소의경전을 지표로 해서 자신이 마주친 현실에 대입시켜 풀어나가야 합니다. 그리고 큰 스승을 만나는 것으로 원을 세워야 합니다. 물론 합이 맞아야 스승도 만나지는 것이지만, 큰 스승을 만날 확률이 참 어려운 겁니다. 그러니까 반드시 원을 세워 기도해야 합니다. 《화엄경》 보현행원품에 보면 '피곤하고 싫어하는 생각이 없게 하라'는 말이 있어요. 잠깐 좋은 일은 계속할 수 있지만, 이 공부를 계속한다는 것은 어려운 일이에요. 이 공부는 화두와 잡념의 대결입니다. 화두를 드는 시간이 많은가 잡념이 많은가, 그 대결인 거지요. 그러니까 해낼 수 있는 거예요. 이번 생에 못하면 내생까지 하겠다는 대단한 투쟁이죠. 치열한 겁니다. 초를 따지고 하잖아요. 살벌하지요."

"보통 근기 가지고는 그렇게 할 수 있겠습니까?"

"영원한 행복 추구 아닙니까? 천 년 만 년이 가도 부서지지 않는 자리가 있다는 겁니다. 생과 사를 초월하고 사람과 하늘의 스승이 될 수 있는 자격과 실력이 우리 무의식 속에 있다는 겁니다."

"이십사 시간 화두가 여일하다는 것, 그게 어느 정도 되어야 부서지지 않을까요?"

"저는 원오 선사를 사모합니다. 어느 책자에 보니까, 선사께서 '나는 마음에 다른 이연異緣(망상, 잡념)이 없기가 십 년 계속된다'는 말씀을 하셨더군요. 그때 내 등골이 오싹했어요. 부럽기도 하고 두려웠죠. 나는 여전히 왔다 갔다 하는 처진데, 십 년 동안 꼼짝 않는다니 등골이 오싹하지 않겠어요? 내가 정말 사모하는 자린데, 그렇게 밝혀놓으신 거예요."

스님은 중국의 대선사 원오 스님이 진심으로 부럽다고 했다.

"십 년 되면 안 부서지는 거지요. 만세를 뻗쳐도 언제나 그 자리, 억천 겁이 지나도 그 자리가 있다는 걸 아니까, 이렇게 자지 않고 해보는 거지요. 아무리 밤에 자지 않아도 왜 안 잤나, 이런 생각이 없죠. 우린 밤에도 시계 보고 일어났다 앉았다 해야 마음이 괜찮고 몇 시간 푹 자고 나면 속았구나 합니다."

이불을 떠날 리離 자 부처 불佛 자, 그러니까 우리가 밤새 따뜻하게 덮고 자는 이불을 '부처를 떠나는 자리'라고 생각하고 평생 사신 스님께 "그럼 스님은 이불 없이 사셨겠네요?" 하고 여쭈었더니 웃으면서 대답하셨다.

"추우면 덮고 여름에 모기 오면 덮는 아이들 포대기 같은 이불이 하나 있지요."

오랜 시간 계속되었던 인터뷰가 끝날 무렵, 스님께서 하신 말씀이 마음을 떠나지 않고 있다.

"요즘 사람들은 책도 잘 안 읽고, 학교도 직장을 위한 곳인 것 같아 너무 각박하다는 생각이 들어요. 다른 세계를 추구하며 기다릴 줄도 알아야 하는데 생각나면 그대로 즉흥적으로 행동하는 것 같아요. 익힌 만큼 동질同質만 보이는 겁니다. 우리 처사님(아버님)은 돌아가시고 어머닌 살아 계시는데 내생에 출가하시라고 삭발시켜드렸어요. 머리칼을 떨어뜨리기가 참 어려운 겁니다. 이 마음공부를 해야 윤회에서 벗어날 수 있거든요."

평생 화두 하나에만 지독히 힘을 쏟았는데도 공부가 모자라 삼매에 드는 정도가 일 퍼센트밖에 안 된다는 노스님의 마지막 말씀이 채찍이 되어 남아 있다.

"사람들이 '스님은 고민 없지요?' 그럽니다. 그러면 내가 '제일 고민 많습니다. 너무 많습니다.' 그래요. 수행자가 공부를 성취 못한 것 말고 더 큰 고민이 어디 있겠어요?"

출가하고 오십여 년이 지난 지금도 어쩌면 그렇게 한결같이 간절하고 힘 있게, 확신을 가지고 수행에 임할 수 있는지, 백졸 스님을 뵙고 돌아오면서 다음과 같은 시 한 구절을 떠올리지 않을 수 없다.

"나이를 더해가는 것만으로 사람은 늙지 않는다. 이상을 버릴 때 비로소 늙는다."

# 늘 자신에게 감탄하라

혜윤 스님

인도의 어느 들판에서였다. 함께 걷던 비구니 스님께서 그러셨다.

"어렸을 때 노스님들께서 이런 말씀을 자주 하셨어요. '하늘을 덮을 만한 복이 있어야 출가 수행자의 길을 가는 것이란다'라고 말이죠. 처음엔 힘들어하는 우리들을 위로해주려고 그러시나 보다 하고 대수롭지 않게 들었는데, 세월이 가면서 그 말씀이 참으로 그렇구나 하는 생각이 듭니다. 부처님께서 걸으셨던 이 길들을 오늘 내가 이렇게 걸을 수 있다는 것, 부처님께서 앉으셨던 자리에서 예불할 수 있다는 것이 얼마나 감사한 일인지 모릅니다."

하늘을 덮을 만한 복이라. 들판을 달려가는 가을바람처럼 신선하게 들렸던 기억을 잊을 수 없다. 인도 순례에서 처음 만난 혜윤 스님은 늘 말씀이 없으셨다. 작은 몸집에 수수한 옷차림, 언제나 고무신 속의 발은 맨발이었고, 다른 사람들과 떨어져 함께 온 속가의 여동생분과 함께 다니셨다. 달리는 차 안에서 말없이 창밖을 바라보는 옆모습을 보면서, '참 단아하시구나' 생각했다. 예순둘의 나이가 믿기지 않을 만큼 깨끗하고 순수한 소녀 같았다.

시간이 흐르면서 자연스럽게 문경의 한 작은 절에서 오셨다는 것, 열두 살 어린 나이에 동진출가를 하셨다는 것, 이번 인도 순례가 세 번째라는 것을 알게 되었다.

이십일 일 동안 함께 인도의 성지를 순례하고, 그해 가을에 다시 실크로드를 순례하러 길을 떠날 때 다시 스님과 함께했다. '여행을 함께 해보면 그 사람을 안다'라는 말이 있듯, 스님의 언행은 시종일관 정갈했다.

그런 스님께서 실크로드 순례 후, 몇 년 사이에 티베트 수미산에 다녀왔고, 지난해(2005년) 겨울 동안거를 인도의 보드가야에서 나시고 얼마 전에 돌아오셨다.

부처님께서 깨달음을 이루셨던 보드가야는 인도의 동북부 비하라주에 있는 도시로, 도시에서 칠 킬로미터 떨어진 곳에 마하보디 사원이 있다. 그 사원 주위에는 매해 수많은 순례객들이 와서 기도정진을 하는데, 지난 동안거엔 스님께서도 마음을 내셨던 것이다.

다녀온 이야기 들으러 오라는 스님의 말씀에 호기심 많은 나는 한걸음에 달려가지 않을 수 없었다.

"1994년도를 끝으로 그동안 선방에 가지 못했거든요. 강원을 졸업하고 나서 내내 선방을 다녔잖아요. 선방에 가지 않고 요 몇 년 동안 해왔던 《화엄경》 사경을 끝내고 올 겨울엔 선방엘 가야겠다 하는 생각이 들었어요. 상좌들도 절에 있고 이제 더 늦으면 안 되겠다 싶어서 십일 년 만에 그런 결심을 했는데, 요즘 선방엔 젊은이들만 살아서 '시자 데리고 와서 살아라' 하곤 노인네 취급을 하더군요. 그래서 어디 토굴에 서넛이 가서 철저히 한번 해볼까 하고 있는데 경비 부담이 만만치 않아 망상을 내고 있었어요. 그런데 어떤 스님이 '같은 절을 하고 기도를 해도 성지에 가서 하는 것은 다르더라'고 해요. 성지에서 기도를 하고 오신 그 스님의 말씀에 귀가 번쩍 뜨였어요."

그래서 스님은 어디 머물 장소도 정하지 않고, 인도에서 공부한 적이 있는 상좌 한 사람을 데리고 무조건 인도로 떠났다. 도착하자 보드가야로 가서 석 달 동안 머물게 되었다.

스님은 마하보디 사원 근처 티베트 스님이 운영하는 남걀 사원에 머물면서 새벽 세 시 반이면 일어나셔서 새벽 네 시 마하보디 사원이 문을 여는 시각에 들어가, 자리에 앉기 전 백팔배를 하시곤 늘 앉는 자리에서 좌선을 했다. 아침 아홉 시와 오후 두 시 반에 한 차례씩 공양하러 절에 잠깐 들르는 시간 말고는 저녁 아홉 시에 문을 닫을 때까지 자리에서 움직이지 않았다.

"마하보디 사원은 거의 절을 하러 오는 사람들이었어요. 티베트 스님들과 태국 스님들이 가장 많았던 것 같아요. 구월 말에 갔을 땐 좀 더웠는데, 시월 초가 되자 비가 오락가락하더군요. 가만히 한자리에 있으면 '참, 잘 찾아왔다'는 생각이 저절로 들었어요. 보드가야는 내가 보고 느낀 대로 표현한다면 종교(불교) 박물관이라고 해도 과언이 아닐 것 같습니다."

상상해본다. 다양한 나라 사람들이 모여 기도하는 속에서 동양의 한 작고 단아한 비구니 한 분이 보일 듯 말 듯, 한자리에서 그림처럼 앉아 선정에 든 모습이 얼마나 아름다웠겠는가를. 천상의 오색무지개 빛을 받으면서 앉아 계셨던 부처님의 모습도 함께.

스님은 티베트 스님들을 보면서 많은 반성을 했다. 인도에서 만난 티베트 스님들은 자신을 필요로 하는 사람들에겐 혹여 자신에겐 괴로운 일이어도 마다하지 않고 나서는 모습을 보면서, 진정한 자비가 무엇인지 돌아보았다.

나라를 잃고 타국에서 어렵게 살아도, 구걸하는 인도인들에게 보시를 하는 사람들은 티베트인들이었다. 하도 절을 많이 해서 양말이 다 떨어져 발등만 덮는 양말을 신고도 남을 돕고, 오체투지로 간절히 절수행을 하는 티베트 스님과 티베트인들을 보면서 수행자로 살아온 날들을 돌아보지 않을 수 없었다. 저 초발심시절처럼 그렇게 검박하고 순수하게, 그리고 '나'라고 하는 상이 없이 살아왔는가 하고 말이다.

티베트 스님들은 항상 겸손하게 멀리 타국에서 온 스님 일행을 형제자매처럼 보살펴주었다고 한다.

스님은 삼개월간의 한철 안거를 마치고 중인도 아마라 왓띠에서 달라이 라마 존자님께서 행하는 칼라차크라에 참석하게 되었는데 그곳에서 만난 당카라 노스님은 얼마나 상이 없고 친절한지 어느 날 저녁엔 스님 일행에게 살아온 지난 이야기를 했는데, 그렇게 솔직할 수가 없었다.

"당카라 노스님은 린포체(고승의 환생 스님)로 지명되셔서 어렸을 때 절에 왔는데, 얼마나 엄하게 가르치는지 회초리로 많이 맞으면서도 웃었대요. 골내고 울면 더 맞으니까. 눈물이 뚝뚝 떨어져 읽고 있던 경전 위로 떨어지면 눈물 떨어진 자국을 손가락으로 뚫어놓아 나중에 또 혼났다는 말씀을 하시는데, 얼마나 천진하시던지 그 모습을 잊을 수 없어요. 그분들의 스승을 깊이 존경하는 모습이 참 부러웠어요. 그리고 그분은 인과를 어찌나 철저하게 지키시는지 청말 많이 놀랐어요."

스님 일행은 인도 남부의 어느 절 노스님과 성지순례를 하게 되었는데 그분이 초등학교 사 학년인 조카딸을 데리고 왔다. 그런데 조카의 여행 비용을 따로 계산하면서, '저 아이 것을 절집 돈으로 내주면 아이가 복을 감하게 되어서 안 된다'고 했다. 여행 비용도, 방은 자신과 함께 쓰니까 따로 내지 않고, 음식 값이며 버스비만 따로 계산하더라는 것이다.

"나도 보시금을 항상 무섭게 알고, 살아오면서 사람들이 백 원을 벌면 백 원어치의, 십만 원을 벌면 십만 원어치의 돈에 희노애락이 들어 있어 무서운 돈이라고 생각하고 쓰거든요. 인과응보를 믿는 우리가 그 보시금을 함부로 써선 절대 안 된다고 생각하고 살아왔지만 그분들의 철저함엔 놀라고 말았어요."

스님은 인도 보드가야에서 정진할 때 받은 보시금 삼백삼십육 달러로 거리에서 스님에게 손을 내밀었던 사람들과 생활이 어려운 티베트 스님들에게 보시했다고 한다. 스님이 앉아 있던 곳의 곁에서 절을 하던 티베트 스님 두 분을 사귀었는데, 한 분은 인도에 온 지 칠 년이 되었는데 도와주는 후원자가 없어 오 년 동안 칠천 루피(우리 돈 십오만 원 정도)를 가지고 살았다는 이야기를 듣고 보시를 좀 하셨다는 것이다.

그리고 돌아오면서 '저분들이 절수행을 끝내고 티베트로 돌아갈 때까지 후원을 해야겠다'고 결심하셨다고 한다. 해서 스님 절에 일정하게 들어오는 어려운 이웃돕기 후원금은 당분간 그 두 분 스님을 위해 쓰겠다는 말씀을 하셨다. 그 이야기를 듣고, 함께 갔던 나의 올케는 매달 스님의 절로 보내드리던 후원금을 더 보내드리겠다고 약속했다. 인과를 철저히 경계해서 신도분들의 보시금을 알뜰하고 뜻깊게 쓰고 계신 혜운 스님을 보면서 보시의 의미를 다시 한 번 생각해보았다.

스님께선 좋은 가사며 장삼을 입고 살았던 자신이 몹시도 부끄러웠고, 본인이 검소한 생활에서 얼마나 멀리 떠나와 있었던가를 많이 반성하셨다고 한다.

당카라 노스님의 어린 시절 이야기 끝에 스님은 지난 이야기를 들려주셨다.

열세 살에 동학사 미타암에서 지냈던 겨울 한철 이야기는 한 편의 동화처럼 아름답고 순수했다.

은사 스님과 몇 분의 스님들이 만성 노스님(당시 선수행을 많이 하신 비구니 노스님)을 모시고 미타암에서 한철을 나기로 하면서 스님을 데리고 갔다. 정진하는 스님들을 시봉하는 게 스님의 임무였는데, 그 시절엔 물자가 너무 귀해서 사중 물건을 망가뜨리거나 그릇을 깨면 물어내야 했다고 한다.

살림을 맡았던 전임 스님이 절을 내주면서 밥그릇 몇 개, 숟가락 몇 벌 등등 모든 살림살이를 적어두었는데, 그것에 차질이 생기면 채워넣어야 했을 만큼 알뜰하게 살던 시절이었다. 하루는, 스님이 부엌에서 일을 하다가 그만 밥그릇 하나를 깨뜨리고 말았다. 은사 스님께 꾸중 들을 걸 생각하니 앞이 캄캄하고 얼마나 겁이 나던지, 깨진 조각을 맞추어 부엌에 모셔둔 조왕님 앞에 올려놓고는 법당에 가서 절을 했다.

그렇게 절을 하면 부처님께서 깨진 그릇을 다시 맞춰주실 줄 알았는데, 절을 하고 후원에 가보면 깨진 그릇이 그대로 있었다. 그러면 다시 법당에 가서 절을 하고 와서 다시 깨진 그릇을 바라보면서 가슴을 졸였다. 아무리 오래 절을 하고 부처님께 부탁을 드려도 결국 깨진 그릇은 도로 붙지 않아 은사 스님께 회초리로 맞던 일을 추억하면서 이런 말씀을 했다.

“그렇게 순진무구했던 시절이 있었기에 나 자신을 수희찬탄隨喜讚嘆(공덕을 짓는 일을 보고 기뻐하고 찬탄함)할 수 있게 된 지금이 있겠지요. 인도에서 한 티베트 노스님에게 들은 이야기가 잊혀지지 않아요. 라다크 왕국의 바코라 왕조의 왕족이었던 그분도 린포체로 선택되어서 출가하신 분인데, 그분의 숙부도 린포체로 몽고에 가서 법을 폈다고 해요. 부리부리한 큰 눈이 얼마나 무서워 보이는지 다들 쩔쩔 매더군요. 그런데 그 스님이 우리를 앉혀놓고 이런저런 이야기를 하시다가 마지막에 ‘자기 자신에게 수희찬탄하시오’라고 하시더군요. 내가 출가 수행자로 살아오면서 이렇게 나이 들어보니 그 말씀처럼 소중한 게 없어요. 자신을 수희찬탄할 수 있어야 성불도 할 수 있다는 것을 이제야 알겠거든요. 노스님의 말씀도 그런 뜻이었다 싶어요.”

‘자기 자신을 수희찬탄하라!’

나에게도 그 말씀은 아주 인상적으로 들렸다. 자신을 수희찬탄할 때 자기긍정도, 감사도, 믿음도 생기는 것일 텐데, 자신을 긍정하고 믿는 것만큼 자신감을 주는 것은 없겠다 싶다. 자신에 대한 긍정과 믿음이 넘칠 때 성불도 할 수 있는 것 아닌가 하는 생각도 들었다. ‘자기 자신에게 가장 큰 희망은 자신을 믿는 것이다’라고 했던 어느 한 서양 철학자의 말도 그런 뜻이 아닐까.

“흉년이 들어 먹을 것이 없을 때 노스님들이 ‘눈먼 새 한 마리 굶어 죽어야 중이 하나 굶어 죽는다’고 하셨어요. 부처님 공덕으로 사는 게 수행자이니까 굶어 죽지는 않는다는 말씀이었지요. 또 그만큼 부처님 제자인 우리가 복이 있다는 이야기이고. 부처님께선 백 세를 사실 운이었는데, 이십 년 먼저 여든 살에 가신 것은 뒤에 올 중생을 위해서 공덕을 내려준 것이랍니다. 부처님의 유음공덕으로 우리가 다 잘 살 수 있는 것이지요. 나는 불혹의 나이를 지나 진발심을 했어요. '이 길밖에 정말 없다'고, 나 자신을 수희찬탄하게 되었지요. 이번에 티베트의 한 노스님께 '늙어 지팡이 짚고 다닐 나이에 이리 수행하고 다니니 부끄럽습니다' 했더니, 그분 말씀이 '이렇게 조금씩 되는 거지요. 수행자 된 자신에 수희찬탄하십시오'라고 하시더군요. 행자 기간이 따로 있는 것이 아니라는 생각으로 살아왔으니, '참나'를 찾을 때까지 지금도 항상 행자로 생각해요."

스님은 보드가야에서 한철을 보내면서 많은 것을 느낀 것 같았다.

"티베트 스님들 사시는 걸 보고 지금보다 더 가난하게, 더 자비롭게, '나'라는 상 없이 잘 살아야겠다는 생각을 한 게 변화라면 변화겠지요. 그리고 '참나'를 찾기까지 이 길을 가야겠다는 생각을 더 굳건히 했어요."

스님과 헤어져 돌아와 '행자시절' 원고를 정리해 전화로 읽어드렸다. "잘되었네" 칭찬해주시고는 전화를 끊었는데, 잠시 후 스님이 다시 전화를 하셨다.

"달라이 라마 스님께서 인도 남부의 한 티베트 사원 낙성식에 오셔서는 이런 말씀을 하셨대요. '시설을 화려하게 하고 절을 크게 짓는 것이 불법을 흥하게 하는 것이 아니다. 수행을 잘하고 진실하게 중생교화를 하는 것이 불법을 잘 전하는 것이다'라고 말이지요. 나는 이 말씀을 티베트의 한 노스님께 들었는데, 내게는 무엇보다 그 말씀이 가슴에 깊이 와닿았어요. 우리나라 스님들께도 이 말씀을 전하고 싶어서 전화했어요."

스님은 인도에서 정진하는 동안 달라이 라마 스님의 법문을 들었다고 한다. 예의 그 온화한 미소와 이제는 연세가 드셔서 구부정한 자세로 법문을 하시는 자비로운 모습에서 환희심을 느꼈다. 우연히, 달라이 라마 스님의 운전기사를 오 년 동안 하신 분이 스님의 여행버스 운전을 했는데, 그분에게 '달라이 라마 스님은 항상 차 안에서도 기도, 진언, 염불을 멈추지 않았으며, 항상 조금 드시고 한없이 겸손하셨다'는 이야기를 전해들었다고 한다. 또 법문을 하기 전 항상 삼십 분에서 한 시간 전에 도착해서 법문을 준비하고, 보시금을 전액 공개하고 학교 운영 등 나라 살림에 쓴다는 이야기며, 달라이 라마 스님 개인에게 공양을 하면 시자들이 받아 기록해놓는데, 달라이 라마 스님은 아무리 바빠도 그 기록을 빠뜨리지 않고 보고는, 밖에서 들어오면 그들을 위해 반드시 기도했다고 한다.

몇 년 전, 인도의 보드가야에서 차를 타고 지나면서 길거리에 늘어서서 자신을 환영하는 군중들에게 창문 밖으로 손을 흔들며 답례하는 온화한 미소의 달라이 라마 스님을 보았을 때가 떠올랐다. 만나는 이들 모두를 환희롭게 하고 눈물 나게 만드는 그 무애한 미소! 나라를 빼앗겼지만 인과를 믿고 오히려 참회하면서 기다릴 줄 알며 수행을 멈추지 않는 사람, 달라이 라마. 그가 오늘날 세계인들에게 생불로 추앙받는 이유를 명상해보지 않을 수 없었다.

"자기 자신에게 수희찬탄하라!"

스님의 행자시절을 정리하고 나서 제목을 이렇게 뽑았다. 반백 년을 출가 수행자로 살아오신 스님께 들은 이야기 가운데 가장 감동 깊게 다가왔던 법문이었고, 현재 자신의 삶을 수희찬탄하고 계신 자세가 참으로 아름다워 보였기 때문이다.

간절히 기원한다. 인생의 순경계에서뿐만 아니라 어떠한 역경계에서도 자신을 수희찬탄할 수 있기를!

# 지금의 상황을 즐긴다는 것

도현 스님

1

유월 초, 지리산 쌍계사에서 좀 떨어진 연암蓮庵 토굴에 다녀왔다. 지리산 연암의 주인은 전 쌍계사 선덕禪德이셨던 도현 스님. 선원에서 선덕이라 함은 조실 스님 다음 자리인, 말 그대로 덕을 지닌 선원의 어른이라는 뜻이다. 떠나기 전 토굴이 너무 작아서 머물기 어렵다는 이야기를 듣고 어디서 유숙할까 고민하는 내게 문경 고선사 혜윤 스님이 그러셨다.

"아마 올라가보면 다른 데서 묵고 싶지 않을걸."

쌍계사에서 십여 킬로미터쯤 차를 달려 의신마을에 도착해서 입구에 차를 두고 십 분쯤 걸어서 산으로 올라가니 문득 모습을 드러낸 토굴 한 채. 그렇게 다녔어도 무조건 머물러 살고 싶은 마음이 든 그리 아름다운 암자는 처음이었다. 진정한 오두막집으로 부를 만한 작은 토굴 한 채 말고는 아무것도 없는 암자가 나타나자 함께 간 일행은 모두 탄성을 질렀다.

산이 바다와 같다는 생각이 저절로 들 만큼 끝없이 펼쳐졌던 지리산 능선들. 그 바다 한가운데 떠 있는 작은 섬 같은 암자, 연암. 은암隱庵이라고도 불린다는 말씀에 동감했다.

이십여 년 전, 마을 어른들에게 절터가 있다는 이야기를 듣고 찾아나서 터를 발견하고 토굴을 지었다는 도현 스님의 말씀으로는, 조선시대 부용 영관 스님이 사셨던 절이라고 한다. 전쟁으로 소실되었는지 절터만 남아 있던 곳에 손수 스님이 토굴을 지었다고 하는데 건축가 뺨치는 실력으로 지은 진정한 의미의 토굴이었다.

"모두 몇 평이에요?"라는 성급한 질문에, "세 평입니다"라는 답이 돌아왔다.

방 하나, 마당으로 나오는 쪽마루, 부엌이 전부인 집이었다. 세 평임에도 불구하고 조금도 비좁다는 생각이 들지 않았다. 마당가에는 조촐하게 파놓은 연못까지 있었다. 마당 한편에 펼쳐놓은 모기장은 스님이 밤이면 별빛 달빛을 벗 삼아 정진하는 선방(?)이라고 한다.

방에 모신 부처님께 절하고 벽장도 열어보고 선반에 놓인 몇 권의 책도 들여다보고 마루로 나와 창문 밖으로 나타난 지리산을 바라보느라 한참이나 앉지를 못했다. 부엌은 밖으로 나 있어 독립된 느낌이 들었는데 취사도구는 보이지 않고 부뚜막에 걸어놓은 솥 하나가 전부였다. 나중에 들으니 버너에 누룽지를 끓여 드시거나 라면 등 간단하게 드신다고 했다.

스님을 포함해서 다섯 명이 그 조그만 집에, 한 사람은 방에, 스님을 비롯한 네 사람은 모두 마루에 앉아 있는데 어쩌면 그렇게 넉넉하게 느껴지던지, 그야말로 방과 마루와 부엌이 황금분할로 설계된 집이었다.

"이렇게 사는 것 좋으시죠?"

"좋죠. 어떤 때는 내가 춤추고 싶을 때가 있어요. 한번은 아궁이에 불이 억수로 안 들었거든요. 그러다가 아궁이를 고치고 나서 불을 때고 굴뚝에 가보니 연기가 위로 잘 올라가는 거예요. 너무 좋아서 누구한테 말하고 싶은데, 보는 사람이 있어야죠. 토굴에 살면 그런 재미가 있어요. 이렇게 사람이 안 찾아오는 날엔 나무나 새들, 짐승들하고 교감이 생겨요. 돌 위에 쌀이나 라면 쪼가리를 올려놓으면 그들이 찾아옵니다. 제일 먼저 찾아오는 놈이 쥐란 놈입니다. 한 번 왔다 가서는 소문을 내서 함께 오죠. 그런 그들과 이야기가 되는 거예요."

그 말씀 끝에 스님은 "뭐든 줘야 옵니다. 주지 않으면 오지 않는 게 진리라요"라고 했는데, 그 말씀이 의미심장하게 들렸다. 세상이, 그리고 나와 관계된 사람이 마음을 열지 않는다면 그건 내가 준 것이 없기 때문이라는 것을 돌아보게 했다.

스님의 홀로 사는 토굴 생활 예찬은 끝이 없었다.

"산중은 하루에도 색깔이 변해서 빛이 내려와 마당을 거쳐 저 산으로 내려가죠. 그리고 여름이면 찔레꽃 향기가 말도 못해요. 숲길을 걸으면 찔레꽃이 뭉게뭉게 피어서 향기가 대단해요. 칡꽃 향기도 좋고."

"겨울엔 어떻게 지내세요? 눈이 오면 발이 묶이지 않나요?"

칡꽃 향기는 어떨까 생각하고 있는데, 홍천의 깊은 산골에 사는 사진작가 김민숙 선생이 물었다. 홍천의 작은아니라는 동네도 눈이 자주 오는 곳이고 눈이 오면 발이 묶이는 동네다.

"눈이 발목까지 묻힐 때는 꼼짝없이 갇혀 지내죠. 눈이 많이 오면 한 이틀씩 마을까지 오는 차도 끊기죠. 언젠가는 바람 한 점 없는데 함박눈이 내리는 거예요. 다음 날 아침에 일어나니 밤새 나무 위에 내린 눈 위에 덤으로 함박눈이 내리는 겁니다. 아궁이에 불을 뜨끈뜨끈 때놓고 딱 앉아 있으니까, 함박눈이 내려오는데 토굴이 하늘로 올라가는 거예요. 상상이 됩니까? 혼자 살면 그런 프리미엄이 있어요."

스님은 젊은 시절, 송광사 불일암에서 법정 스님과도 함께 사셨다고 한다. 그래서 그런지 강원도 화전민이 살다 버린 집을 개조해서 머물고 계신 법정 스님 사시는 모습과 흡사해 보였다. 최소한의 물건만 지니고 사는 조촐하고 청정한 암자. 마당가에 만들어놓은 작은 의자 하나까지 예술작품 같아 보였다.

승려생활 사십여 년 동안 주지 한 번 한 적 없이 선방에서 이십 년 동안 공부하시다가 태국에서 오 년 동안 위빠사나 공부를 한 다음 이곳에 들어와 살고 계신데, 스님은 그렇게 홀로 지리산에서 사는 것이 매우 마음에 든다고 했다.

"여기 와서 이렇게 살면서 내 캐릭터에 맞게 사는구나 하고 느낍니다. 누가 시켜 사는 것도 아니고, 선택해서 사니까 편하고 좋아요. 행자 때 농사를 지어봐서 일머리를 아니까 이곳 사람들과 이야기가 되어요. 토굴에 사는 것도 어릴 때 일하고 나무 한 것이 도움이 되어서 편리하고 좋아요. 그런 노하우를 모르면 토굴에 못 살아요. 산에서 나무해다가 반은 때고 반은 저축해두고 하는 것도 재미있어요."

작은 오두막집 담장에 쌓아둔 정갈한 장작더미 또한 스님의 성품을 드러내는 듯 많지도 적지도 않고 적당해 보였다. 어릴 때 출가해서 농사를 지으면서 '일은 해야 줄어든다'는 것을 깨달았고, 그래서 무슨 일이든 피하지 말고 정면 돌파를 해야 한다는 것을 알았다는 스님께선 어려서부터 일하는 과정을 즐길 줄 알았다. 산더미처럼 쌓여 있던 일도 하다 보면 줄어들더라고 하시는 스님의 말씀을 들으면서 우리네 사는 것도, 어떤 슬픔이라든가 고통도 돌파하다 보면 하나씩 줄어들겠다 싶었다.

"내 삶의 철학은 과정을 목적시하는 겁니다. 지금 이렇게 중노릇을 해도 '깨치는' 것은 생각 안 합니다. '견성성불'은 잡으려 하면 잡히지 않는 거예요. 한 순간 한 순간 깨치는 생활을 해야죠. 나는 '찰나 열반'이라는 말을 잘 써요. 한 순간 한 순간 내가 깨어 있을 때가 찰나 열반이에요. 미몽에 깨어 있고 타인에게 깨어 있고, 자기 자신에게 깨어 있는 그 상태가 찰나 열반입니다. 찰나 열반의 상태를 오늘은 오 분에서 내일은 육 분으로 조금씩 늘려가는 것을 수행이라고 생각합니다. 과정을 목적시하면 중노릇이 즐거워요."

"하루하루 조금씩 나아간다고 생각하면 수행이 즐거운 거죠?"

"그렇습니다. 저는 사람들에게 시계천施戒天 법문을 많이 합니다. '보시하고 계를 지키고 복을 지어서 천상락에 태어나라'는 이 세 가지 이야기를 많이 합니다. '깨달음'이라는 이상적인 법문보다는 현실적인 이야기라고 생각해요."

법정 스님과 불일암에서 함께 사셨다는 스님께 여쭈었다.

"까다롭기로 소문난 법정 스님과는 어떻게 사셨어요?"

"한철 겨울을 같이 살았죠. 영향을 많이 받았어요. 스님은 멋쟁이고 인격자이시죠. 내 중노릇의 본분사를 알려주신 분은 전강 스님(인천 용화사 조실)이셨고, 법정 스님은 재미있게 중노릇하는 법을 가르쳐주신 분이죠. 홀로 사시면서도 자기 관리를 철저히 하셨어요."

인터뷰 당시 법정 스님은 일흔여섯, 도현 스님은 쉰여덟이셨다.

"스님과 사는 것이 편치 않다고 하는 스님들도 더러 있으나, 나는 스님과 코드가 잘 맞아 참 편하게 살았어요. 아침에 빵을 먹고 내가 그릇을 치우는 사이 스님은 방으로 올라가셔서 차를 끓여놓으시곤 올라오라는 신호로 목탁을 세 번 치시곤 했죠. 불일암에 살면서 스님 덕분에 책을 많이 읽었어요. 법정 스님이 좋아하시는 크리슈나무르티에 관한 책과 《임제록》, 《정법안장》 등을 유익하게 읽었죠. 법정 스님께선 《임제록》의 '수처작주隨處作主 입처개진立處皆眞'이라는 말씀을 좋아했는데 저도 그 말을 제일 좋아합니다."

"어떻게 사는 것이 수처작주의 삶입니까?"

"언제 어디서나 주인 되는 것이죠. 삶에서 내가 주인이기 때문에 가는 곳마다 다 정토죠."

"삶에서 주인이 되려면 어떻게 해야 합니까?"

"우리는 역사의 현장인 시공간, 바로 지금 여기에서 살고 있습니다. 지금 이 자리에서 주인이 되는 것이 찰나 열반이죠. '수처작주 입처개진'을 네 글자로 줄인 것이 '현법낙주現法樂住'예요. 제가 가장 좋아하는 사자성어입니다. 현법낙주는 현재의 상황에서 즐겁게 머문다는 뜻이죠. 현재의 상황을 즐기는 거예요. 학생이 시험에 합격하기 위해서라기보다는 공부 자체를 즐겨야 하는 것처럼 인생도 그래야 된다고 생각해요. 현법이라는 것은 우리 앞에 다가온 현재의 상황이고, 그것에 즐겁게 주해야 해요. 그렇게 주하려면 항상 자기를 돌아보는 조고각하照顧脚下가 있어야 하죠. 절에 가면 요사채 앞 뜨락에 신발을 벗고 올라가는 곳에 조고각하라고 써놓았죠. 아무 생각 없이 덜렁 들어가면 신이 가지런하지 못해요. 뒤를 돌아보는 사람만 가지런할 수 있죠. 그렇게 자기를 돌아봐야 가지런하기 때문에 현법낙주가 가능한 거예요. 조고각하는 자기를 늘 관조하는 것이죠. 참선하는 사람은 화두 들고, 기도하는 사람은 기도하고, 간경하는 사람은 경전을 읽고, 염불하는 사람은 염불하는 것, 그것이 다 자기를 비춰보는 거거든요. 자기를 비춰봐야 주인 노릇을 할 수 있어요. 지금 내가 하고 있는 위빠사나 수행은 알아차림이거든요. 자신에 대해 늘 깨어 있는 것입니다. 사람은 보통, 다른 사람에 대해선 깨어 있는데 자신에 대해선 어두워요."

스님은 얼마 전 조직사회에서 리더를 했다는 사람을 만났는데 다른 사람은 관리를 잘했는지는 몰라도 자기 자신은 관리를 못했더라고 하시면서 나이 들어 자기 관리를 어떻게 해야 할지 모르는 사람이 많다고 했다. 나이가 들어 불교에 귀의하려고 하면 쉽지 않다면서, 젊어서부터 신심 있게 산 사람은 부처님을 의지해서 깨끗하게 잘 늙더라는 말씀을 하셨다.

"오히려 세속에서 뭘 좀 했다는 사람들이 아랫도리가 더 허해요. 자기 지탱을 못하는 거죠. 최근에 그런 사람들을 많이 봅니다."

"현법낙주가 되려면 어떤 기준이 있어야 하지 않습니까?"

"불교공부라는 게 미시적, 거시적 공부가 필요하거든요. 시야를 이 안에 두어야 할 때도 있고 밖으로 봐야 할 때도 있어요. 자기를 객관적으로 볼 수 있어야 하기 때문에 시야를 저 밖에 둘 때도 있어야죠. 화두나 염불, 주력, 위빠사나의 알아차림 같은 것은 미시적 관찰입니다. 팔정도(도를 이루는 여덟 가지의 길)는 거시적 관찰이에요. 팔정도를 안다든지 법문을 듣는 것은 거시적 관찰이에요. 안팎으로 조화가 이뤄져서 인격적 형성이 제대로 되는 거죠. 참선만 한다든지 자기가 하는 수행만 들입다 판다든지 하면 맹맹이 콧구멍밖에 안 됩니다. 융통성이 없고 제 것만 최고라는 편견이 생겨서 못씁니다. 그래서 거시적 관찰이 필요해요."

"미시적 관찰 이전에 큰 통찰이 필요하지 않습니까?"

"통찰이 필요하죠. 일단은 자기 수행 모토가 하나씩 있어야 합니다. 화두나 염불수행, 위빠사나 등 하나는 가지고 있으면서 늘, 자기 단련을 해야죠. 그것은 안정적이 되게 합니다. 차분해져야 모든 사물을 바르게 볼 수 있죠. 그것이 정견 아닙니까? 정견, 정사유, 정어, 정업, 정명, 정정진, 정념, 정정의 팔정도가 그래서 중요한데, 팔정도는, 사실 도를 깨닫지 못한 사람은 도를 깨달아가는 길이고, 깨친 사람은 그것이 행으로 나오는 거예요. 그래서 도인이냐 아니냐를 가늠하는 것은 팔정도예요. 팔정도에서 어긋나면 도인이 아닙니다. 하늘을 날아도 소용없어요. 팔정도는 도인을 가늠하는 바로미터이죠. 우리는 따라가야 되는 팔정도고 도인은 거기에서 탁 부딪쳐 나오면 팔정도로 나오는 거죠. 도인은 정견으로부터 나오지만 우리는 정념으로부터 들어가야 합니다. 정념, 정정진, 정정, 이 삼매를 통해야 비로소 정견이 생겨나오는 거예요. 정념, 곧 바른 집중이 닦아가는 사람에게는 입구입니다. 바른 집중이 되어야 바른 안목이 뚫리죠. 눈에 무엇이 끼어 있으면 정견이 안 생겨요. 간화선, 염불, 교리 연구, 절하는 사람 모두 삼매에 들어갈 수 있어요. 이런 수행을 통해서 정화되는 거죠. 형식이 중요한 게 아니고 자기 수행을 통해서 내면이 정화되는 것이 제일 중요해요. 어느 하나만 옳은 것이 아니라 자기가 선택한 수행을 얼마나 열심히 하느냐가 관건이죠. 좋은 방법만 택하고 있으면 뭐합니까. 공부하지 않으면 소용없습니다. 좋은 교과서만 가지고 공부 안 하는 것과 똑같죠. 여과기를 잘 사용하는 사람이 주인 아닙니까? 그래서 일단 수행 방법을 제일 먼저 선택해야 하고, 즉 한결같이 하는 수행법이 하나 있어야 됩니다. 그게 알맹이죠. 오뚜기엔 무게중심인 추가 하나 있어서 흔들려도 자기중심을 잡을 수 있는 것처럼 불자에겐 그게 중요해요. 십 년, 이십 년 불교를 믿어도 뭘 해야 될지 모르는 사람이 너무 많습니다. 수행을 하면서 이걸 잘 자라게 하려면 교리를 배워야 해요. 이치를 알아야 되죠. 농사를 짓는데 씨만 심어놓으면 됩니까? 농사를 어떻게 하면 잘 짓는지 알아야 되잖아요. 복도 잘 짓고 계도 잘 지키고 이런 것을 부수적으로 해야 돼요."

불교에 처음 입문한 사람들은 정념(바른 집중)으로 들어가면서 교리와 수행을 동시에 해야 된다는 것이 스님의 지론이었다.

"공부를 하고 보니, 관세음보살을 부르는 것도 참 대단한 거예요. 불교의 자비관이죠. 관세음보살에게 자비를 달라고 하는데 사실은 내가 관세음보살이 되는 거예요. 달라고만 하는 것이 아니라(거기서 벗어나야 해요) 관세음보살이 되어서 이웃에게 조그만 것이라도 줄 줄 알아야 해요. 거둬지는 사람에서 거두는 사람이 되어야 해요. 거두는 사람이 보살 아닙니까? 어머니 같은 사람이 보살입니다. 거두는 사람이 될 때 관세음보살을 제대로 부르는 거죠. 이런 이치를 알면 도를 깨치는 것이 자다가 코를 만지는 것보다 쉽다고 하는데 모르는 사람은 아득하거든요."

2

농사를 지으면서 보냈던 행자시절 이야기와 전강 스님 밑에서 공부하려고 다시 한 번 인천 용화사에서 행자시절을 보낸 이야기, 전강 스님에 관한 에피소드, 간화선을 하다가 위빠사나 수행을 하시게 된 이야기 등 시간 가는 줄 모르고 스님의 말씀을 듣고 있으려니, 어느덧 지리산의 푸근한 햇살이 자그마한 마당에서 사라질 무렵이 되었다. 일행은 마당으로 나와 스님께서 펴놓은 자리에 앉아 또 시간 가는 줄 모르고 이야기를 나누었다.

스님의 일과를 여쭈었다.

"신체리듬을 따를 뿐이에요. 일어나고 자는 시간이 정해져 있지 않고, 피곤하면 자고 일어나고 싶을 때 일어납니다. 예불하는 일 없어도 꿀리는 일 없으면 그게 진정한 예불입니다. 시간에 매이면 그것에 집착되어요. 집착이 되면 안 됩니다. 집을 수도 있고 놓을 수도 있는 것을 여탈자재與奪自在라고 해요. 줄 수도 있고 빼앗을 수도 있어야 해요. 문 닫아놓고 다시 열지 않으면 그것은 벽이지 문이 아닙니다."

"출타는 언제 하십니까?"

"일 년에 한두 번 도반들과 만나는 모임에 나가죠. 그리고 이 밑에 있는 선방에 신도분들이 공부하러 오면 내려가요. 이곳 암자에 한 사람도 오지 않는다 해도 이런 모델이 있어야 한다고 생각합니다. 이렇게 사는 것이 내 배역을 충실히 하는 것이라고 생각해요. 단역을 충실히 하면 주인공이 되는 거예요. 조연 역할을 백 퍼센트 잘하면 주연이 됩니다. 누구하고 비교하면서 살지 말고 자기 분수를 알아서 자기 역할에 백 퍼센트 열성을 다하고 즐거움을 느껴야 해요. 그러면 부러운 것이 하나도 없어요."

흘러가는 구름과 찔레꽃 향기에 취해 사시는 스님을 부러워하면서 여쭈었다.

"세속의 저희들은 어떻게 살아야 잘 사는 겁니까?"

"첫째 자기 자신을 사랑해야 합니다. 거기서 모든 문제가 생겨나니까요. 자기 자신에게 무한한 애정을 지녀야 해요. 물론 사람은 자기 자신을 사랑합니다. 그런데 좋은 것만 사랑해요. 미운 것을 사랑하지 않죠. 그런데 자신을 참으로 사랑하려면 자기의 미운 것까지 다 알아야 해요. 《화엄경》에 흑암녀와 공덕천 이야기도 있지 않습니까? 밝은 것과 어두운 것 두 가지를 다 가지고 있는 존재가 인간입니다. 그런데 인간은 밝은 것만 좋아하고 어두운 것은 싫어합니다. 이 두 가지를 지닌 자기 자신을 사랑해서 사랑이 넘쳐나야 남도, 가족도 사랑할 수 있는 것입니다. 그렇지 못하면 다 원수죠. 둘째, 모든 사물은 빛을 향하는 향일성이 있습니다. 생각과 말, 모두 긍정적이 되어야 합니다. 자신과 남에게 긍정적이어야 해요. 말을 해도 남을 칭찬해주는 말을 하세요. 발전하는 사람은 남의 좋은 점을 칭찬해주면서 발전합니다. 남의 단점을 보고 합리화시키는 사람이 되면 안 됩니다. '뚱뚱하다'는 말보다는 '육덕이 좋다', '말랐다'보다는 '날씬하다', 그렇게 말하면 좋죠. 작은 것 같아도 말로 짓는 복이 중요합니다. 그리고 마지막, 어떤 경우에도 삶에서 최악의 경우를 설정해놓고 살면 현재에 만족할 수 있습니다."

어두워지기 전 암자에서 내려와 쌍계사 사하촌에서 스님이 사주시는 돌솥밥을 저녁으로 먹고 선재회 도반들(스님을 스승으로 모시고 함께 공부하는 재가불자)과 함께 지었다는 선방에 짐을 풀었다.

스님이 사는 토굴에서 스님 걸음으로 십여 분 거리에 있는 마을 맨 위에 위치한 선방 또한 얼마나 깔끔하게 잘 지어놓으셨는지 감탄하기에 바빴다. 스님이 살고 계신 토굴과는 달리 산장에라도 온 듯한 서구풍의 집이었다.

서른 평의 선방엔 아주 자그마한 부처님을 모신 방과 또 하나의 방, 마루, 부엌, 화장실로 꾸며져 있었는데, 살림을 들여놓지 않아 마치 고요함만으로 꽉 찬 텅 빈 공간 같은 느낌이 들었다.

선방은 선재회 도반들이 운영하고 있는데, 처음 이백여 명쯤의 회원들이 십시일반해서 집을 짓게 되었다. 지금은 회원이 백여 명쯤으로 줄었지만 한 달에 이만 원씩의 회비를 내어 선방도 운영하고 마을 학생들에게 장학금을 주는 등 어려운 이웃을 돕는 데 쓴다. 그리고 일 년에 세 차례 함께 모여 며칠 묵으면서 수련회를 갖고 나머지는 언제든지 오고 싶을 때 들러서 공부도 하고 쉬어 가기도 한다고 한다.

벽에 걸어놓은 그림 하나, 컵 하나에도 스님과 그곳에서 수행정진하는 분들의 성품을 느낄 수 있었다.

밤이 깊어가는 줄도 모르고 다락에 마련된 조촐한 다탁에서 차를 마시면서 우리 일행은 또 스님을 모시고 한참 살아가는 이야기를 나누었다. 이번엔 소탈하고 격의 없으신 스님이 세간사에 부대끼고 사는 우리들의 이야기에 귀 기울여주셨다. 무슨 질문이든 버리지 않고 성심성의껏, 진지하게 들어주셨던 스님을 뵈면서 '깨어 있다'는 의미를 알 수 있었다.

이윽고 구름이 끼어 깜깜한 밤중, 머리에 헤드라이트를 달고 토굴로 돌아가시기 위해 숲속으로 사라지는 스님을 바라보면서 세간과 출세간, 남는 자와 떠나는 자의 차이를 생각했다.

# 본래의 마음으로 돌아가라

대천 스님

서울 광륜사 주지 소임에서 물러난 뒤 백양사 운문암에서 정진하고 계신 대천 스님 덕분에 올 여름을 포함해 세 번째 그곳에 다녀왔다. 맑은 기운이 감돌던 대천 스님을 뵙고 돌아와 광륜사를 떠나기 직전에 나눈 이야기를 떠올려보았다.

출가한 뒤 거의 이십여 년 동안 스승이신 청화 큰스님 곁을 떠나지 못했다는 대천 스님의 말씀을 빌면, 큰스님께선 너무 완벽하셔서 상좌분들께 절망(?)을 안겨주었다고 한다.

대천 스님은 은사이신 청화 큰스님의 말씀을 곧 부처님의 말씀으로 여기고 따랐는데, 모시고 살면서 때로는 인간적으로 가까워지고 싶어서 그런 눈치라도 보이면 찬바람이 불었다고 한다.

한번은 한 상좌가 스승의 옷을 빨아서 잘 손질해놓았더니 다시 물속에 넣어버리셨다는 것이다. 기력이 있을 때까지 손수 청소하고 빨래하는 것을 원칙으로 삼았던 큰스님이셨으니, 아무리 가까운 상좌라도 당신이 정한 원칙에서 벗어나는 일은 용납하지 않았던 것이다.

"어디를 다니시거나 생활 중에 항상 선정에 들어 계신 것을 느낄 수 있었습니다. 그런데 뭐 인간적인 게 있고, 따뜻할 게 있겠어요."

스승을 바라보면서 인간이 부처가 될 수 있음을 알았고, 왜 극락세계를 십만억 국토 밖에 있다고 설정해놓았는지 알았다는 대천 스님은 이런 말씀을 하셨다.

"나도 공부해서 은사 스님처럼 신도분들에게 법문도 하고 존경도 받으며 여법하게 살아야겠다고 생각했죠. 그런데 그런 마음이 어느 때 무너졌어요. 모시고 살면서 흐트러진 스님의 모습을 한 번도 볼 수 없었습니다. 사람이 일주일이나 한 달 정도는 고고하게 살 수 있지만 그렇게 일평생 한결같은 모습을 보면서 도저히 스승처럼 될 수 없다는 생각이 들었죠. 그래서 한때 마음고생을 많이 했습니다. 은사 스님을 보면서 이번 생에 성불을 포기했죠."

스승을 통해 '아하, 우리도 성불할 수 있구나'를 느꼈지만 한편으론 일평생 언제 어디서나 언행이 한결같은 스승을 보면서 성불을 포기하고 말았다는 대천 스님의 마음을 이해할 수 있을 것 같았다.

눈빛이 너무 형형해서 바로 쳐다볼 수 없었다는 스승, 칠십이 넘어서도 홀로 토굴에서 정진하시며 겨울엔 찬물을 머리에 부어가며 정진에 정진을 거듭하셨던 스승, 돌아가실 때까지 길 위에서 중생을 향한 자비 법문을 멈추지 않으셨던 스승 아닌가!

"법을 세우려고 항상 스님께서 입에 달듯 하신 이야기가 있습니다. 태안사에 계실 때 '나는 꿈이, 가장 여법한 수행자들과 모여서 사는 것이네. 계행을 바르게 하고 부처님께서 하셨던 식으로 가장 모범적이고 여법한 수행도량을 만들어 운영하는 게 원이네'라는 말씀을 자주 하셨어요. 그런데 저희들이 부족해서 따르지 못했죠. 스님께선 오후불식을 원하셨고 많이 먹는 것을 굉장히 싫어하셨어요. 우리가 잘못 하는 것을 보이면 무색할 정도로 지적을 많이 하셨습니다. 지금 생각하면 우리 사는 것이 얼마나 답답하셨을까 싶습니다. 가까이 모시고 살면서 누를 많이 끼친 것 같아요. 제 업장이 가벼워서 큰스님께서 추구하시는 것을 순수하게 따랐으면 좋았을 텐데 너무 미치지 못했습니다. 차라리 누가 되면 큰스님 곁을 떠나서 살던가 했어야 되는데 항상 곁에 있었어요. 태안사에서 육 년, 미국에 머무시면서 포교를 하실 때도 같이 있었죠. 미국에서 돌아와 처음 제주도 남국선원에 갔는데 스님께서 오셔서 남국선원 바로 밑에 계셨어요. 남국선원에서 저 멀리 스님이 계신 곳이 보였죠. 선원에 있으면서 설날이 되면 한라봉을 한 상자 사서 찾아뵙고는 함께 제주도를 한 바퀴 돌곤 했죠."

"큰스님께선 신도분들에겐 아주 따뜻하셨다고 하던데, 상좌분들께는 엄하셨나 봐요?"

"신도님들에겐 따뜻하셨으나 우리에겐 무서웠죠. 말씀은 안 하시지만 우리가 무슨 생각을 하고 있다는 것을 다 아시죠. 우린 큰스님께서 다 보고 계시다는 걸 알았어요."

"다 아시니까 늘 긴장되셨겠네요?"

"말도 못하죠. 나는 우리 스님이 세상에서 제일 무섭더라고요. 성철 스님을 가야산 호랑이라고 한다지만 제겐 우리 스님이 최고 무서우신 분이에요. 속가에 있을 때는 누구 말도 안 들었을 만큼 강했는데, 스님 앞에선 꼼짝 못했어요. 양심으로 숨기고 싶은 게 많은데, 환히 들여다보고 아신다는 게 얼마나 오금이 저리는 건지 당해보지 않은 사람은 모릅니다."

그래서 큰스님과 한 상에서 겸상을 하는 날엔 누구든 마음을 들킬까 봐 마음고생이 심했다고 한다. 큰스님께서 헛기침을 한 번 하시면 가슴이 덜컹 내려앉았다고 하니 얼마나 어렵고 큰 스승이었겠나 짐작해본다.

큰스님께 많은 세월 동안 가르침을 받은 수형 보살님이 함께 이야기를 듣고 있다가 말했다.

"사람들은 큰스님께서 다 꿰뚫어보시기 때문에 앞에 서면 두렵지 않을까 하는데, 큰스님 앞에 서면 앞뒤가 없어요. 텅 비어버리죠. 그냥 그대로예요. 딱 스님만 뵈면 내가 없어져요. 그야말로 무아가 되죠. 그게 큰스님의 법력이시죠. 큰스님께 가면 모든 사람들이 활짝 피거든요. 내 있는 존재를 백 퍼센트 안아주시고 인정하시기 때문에 그냥 그 앞에 가면 열릴 수밖에 없어요."

이야기를 들으면서 큰스님께서 얼마나 큰 사랑을 품으셨던가 생각해보았다. 크고 강한 것에 위축되어 살고 있는 중생에게 '참으로 내가 귀한 존재이구나!'라는 느낌이 들게 한다는 것보다 더 큰 자비가 어디 있겠는가. 더불어 참으로 큰사람은 잘났다 못났다, 옳다 그르다를 분별하지 않고 어떤 경우에도 한 사람의 존재를 있는 그대로 인정해주는 사람이라는 생각을 해본다.

"큰스님께선 상좌와 손상좌를 합쳐 백오십 명쯤 두셨어요. 모두 좀 있으면 학교를 다닌다거나 나가 살고는 했는데, 저는 무슨 인연인가 못 나갔어요. 나가면 안 된다는 생각이었죠. 처음에 왔을 때 스님께 가장 잘해드릴 수 있는 것이 일을 열심히 하는 거라고 생각했죠. 부지런하지는 못했지만 일을 열심히 했어요. 태안사에 살 때는 새벽 두 시 사십 분 정도에 일어나면 그때부터 일했죠. 풀 베고 제사불공 수발하고. 그렇게 일을 하고도 또 일을 찾아다녔거든요. 그래서 옆에 있는 스님들은 일밖에 모른다고 나를 싫어했어요. 그래도 저는 그것이 큰스님께 해드릴 수 있는 것이고 그나마 복이 된다고 생각했어요. 미국에 있을 때는 제가 굴착기로 땅을 파면 큰스님이 따라오시면서 나무를 심으셨죠."

사람은 언제, 누구를 만나느냐에 따라서 운명이 달라진다고 한다. 이십 대 초반에 출가를 결정하고 여기저기 문을 두드리다가 태안사에 계신 큰스님을 뵙는 순간 그곳을 떠나지 못했다는 대천 스님이다.

큰스승 곁에 머물면서 영원한 생명의 고향을 향해 매진하셨을 대천 스님은 스승을 이십여 년간 시봉하셨기 때문인지 언제 뵈어도 겸손하고 순수한 모습이다. 스승이 해놓으신 그대로 광륜사를 지키기 위해 못 하나 박는 것도 조심스러워 했다고 들었다.

광륜사를 떠나면서 '이제, 큰스님의 말씀 그대로 하루 일종식하면서 제대로 정진해보고 싶다'고 하셨다는 대천 스님. 큰 공부를 이루리라 믿어 의심치 않는다.

금강카페 도반들이 광륜사에서 철야정진을 끝내고 새벽예불에서 스님을 뵈면, "함께 정진하지 못해 부끄럽습니다. 참 모두들 장하십니다" 하시면서 자신을 낮추셨던 분이다. 한 달에 한 번 금강카페 철야정진회가 있던 날이면 정갈한 공양을 준비하게 하고 선방과 법당에서 우리가 여법하게 정진할 수 있도록 조용히 도와주셨다.

이런저런 말씀을 듣다가 스님께 여쭈어보았다.

"출가의 길은 어떤 것입니까?"

"더 공부해야죠. 저는 아직 얘기해줄 입장은 아니고 들을 입장입니다. 처음 출가했을 때는 '누구나 부처고 다 성불할 수 있다'고 생각했어요. 도를 깨치는 게 세수하다 코 만지기보다 쉽다고 하는데 실제로 하다 보면 너무나 어려운 길이죠. 물론 방편이지만, 극락세계를 멀리 십만억 국토를 지나서 있다고 한 것은 마음속에 있는 번뇌(남을 좋아하고 미워하는)로 인해 고향 자리로부터 멀리 떨어져 있기 때문이죠. 떠나온 그곳으로 돌아가야 하는 것이 수행인 것 같아요. 멀어진

만큼 돌아가야죠."

스님의 말씀을 들으면서 청화 큰스님께서 "고향으로 돌아가기 전까지 우리 모두는 실향민입니다"라고 하셨던 말씀을 떠올렸다.

태산보다 큰 스승을 가까이 모시면서 도저히 그분처럼 되기가 불가능함을 깨닫고 이번 생애는 성불을 포기했다는 말씀은 하셨지만, 아마도 대천 스님은 이번 안거를 마지막 정진이라 생각하고 고향으로 가는 발걸음을 재촉하고 계시리라 믿는다.

청화 큰스님의 법문집에 보면, 철학자 쇼펜하우어는 천재론을 이렇게 규명했다.

"영원적인 생명을 음미해야 천재다."

영원한 생명의 고향으로 돌아가려 노력하는 한 우리 모두는 천재가 아닐까, 감히 생각해본다.

굳은 인내가 없는 천재는 이 세상에 존재한 적이 없다.

– 뉴턴

# 벼랑 끝에서 한 걸음 더 나아가라

# 뽀드득
# 재미있는 인생

성수 스님

가을이 깊어갈 무렵 지리산 자락의 산청에 계신 성수 노스님을 찾아뵈었다. 스님을 찾아뵙는 것이 벌써 몇 번째인데 전혀 기억에 없는 얼굴을 하신다. 신분을 밝히고는 언제 언제 찾아뵈었는데, 못 알아보시냐고 좀 억울한 얼굴을 했더니 "나는 미인 얼굴만 기억하거든" 하고 퉁을 주신다. '차라리 가만이나 있을걸' 하고 후회했다.

조계종원로회의 의원이신 성수 스님이 주석하시는 해동선원의 아침저녁으로 드리는 예불은 특별했다. 원효 선사를 존경하는 성수 스님의 뜻으로 짐작되는데, 해동선원의 법당엔 부처님을 모시는 대신 원효 선사를 모셨다. 그곳의 조석예불은 죽비 소리에 맞춰 삼배를 올리는 것이 전부다.

그런데 예불을 올리시는 노스님의 모습이 어찌나 장엄하고 간절해 보이던지, "절 한 자락을 하더라도 정성을 다해서 하라"시던 노스님의 말씀이 무슨 뜻인지 알 것 같았다.

석남사 인홍 스님의 일대기를 쓰기 위해 찾아뵌 터라 인홍 스님과의 인연과 함께 수행하신 이야기를 듣고 나서 "스님 여전히 건강하십니다"하고 말씀드렸더니 옷을 걷어 팔뚝을 내미셨다.

오십 대인 나보다 팽팽한 팔뚝을 바라보며 감탄을 하는데, 스님께서 한 말씀 더 덧붙이셨다.

"내가 올해 여든하나거든. 그런데 사는 게 뽀드득 뽀드득 재미가 나요."

재미있는 것 같기도 하다가 그저 그렇다가 하루에도 몇 번씩 생각이 뒤바뀌는 것이 우리 중생들의 삶 아닌가. 그런데 저 연세에도 사는 게 재미있으시다니, 그것도 뽀드득 소리가 나도록 재미있으시다니, 여쭤보지 않을 수 없었다.

"스님, 그렇게 인생이 재미있으려면 어떻게 살아야 하나요?"

"그냥 배우려고 하나? 회초리 석 단 지고 와서 한 삼 년을 하루 천 대씩 맞으면서 배워야지."

말씀은 짐짓 그렇게 해도 스님께선 이런 말씀을 해주셨다.

"사람은 복으로 사는 거거든. 복을 짓는 삶을 살아야 합니다. 그런데 복은 비는 게 아니고 짓는 겁니다."

노스님께서 회초리 석단 없이 자비심으로 내놓은 '복 짓는 방법

다섯 가지'는 이랬다.

"첫째, 화를 내지 마라. 한 번 내는 화로 인해 쌓아놓은 복을 다 까먹는다는 것을 명심하라.

둘째, 낭비하지 마라. 재물을 헛되게 쓰지 않는 것이 복을 아끼는 것이다.

셋째, 아침에 해 뜨고 나서 해가 질 때까지 눈을 붙이지 마라.

넷째, 물질보다는 마음 보시를 많이 하라.

다섯째, 지혜를 잘 쓰는 게 복이다. 복 중의 제일이 '지혜복'임을 잊지 마라."

박복하다는 것은 지혜가 없다는 뜻 아닌가. 지혜를 잘 쓰는 것이 복을 짓는 첫 번째라는 말씀이 긴 여운으로 남는다.

해동선원엔 재가 선방이 개설되어 있다. 스님을 찾아뵌 날엔 한 스무 분가량이 상주하면서 참선을 하고 있었다. 그분들과 함께 선방의 맨 뒤에서 산처럼 앉아 계시면서 삼매에 드셨던 노스님께 다시 여쭈었다.

"스님, 생업이 있는 사람들이 모두 이렇게 선방에 와서 지낼 순 없잖습니까? 일상생활에서 도를 실천할 수 있는 방법을 좀 일러주세요."

"세 가지만 말해주지요. 우선, 매일 아침, 처음 하는 말을 좋은 이야기로 하세요. 남의 속을 푹 찌르는 '송곳 말'을 하지 말고, 머리를 내리치는 '도끼 말'을 하지 말고, 남을 때리는 '작대기 말'은 하지 마세요. 첫 말 한 마디라도 선하고 푸근하게 하면 복이 찾아올 겁니다.

덕이 쌓이고 득이 되는 말을 하세요.

그리고 두 번째, 매일 첫 번째 내딛는 걸음 한 자리라도 무게 있게 걸어보세요.

마지막으로 세 번째, 하루 스물네 시간 중에 단 오 분이라도 부처님처럼 단정한 자세를 가져보십시오."

밤이 되자 문 닫은 초등학교를 개량해 만든 선원 운동장 앞마당으로 별빛이 쏟아졌다. 하루에 단 오 분 만이라도 부처님처럼 단정한 자세로 걸어보고 부처님처럼 말하고 생각하며 부처님처럼 행동해보는 연습을 해보리라 생각하며 별빛, 달빛으로 물든 운동장을 거닐었다. 인생에서 가장 정직한 보답을 부르는 것이 지속적인 연습 아니던가.

# 밥 먹고 잠잘 뿐

혜암 스님

1

1990년대 초중반일 때 혜암 스님을 처음 뵈었다. 그때 칠십 대 중반이셨는데도 마치 소년처럼 맑고 순수해 보였다. 깡마른 체구에 자그마한 키. 안경 너머의 눈이 참 맑아 보였다. 가끔 나이 들어서도 맑은 눈을 잃지 않은 분들을 만난다는 건 내게 큰 위안이다.

스스로 신이 나서 재미있게 지난 이야기를 들려주었던 스님은 티 없이 순수하고 경쾌해 보였다. 스님에 대한 글을 쓰려고 만나뵌 터라 이런저런 이야기를 많이 들었다. 그러나 인연이 성숙하지 않았음인지 스님에 대한 글은 불발로 끝났고, 2001년 한 해가 저무는 마지막 날, 스님은 세연을 다하셨다. 다른 일로 마침 해인사에 가 있을 때 입적 소식을 들었다. 그러고 보니 스님도 부처님처럼 여든하나에 입적하셨다.

입적하시고 몇 년 뒤 여름, 가지런히 잘 정돈된 단정한 필체의 수많은 원고로 스님을 다시 만났다. 문중에서 스님의 법문집을 만드는데 진행과 교정을 맡게 된 것이다.

몇 달 동안 집중적으로 스님의 법문 원고를 읽으면서 신심이 쑥쑥 올라옴을 느꼈다. 스님은 손수 모든 법문의 원고를 써서 철저히 법문을 준비하셨다. 조금도 흐트러짐 없는, 성격만큼이나 꼿꼿한 필체를 보면서 옛 사람들이 '신언서판身言書判'으로 사람을 평가한 이유를 알 것 같았다.

사람이 잘 산다는 것이 무엇인가, 자신이 선택한 길에서 한 점 남김없이 자신의 능력을 다 쓰고 간다는 것은 무엇인가 하는 생각을 하면서 스님의 말씀을 읽었다.

고향 전남 장성에서 초등학교를 졸업하고 마을 서당에 다니면서 한학을 익혔던 혜암 스님이 일본으로 간 것은 17세. 일본에서 직장에 다니면서 고학을 했다. 책을 많이 읽었는데, 특히 동화책과 위인전을 좋아했다. 그것이 평생의 재산이 되었다. 먼저 살다간 위대한 사람들에게서 사람이 어떻게 살아야 하는가를 배우고 그 가르침을 마음에 담았다. 수많은 책을 읽다가 문득 이런 생각이 들었다.

'내가 조물주라면 눈도 귀처럼 두 군데로 나누어 뒤에도 붙였을

텐데.'

수많은 책을 뒤적였으나 답을 찾지 못했다. 그러다가 한 스님을 찾아갔다.

그때 처음 "범소유상凡所有相 개시허망皆是虛妄 약견제상비상若見諸相非相 즉견여래卽見如來"라는 말을 들었다. 무릇 모양 있는 것은 다 비어 있고 거짓된 것이다. 이를 아는 것이 부처를 아는 것이다. 가슴으로 스윽 그 말이 들어왔다. 그날 《금강경》을 한 권을 얻어 들고 집으로 돌아왔다. 그렇게 불교를 만났다.

《선관책진》이라는 책을 읽으면서 사람이 사는 길이 부처님의 가르침에 있음을 알았다. 출가를 결심하지 않을 수 없었다. 일본에서 출가하려고 했으나 수행하기에 일본보다는 한국이 낫다는 선배 스님들의 조언을 듣고 백양사 운문암에 주석하고 있던 인곡 스님을 찾았다. 1940년대 중반, 스물다섯 살 때였다. 탈속한 분위기의 인곡 스님은 삼십 대에 선방 조실로 추대될 만큼 선지가 깊은 당대의 선지식. 인곡 스님이 하이칼라에 양복을 입고 찾아온 젊은이에게 일언지하 물었다.

"우리 집 소가 여물을 많이 먹었는데 이웃집 말이 배탈이 났다. 그래서 천하의 명의를 불러 고쳐달라고 했더니, 아랫집 돼지 엉덩이에다가 침을 놓았다. 이런 이치를 알겠는가?"

젊은이는 주먹을 불끈 쥐어 내밀어 보였다. 침묵한 채. 인곡 스님이 다시 물었다.

"고향이 어딘가?"

젊은이는 방바닥을 한 번 쳤다.

"이름이 무엇인가?"

일원상一圓相을 그려 보였다. 그날 인곡 스님은 젊은이의 머리를 쓰다듬고는 제자로 삼았다.

훗날 혜암 스님은 스승인 인곡 스님에 대해서 후학들에게 이렇게 전했다.

"스승은 '청정계淸淨戒를 수호하여 정진, 불퇴전하면 구경究竟 성불하리라. 머리를 만져보고 법의法衣를 돌아보고 대중처大衆處를 떠나지 마라. 지옥의 고통이 아니라 가사 밑에서 인신人身을 잃어버릴 일이 고통이니 이 몸을 이 세상에 건지지 못하면 언제 건지리오' 하시면서 경책하셨다."

이런 가르침을 새겨두고 빈틈없이 실천했던 혜암 스님은 훗날 후학들을 향해 이렇게 경책했다.

"언제나 내 공부를 잘하고 내 일을 잘하는 것이 남을 도와주는 것이다. 자신에게 속지 말고 각자 하는 일들을 잘하되 밖으로 인연 따라 남을 도와주며, 가난하고 고행하는 것부터 배우라."

가난과 고행.

혜암 스님이 경책한 가르침이 너무나 그리운 요즘이다. 승속을 막론하고 불자라고 하는 우리는 이 두 가지를 잃어버렸거나 팽개쳐버렸다. 요즘 스님들, 저 인곡 스님의 말씀을 귀담아 들었으면 좋겠다.

"삭발한 머리를 만져보고, 법의를 돌아보고, 대중처를 떠나지 마라"고 하셨건만, 요즘엔 웬일인지 홀로 사는 스님들의 토굴이 너무 많다. 대중처를 떠나는 것을 비상처럼 여기라고 가르쳤던 옛 스님들의 진의를 돌아봐야 할 것 같다.

1993년 해인사 방장이 되시고 난 일 년 후, 혜암 스님을 인터뷰한 적이 있다. 그 자리에서 '발심이 될 만한 말씀을 들려달라'는 나의 물음에 스님은 이렇게 일갈하셨다.

"아무리 절이 거룩하고 법복을 입은 스님네들이 백만 명이 살고 있더라도 자신을 모르는 사람이 사는 곳은 마구니 굴입니다. 자신을 잘 알고 수행하는 사람이 살고 있는 곳은 술도가나 도살장이라도 절입니다. 번뇌망상을 쉰 사람이 사는 곳이 부처님 도량입니다. 어찌 참괴심도 없이 스님 노릇을 합니까? 부끄러운 마음이 없으면 무슨 일이든 성공하지 못합니다."

스님께서 그런 말씀을 하신 걸 보니 그때나 지금이나 절집 상황은 똑같은가보다. 그런데 그 말씀이 어찌 승가에만 해당하겠는가. '참회하는 마음 없이 무슨 일을 성취하기 바라는가' 하고 물으시는 스님의 말씀 앞에 부끄럽기만 하다.

스님의 스승 인곡 스님은 말했다.

"나는 출가승이 되어 은사 스님 시봉을 잘 못했으니 시봉받을 자격이 없다. 내 시봉은 하려 말고 자기 공부나 잘하라."

인곡 스님은 동진출가하고 삼장三藏 경률론經律論을 통달해서 선

교율禪敎律에 대선지식이었다. 자비보살이기에 날짐승들이 많이 따르고 밀행으로 남의 옷도 빨아주고, 짚신을 삼아서 남모르게 떨어진 것을 없애고 새 신을 바꿔놓았다. 공양이 들어오면 음식이나 의류 등을 언제나 대중공양했다. 그렇듯 수행하다 입적할 때 대중 스님들에게 가시는 날짜를 미리 알렸다고 한다.

"일심一心이 불생不生하면 만법萬法이 무구無咎니라."

스승 인곡 스님이 입적 전에 남기신 말씀이라고 한다.

인곡 스님은 혜암 스님의 그릇을 알아보고 제자로 맞이했으나 해인사에서는 앞가르마를 가르고 양복을 잘 차려입은 청년을 받아들이지 않았다. 저 모양을 하고 무슨 공부를 하겠다고. 며칠 만에 돌아갈 위인 아닌가. 말은 안 해도 그런 분위기였다.

그러나 한번 마음먹으면 성취하기 전에는 뒤로 물러서지 않는 성격의 스님은 몇 날 며칠을 몰래 후원으로 들어가 허드렛일을 도맡아 했다. "허락도 없이 어디를 들어오는가" 하고는 대중들이 끌어내면 다시 몰래 들어와 일을 하면서 실랑이를 벌인 지 일주일.

드디어 해인사에선 고집 센 젊은이에게 손을 들었고 반세기 후, 이 청년은 해인사의 방장에 오르고 한국불교의 상징인 종정이 되었다. 공부하다가 죽으리라는 생각으로 죽음을 두려워하지 않았고, 시간을 자신의 눈동자보다 더 아꼈으며, 먹고 잠자는 것에서 자유로워지고자 생식을 일삼고 평생 눕지 않은 뒤였다.

2

출가해서 공부하는 것이 너무 기뻐서 잠을 자지 못했다는 혜암 스님. 삼 일 혹은 일주일이면 견성한다는 책 속의 말을 믿고 하루 이틀, 한 달 두 달 자리에 눕지 않다 보니 어느새 수십 년이 흘러갔다. 스님은 출가해서 하루에 한 끼씩만 드셨다.

스님은 공부를 제대로 하려면 '먹는 것'을 최대로 줄여야 한다는 것을, 많이 먹으면 절대로 공부가 안 된다는 것을, 배가 고파야 공부가 제대로 된다는 것을 생래적으로 아셨을 것이다.

본디 날 때부터 몸집이 작았던 스님은 다른 이들보다 적게 먹어도 버티는 힘이 강했다. 부처님 법을 공부하기에 타고난 체질이었다. '전까지 밥 도둑놈들(몸뚱이) 때문에 고생을 많이 했는데 오늘부터는 네 말을 듣지 않겠다. 여태껏 줄 것 다 주었으니까 더 이상 먹을 것 달라고 하지 마라'고 몸뚱이에게 일렀다고 한다.

"공부하는 데 가장 방해가 되는 잠도 알고 보면 먹는 것 때문에도 일어나는 것이거든요. 항상 '사람으로 태어나기 어렵고 바른 법을 만나기 어려운지라 뜬 목숨이 호흡하는 사이에 있거늘 이 몸을 금생에 제도하지 못하면 다시 어느 생을 기다려 이 몸을 제도하리요' 하는 정신으로 나 자신을 경책하고 일깨웠어요."

마음이 급해서 등을 바닥에 붙일 수 없었다. 잠을 잘 수 없었던 것이다. 공부를 이루려는 마음이 너무 급해 어느 날, 후원에서 밥을 짓다가 나와 해인사 암자인 희랑대 위 어디론가 올라갔다고 한다. 밥을 짓다가 사라져 일주일이 되어도 공양주가 나타나지 않자 해인사에선 공양주가 죽었다고 여겼다. 그렇게 공부한다고 산 위에 올랐다가 눈 속에 빠져 목숨을 잃은 사람이 종종 출현했기 때문이다.

일주일 후에 스님은 해인사 대중 앞에 나타났다. 잠적했다가 돌아와선 누구보다 열심히 공부했다. 아무것도 돌아보지 않고 공부만 했다. 후학이 훗날 칠십이 넘은 스님에게 물었다.

"스님께서는 평생 일종식一種食과 장좌불와長坐不臥 정진을 해오셨습니다. 이런 투철한 정진력은 어디서 나왔습니까?"

"육 개월을 앉지도 않고 서서 밥을 먹고 잠을 자지 않아도 끄떡없었습니다. 백 년을 자지 않아도 일이 없는 겁니다. 잠귀신이 자는 것이지 눈이 자는 것이 아닙니다. 잠귀신에게 항복받으면 됩니다. 산에 가서 풀을 뜯어먹고 물만 먹어도 죽지 않습니다. 일체유심조, 마음입니다. 장좌불와라는 것, 그 자체가 목적이 될 수는 없지요. 옛날 조사어록 등에 보니까 이르면 사흘이나 일주일에도 돈오견성을 한다는 이야기가 있기에 급한 마음으로 시작을 했습니다. 그게 어느새 오십 년이나 계속됐어요. 이제는 때론 몸이 안 좋아 누우려고 해도 십 분만 누워 있으면 가슴이 답답해 못 견뎌요. 견성하겠다고 앉은뱅이 잠만 자다가 끝나는 게 아닌가 싶군요."

불철주야 한눈 한 번 팔지 않고 살아온 스님에게 수행하면서 장애는 없었을까. 후학이 물었다.

"수행하는 데 있어서 가장 큰 장애는 무엇이라고 생각하십니까?"

“그야 말할 것도 없이 해태懈怠(게으름)와 수마睡魔라고 하겠지. 선지식들이 가장 경계한 것이 바로 이것이 아닌가.”

“스님께서도 수행생활을 하시면서 겪었던 장애가 있습니까?”

“내 개인적으로는 오대산에서 가슴에 타박상을 입어 수십 년 동안 고생을 했는데, 그것이 평생 수행하는 동안 더없는 장애가 되었어. 덧붙여 일생을 통해서 가장 공부가 잘된 때라고 굳이 이야기한다면 출가 직후 신심으로 고행했을 때인 것 같아. ‘초발심시변정각初發心時便正覺’이라고나 할까. 선지식이 계신다면 누구든지, 어디든지 찾아가서 배우고 모시고 살았었지.”

나도 이 오대산에서 있었던 이야기를 스님께 들은 적이 있다. 삼십대 때 일어난 일이다. 오대산 한 암자에서 수행하고 있는데, 도반 한 사람이 선방으로 뛰어들어 오더니 좌선을 하고 있던 스님을 가타부타 말도 없이 구타하기 시작했다. 영문을 모른 채 맞으면서 스님은 그 순간 이렇게 생각했다.

‘아, 내가 전생에 이 사람과의 업장이 두텁구나.’

그날, 너무나 많이 맞은 탓에 가슴을 많이 다쳤고 그로 인해 수십 년을 고생했다. 그 말씀을 듣고 내가 물었다.

“아니, 왜 피하지도 않으셨어요?”

“하하. 그럴 겨를도 없었지. 하도 순식간에 일어난 일이니까. 그 사람은 도반이었어요. 몇몇이 함께 오대산에 모여서 공부를 하기로 했는데 그 스님에게 연락이 닿지 않았나 봐요. 그래서 몇 사람만 와서 정진하고 있는데, 나중에 그가 알고는 왜 자기만 따돌리고 우리끼리만 왔냐는 거지. 자기를 소외시켰다고 생각한 모양이에요. 그래서 화가 나서 달려왔는데, 내가 먼저 눈에 띈 거지요."

앞뒤 없이 내는 화(嗔心)라는 것이 저리도 무섭구나 생각하지 않을 수 없다. 스님의 다음 말씀이 아직도 내 가슴에 남아 있다.

"그런데 난 정말이지 그 사람이 조금도 밉거나 원망스럽지 않았어요. 그렇게 이유도 모른 채 맞은 것은 내가 전생에 지어놓은 업일 테니까 원망할 필요가 없는 것이고, 나중에 그가 나에게 사과를 했는데 오히려 맞은 나보다 그가 얼마나 살아가면서 두고두고 나에게 미안할까 안돼 보였어요."

그러고 보면 자비심이라는 것이, 타고난 것인 것 같다. 도를 이루는 데 반드시 필요하다는 신심도, 발심도 그럴 것이다.

살아가면서 도저히 용납하기 어려운 일을 당할 때(살면서 이렇듯 영문도 모르고 삶의 매를 맞는 수가 얼마나 많던가), 스님의 말씀을 떠올리면 좋을 것 같다. 언젠가 내가 지어놓았을 나의 업으로 떠올리면 되는 것이다. 어리석은 사람은 그걸 남의 탓으로 돌려 원망을 일삼고, 지혜로운 사람은 자신이 지어놓은 일임을 알아 오히려 그것을 마음공부하는 소재로 삼는 것이다.

그러나 참 어렵다. 거의 언제나 나는 옳고 저쪽은 그르다. 어려운 일 앞에 나는 억울하고 저쪽이 당하는 것은 당연하다. 나는 열심히 했고 저쪽은 덜했다. 이렇게 시비분별에서 떠나지 못한다. 분별을 버린 무심을 얻어야 자유롭고 행복한 것인데 시비분별을 떠나지 못했으니 무심은 요원하고 그래서 언제나 행복감이 뜨뜻미지근할 수밖에 없다.

스승 인곡 스님은 당대의 큰 선승이었다. 스승이 경을 좀 보라고 했으나 단호히 거절했고, 당연히 강원 문턱에도 가지 않았다.

"이 사람! 나중에 사람을 상대할 일이 있을지도 모르니 글을 좀 보아두어야 하지 않겠는가."

몇 차례나 글 배우기를 권하는 스승의 말씀에 웬만한 사람이면 따랐을 텐데 스님은 단호히 거절했다.

"사람의 목숨이란 숨 한 번 쉬는 사이에 달려 있다는 생각이 들어 도저히 글이 들어가지 않습니다. 언제 죽을지 몰라서 오늘 밥 먹고 살아 있는 것이 고맙고, 죽지 않고 지금 공부하는 것만 해도 고맙다는 생각밖에 없는데 어찌 글을 배우겠습니까."

얼마나 그러한 생각에 철저했는지 육이오 동란 중 범어사에서 대강백 운허 스님의 《능엄경》 강의가 있을 때(이 강의는 오늘날까지도 인구에 회자될 만큼 유명하다) 학인은 물론 선방 입승까지 강의를 들었으나 스님 혼자만 선방을 지키며 묵언정진했다. 그 결과 범어사 조실 동산 스님께선 그해 동안거 안거증을 스님에게만 주었다고 한다. 그런 스님께서 훗날 제자들에게 강원에 가서 공부하기를 적극 권했다. 왜 그러셨을까.

"선禪은 부처님 마음이요, 교敎는 부처님 말씀으로 결코 선과 교는 둘이 아닙니다. 다만 실천하기 위한 이론이 교일 뿐이지. 사실 마강법약魔强法弱한 말세에는 교가 살아야 선도 살 수 있는 것입니다. 말세라서 글을 배워야 합니다. 왜냐하면 주위에 이끌어줄 선지식이 없기 때문이에요. 바로 가는 방법을 알기 위해서 글을 배우는 것이지요."

그러고 보면 글이 참, 큰 스승이다. '교리는 눈이요, 수행은 발'이라 하지 않는가. 실천도 올바른 이론이 있을 때 가능하고, 이론이 아무리 뛰어나도 실천이 없으면 무용지물이다. 정혜쌍수 아닌가.

그리고 스님은 좋아하는 조사어록 몇 권을 말씀했다.

"좋은 어록들이 많지만 그중에서도 특히 《육조단경六祖檀經》, 《돈오요문頓悟要門》, 《전심법요傳心法要》, 《임제록臨濟錄》 등을 좋아합니다."

3

공부하다가 죽으리라. 스님은 그러한 원력을 세우고 일찍부터 용맹정진에 돌입했다. 1950년대 초, 삼십 대 초반일 때 고성 안정사 토굴에서 성철 스님과 단 둘이 정진할 때는 신도들이 오지 못하도록 인법당 구들장을 파버렸다. 그리고 삼동三冬 한 철 동안 좌복 하나만 가지고 불도 때지 않은 방에서 정진했다. 스님이 밥을 짓고 설거지는 성철 스님과 함께 했다. 성철 스님은 자신보다 십여 년 아래인 후학에게 일렀다고 한다.

"부모를 죽이고도 눈 하나 꿈쩍하지 않을 만큼 공부해야 하네."

그 말씀을 가슴으로 듣고 그 후 스님의 발걸음은 오대산, 태백산, 지리산 등으로 옮겨졌다. 오대산 한 암자에서 겨울을 났다. 불이 난 암자에 얼기설기 지어놓은 흩집을 발견하고 그곳에 머물렀다. 양식도 땔나무도 없이 나무토막을 하나 가져다놓고 정진했다. 잣 잎과 하루에 콩 열 개씩만 먹었다. 월정사에서 대중들이 쌀을 가지고 왔으나 먹지 않고 새와 쥐들에게 주었다. 오 개월 후. 심신이 일여가 됨을 느꼈다. 큰 구렁이와 멧돼지들이 친구가 되었다. 봄에 감자를 심었다. 멧돼지는 먹이를 구하기 위해 밭 근처만을 샅샅이 뒤질 뿐, 친구가 심은 감자는 그대로 두었다.

스님은 선지식을 찾아다니면서 법을 구하기도 하고 홀로 토굴에서 용맹정진을 벗 삼았다. 생식을 하고 토굴을 찾아온 제자에게는 누가 먹다 남긴 시래기 한 덩어리를 줄 만큼 스님은 먹고 자는 것에 연연하지 않았다. 얼마나 잠을 안 재우고 공부를 시키는지, 함께 공부한 제자 한 사람이 '안 먹이고 안 재워 얼마나 원망스러웠는지 암자 아래로 떠밀어버리고 싶었다'고 고백했겠는가.

스님은 제자들에게 일갈했을 뿐이다.

"먹는 것과 잠자는 것에서 벗어나면 수행자 본분사의 반은 해결한 것이다."

원칙에 철저했던 스님도 자신과의 약속을 어긴 게 세 가지가 있다고 한다.

'평생 숨어서 정진하리라. 상좌를 들이지 않으리라. 절을 맡지 않으리라.'

스님은 후학들에게 이를 지키지 못한 변을 이렇게 토로했다.

"사실, 방장스님(성철 스님)을 보필하다 보니 뜻에 없는 중노릇을 세 가지 하게 되었지. 토굴 같은 데 숨어서 평생 정진하면서 살고 싶었는데 그러지를 못했고, 상좌를 안 들이려고 했는데 큰절에서 살다 보니 안 받을 수도 없었고, 절을 안 맡으려고 했는데 방장스님과 사중에서 원당암을 맡으라고 해서 할 수 없이 맡게 되었지. '일파잠동만파수一派暫動萬波水'라고, 하나가 잘못되니 자꾸 가지가 생겨나 내 뜻과는 달리 이렇게 된 것이 조금 아쉽기도 하고."

홀로 살 운명이 아니었는지 스님은 해인사에서 대중과 함께 살았고 방장과 종정을 지냈다. 총림의 가장 큰 어른인 방장으로 있으면서 스님은 재가대중들과 함께 정진했다. 주로 재가불자들이 선수행을 하는 선불당에서 많은 시간을 보냈다. 신도들과 함께 오전 세 시와 오후 일곱 시에 죽비를 쳐 예불을 올리고 좌선을 했다. 스님은 포교의 진수를 이렇게 전했다.

"신도들과 같이 좌선을 해보니까 다시없는 최상의 포교 방법입니다."

자비로웠던 스님이 상좌를 후려친 일이 있다고 한다. 부지런했던 스님은 공부하는 시간 외엔 언제나 도량의 풀을 뽑거나 밭에서 지냈는데, 하루는 대중울력 시간에 제자 한 사람이 보이지 않자 방문을 열어보았다. 방바닥에 배를 깔고 음악을 듣고 책을 보면서 낭만을 즐기고 있던 제자가 혼비백산하며 문밖으로 나와 도망쳤다. 스님이 호미를 든 채 뒤따라갔다.

"게 서라, 이놈아!"

한번은 그 상좌가 도반들과 소풍을 갔다가 과일주를 한 잔 얻어 마시고 돌아와 저녁에 군불을 때고 있었다. 스님이 지나면서 흘끗 보니 상좌의 얼굴이 심상치 않았다. 스님은 상좌를 종무소로 오라고 일렀다. 그리고 들어온 상좌에게 물었다.

"너, 술 마셨냐?"

"아니요."

"그런데 얼굴이 왜 그렇게 빨갛냐?"

우물쭈물하던 제자가 겨우 구실을 찾았다.

"군불을 때니까 불기운이 올라와서 그런가 봐요."

보통은 이쯤에서 모른 체했던 스님이 그날은 물러서지 않았다.

"정말이냐?"

"네."

순간 스님의 손이 상좌의 뺨 위로 올라갔다.

얼마 전 법문집 출간 일로 만난 자리에서 저 일화의 주인공인 상좌 스님이 그때의 이야기를 들려주면서 그러셨다.

"딱 잡아뗐는데, 아, 노장이 기막히게 아시더라니까요. 그래서 처음이자 마지막으로 귀뺨 한 대 맞았지. 얼마나 세게 얻어맞았는지 한참 동안 얼얼했다니까요."

당시 이십 대였던 그 상좌 스님은 어느덧 환갑이라고 했다.

혜암 스님은 승속을 막론하고 자신의 법문을 듣는 이들에게 간곡히 부탁했다.

"무슨 직업을 가지고 있든지, 무슨 일을 할 때라도 자기를 바로 보아야 자유해탈이다. 참선을 해서 무심을 증득해야 대지혜광명이 생기고 대자유가 생기는 것이다. 출가의 근본이 생사해탈이니 밀행密行을 다 해서 화두를 타파하라."

한평생 신명을 다 바쳐 부처를 이루고자 했던 그, 부처! 스님이 발견한 부처는 무엇이었을까?

"분별하는 한 생각도 일어나지 않는 것이 부처지. 난 그 생각이란 놈을 낳지 않기 위해 공부했어요. 그런데 요즘 세상은 온갖 생각을 낳기 위해 애쓰고 있어요. 모두 헛된 망상에 사로잡혀 있습니다. 난 여태껏 그 어느 누구에게도 고개를 숙인 적이 없어요. 꼿꼿하게 살았지. 부처님 제자거든. 수행자란 모름지기 군더더기가 없어야 돼요."

사족!

누군가 혜암 스님에게 물었다.

"스님께서 입적하고 난 먼 후일 어떤 사람이 '혜암의 철학'이 무엇이었느냐고 물으면 어떻게 대답을 할까요?"

"밥 먹고 잠잤다."

# 은산철벽을 뚫어야 산다

철산 스님

사월 중순경, 변산 내소사에 다녀왔다. 그곳 회주로 계시다가 몇 해 전 돌아가신 혜산 스님을 몇 번 뵌 적이 있어 언제 가도 내소사는 친근하다. 스님께서 돌아가시고 처음 간 내소사는 여전히 정갈하고 아름다웠다. 법당 앞 흐드러지게 피어 있는 벚꽃 앞에 사람들이 모여 사진을 찍다가 사라지곤 했다.

인도에서 정진하고 돌아오신 고선사 혜윤 스님과 함께 나도 그 앞에 잠깐 섰다. 혜산 스님이 계시던 요사채 앞에 서자 스님께서 안 계셔서 그런지 뜰 앞이 썰렁했다. 사람이 있고 없음의 차이가 그렇게 큰 걸까. 그곳에서 잠깐 서성이면서 '칠 일이면 견성할 수 있다'는 스승 해안海眼 선사의 말씀에 절에 들어왔다가 '칠 일이 평생 되었다'던 혜산 스님을 떠올렸다.

칠 일이라.

얼마나 사력을 다해 집중해야, 아니, 수많은 생을 살면서 저축해둔 힘(득력)이 얼마나 있어야 칠 일 만에 견성이 가능할까?

다음 날, 혜산 스님의 사제인 철산 스님에게 여쭤보았다. 철산 스님은 내소사 봉래 선원장으로 계시면서 사부대중이 다 함께 참여하는 전등회 정기 정진법회를 이끌고 있다.

"해안 선사께서는 칠 일이면 깨칠 수 있다고 하셨다지요? 어떻게 해야 칠 일 만에 깨칠 수 있습니까?"

"스님께선 가장 영특한 사람은 말하기 전에 알고, 중간 가는 사람은 앞뒤 설명을 하면 곧 알 수 있고, 그 다음 메주같이 미련한 사람이 칠 일이면 된다고 하셨죠. 그 안에 될 수 있다는 겁니다. 스님께선 '석 달 동안(안거 기간)에 하려고 욕심내지 마라, 천하장사도 안 된다'고 하셨습니다."

천하의 운수납자들이 다 석 달의 안거 동안 정진하면서 공부하는데, 그 기간에 안 된다는 것은 무슨 의미일까?

"날짜가 길다 보니까, 오늘 안 되면 내일, 내일 안 되면 모레 하지 생각하고 미루기 때문이죠. 느슨해져서 안 된다는 겁니다. 그래서 스님께선 삼 일이고, 일주일이고 기간을 정해서 크게 용맹심을 내라고 하셨죠. 좌우 가리지 않고 용광로와 같이 이글이글 타는 자세로 파고 들어가라고 하셨고 또 이렇게 지도하셨어요. 이삼 일은 굶어도 죽지 않는다고 하시면서, 밀어붙일 때 힘이 생기는 것이지 조금씩 하는 듯 마는 듯 하다 보면, 미륵이 출현할 때까지 해도 어렵다는 거예요."

해안 선사는 짧게는 삼 일, 길게는 칠 일 동안 용맹정진할 것을 강조했다고 한다. 정진이 끝나면 긴장을 풀어주고(몸도 푹 쉬어주고) 다시 기간을 정해서 한바탕 다시 밀어붙이라고 하셨다는 것이다.

해안 선사는 일찍이 열일곱 살에 학명 선사를 조실로 모시고 백양사 납월 팔 일 용맹정진에 참여했다가 학인 대표로 용맹정진 찬조법문을 하게 되었는데, 그 자리에서 자신도 모르게 '은산철벽을 뚫어야 산다'는 법문을 했다고 한다. 그 뒤 바로 학명 선사께 '은산철벽을 뚫어라'는 화두를 받고 생사를 잊은 칠 일 용맹정진 끝에 본래면목을 찾고 평생의 살림살이를 삼았던, 한국불교 근현대를 대표하는 선지식 중 한 분이다.

"아무래도 해안 선사께서도 그렇게 공부하셨기에 그런 말씀을 하신 거겠죠?"

"스님께서는 견성 후 크게 공부한 일이 없으셨다고 해요. 그때 살림살이를 가지고 평생 쓰셨어요. 스승이신 학명 스님께서 화두를 점검하시면서 소리를 벽력같이 지르고 '나가라!' 하고 내쫓자 등에서 진땀이 확 나셨다고 해요. 쫓겨나가면서 몇 발자국 걸어 나가는데, 굉장히 부드러운 소리로, '봉수야' 하고 불러서 돌아가 문을 열고 들어가려고 하니까 문이 꽉 잠겨 있더라는 겁니다. 그러니 몸에 진땀이 확 나면서 분심이 나지 않을 수 없고 다른 생각을 하려야 할 수가 없지요. '왜 그런가?' 하는 마음 때문에 잠도 오지 않는 겁니다. 스님께서 학명 스님 회상에서 공부하실 때, 일주일 동안 밥을 먹어도 밥을 먹은 줄 모르고, 앞에 사람이 안 보이더라는 겁니다. 해안 선사뿐만 아니라 다른 선지식들도 '일주일이면 깨닫게 된다. 안 되면 내가 발설지옥에 떨어지리니 거짓말을 한 내 혀를 뽑아가라'는 말씀을 많이 하셨어요."

"스님께서도 출가 전, 칠 일 용맹정진을 하고 나서 출가하셨다지요? 해안 선사께선 후학들을 어떻게 지도를 하셨습니까?"

"직장생활을 하면서 불교를 접했는데 처음, 대학생 불교연합회에서 주최한 법회에 참석하게 되었어요. 그 당시에 불교학자인 이종익 박사님에게 12연기법 강의를 듣고 불교의 매력에 푹 빠지기 시작했어요. 이때부터 어디에서든 법문만 한다고 하면 꼭 찾아다녔지요. 그렇게 법문 듣는 것을 낙으로 삼고 있던 중 해안 선사께서 지도하는 칠 일 용맹정진에 참가했어요. 인원은 오십여 명쯤 되었는데 혜산 스님과 동명 스님 말고 남자라곤 나 혼자뿐이었죠. 모두 노보살님들이셨어요. 칠 일 동안 법문만 듣는 줄 알고 참석했는데, 삼 일이 다 가도록 법문은 없고 관음주력만 하는 거예요. 하루 오만 독을 하라는 명을 받고 앉아 있자니 다리가 쑤시고 아파오면서, '아니, 관세음보살 다섯 글자를 몰라서 밤낮 앉아서 이걸 부른단 말인가' 하는 생각이 수시로 올라왔어요. 회사까지 결근하고 법문을 들으려고 왔는데 정말이지 답답한 노릇이었죠. 사흘째 되던 날 집으로 돌아갈 요량으로 스님께 인사를 드리러 갔어요. 스님께서 왜 왔느냐고 물으시기에 솔직히 말씀드렸죠. '일주일 동안 법문을 하는 줄 알고 왔는데, 법문은 없고 관음주력만 하니 흥미가 없습니다. 오랜 결근으로 회사에 지장을 주고 있으니 돌아가서 회사를 도우며 일당이라도 벌어야겠습니다.' 그랬더니 '일당이 얼마인고?' 하고 물으셔서 일주일치 월급을 계산해서 말씀드렸더니 스님께서 그러시더군요.

'흠, 얼마 안 되는구나. 가려면 가라. 그러나 사내대장부가 한 번 뜻을 세웠으면 끝까지 마무리를 짓고 가야지 중도에 가려고 한단 말이냐? 돈이란 있다가도 없고 없다가도 있는 것, 그러나 도를 깨닫는 이 공부는 무엇과도 비교할 수 없는 큰 보물 중의 보물이다. 사흘 동안은 관음주력을 하고 내일부터는 참선을 할 것이다. 주력을 하는 것은 자신이 알게 모르게 지어온 업을 녹이는 것이니 밤을 새워서라도 그간에 못다 한 주력을 해라. 내일 화두 드는 법을 일러주마.'

그날 저녁, 어두컴컴한 곳에 홀로 앉아 있는 스님의 모습은 이 세상 사람의 모습이 아니었어요. 흰 무명옷을 입은 스님의 모습은 한 마리의 고고한 학과도 같았고 하늘에서 내려온 신선 같았죠. 스님의 모습과 말씀에 압도당한 나는, 그 시간 이후 그야말로 피나는 정진을 했죠. 그날 밤 밤새도록 관세음보살 십만 독을 하고 화두정진에 들어갔어요."

"지도는 어떻게 하셨습니까?"

"스님께선 화두를 몇 개 들어 설명하시곤 각자 선택하도록 하셨습니다. 저는 '마삼근' 화두를 택했는데, 스님의 지도 방법은 강도 높았습니다. 한 순간도 방심하지 못하도록 일일이 한 사람씩 불러들여 화두를 점검하셨어요. 때론 경책하고 때론 쫓아내고 또 격려하시면서 화두 하나에 집중하도록 만들었죠. 나중에 알았지만, 스님은 평소엔 집안의 친절한 할아버지처럼 자애로웠으나 정진에 들어가 공부를 지도할 땐 마치 성난 사자와도 같으셨습니다. 잠시도 틈을 주지 않고 몰아붙이죠. 선지식은 배우는 사람보다 몇 배 더 열의를 내는 사람이라는 것을 스님을 통해서 깨달았습니다."

해안 스님은 절에서 일하는 사람들이나 행자, 스님 할 것 없이 조금 방심하는 기색이 보이면 금세 꿰뚫어보고 갑자기 질문을 던지거나 벽력같은 할을 하셨다고 한다. 그리고 '그렇게 하다가는 어느 귀신이 잡아가는 줄도 모르게 죽는다. 항상 '나'를 놓지 말고 살아라'는 말씀을 늘 하셨다는 이야기를 혜산 스님에게 들은 적이 있다.

나는 '선지식은 배우는 사람보다 몇 배 더 열의를 내는 사람'이라는 철산 스님의 말씀을 살아가면서 때때로 떠올리곤 한다. 스님이 말씀한 저 선지식이란 가정에선 부모, 사회에선 지도자를 말함이 아니겠는가. 윗사람이 솔선수범하지 않으면 뒷사람이 따라오지 않음은 진리인 것 같다.

"칠 일 동안 용맹정진을 하면서 화두를 들기 전 먼저 삼 일 동안 관음주력을 시키신 이유는 뭘까요?"

"사흘 동안 힘을 다해 주력을 마치고 나면 마치 무거운 짐을 놓은 듯 홀가분해서 입선하면 화두가 딱 들어옵니다. 번뇌망상이 사라지니까 맑고 깨끗하고 고요해져서 화두 들기에 좋은 상태가 되는 거지요. 몇 십 년 동안 공부를 한 지금도 해제 기간에 여기저기 쏘다니다가 들어와 선방에 앉아 있으면 보름 내지 한 달 동안 산란한 마음으로 인해 안정이 안 되거든요. 그럴 때 입선하기 전, 주력을 하면 공부에 많은 도움이 되죠."

"스님께선 출가 전 용맹정진할 때 철산鐵山이라는 이름을 받으시곤, 출가하셔서도 죽 그 이름을 사용하고 계시지요? 철산의 뜻이 뭡니까?"

"화두에 몰두되어 깜깜한 절벽에 이르렀을 때, 그 깜깜한 것이 은산철벽銀山鐵壁이에요. 좌우로는 강이 가로막혀 있고, 뒤엔 맹수가 쫓아오고, 앞으로 달아나자니 은산철벽뿐인데, 살 길은 오직 은산철벽을 뚫고 나가는 것밖엔 없어요. 스님께서 그러셨죠. '자, 목숨 뚝 떼어놓고 사량 분별을 놓아버리고 뚫어보아라'고."

좌우엔 시퍼런 물이 흐르는 강이니 떨어지면 죽음이다. 뒤로는 맹수가 입을 떡 벌리고 있어 한 발자국이라도 물러나면 다시 죽음이다. 살 길은 저 은산철벽을 뚫고 나가는 것인데, 그 절박한 상황에서 은산철벽을 뚫으라니. 과연 어떻게 공부를 해야 저 무지막지한 은산철벽을 뚫고 나간단 말인가.

"화두 들기를 모기가 주둥이로 철벽을 뚫는 것처럼 해야죠. 힘으로 뚫으면 주둥이를 다치는 거예요. 쉬지 않고 간단없이 대고만 있어야죠. 뚫고자 하는 마음만 가지고 지긋이 주둥이만 대고 있는 거예요. 그러면 몸뚱이까지 뚫고 가는 거죠. 씩씩거리면서 힘(사량 분별)으로 뚫으려고 하면 피가 나고 머리 터지는 등 만신창이가 되는 거예요. 모든 사량 분별을 쉬고 간단없이 화두 일념으로 뚫어야 삽니다. 그렇게 공부하면 시절 인연이 무르익어 봉숭아 꽃망울 터지듯, 콩 껍질 터지듯 터지는 겁니다."

헐떡거리지도 말고 놓지도 말고 철벽에 가만히 대고만 있으라니 참, 어려운 공부다. 그러고 보면 화두를 드는 것과 인생살이는 꼭 닮아 있다. 삶에서도 자신이 뚫고 나가야 하는 일에 이것저것 헤아리지 말고 그저 묵묵히 정성을 다해 집중하면 이루지 못할 것이 없으리라.

"해안 스님께선 공부하는 사람들, 출가자들에게는 물론 공부하는 모든 사람에게 필수적으로 《금강경》을 외우게 하셨다지요?"

"중생들의 병이 오직 집착하는 데서 오는 것 아닙니까? 그 집착으로 인해 지혜를 가리죠. 《금강경》은 그 집착을 끊어주는 경전으로 마음을 쓰는 법과 간직하는 법을 가르칩니다. 일상생활에서 마음을 어떻게 쓰고 간직할 것인가를 가르치고 있는데, 해안 스님께선 금강경의 속뜻을 온 인류에게 들려주고 독송하게 하고 싶어 하셨습니다."

"《금강경》의 핵심은 무엇입니까?"

"《금강경》 전체의 핵심은 세상 살아가는 데 한 물건도 취하지 말고, 한 물건도 버리지 말라는 것입니다. 좋다고 해서 취하지 말고, 나쁘다고 해서 버리지 말라는 것이죠. 세상을 살아가면서 살림살이하고, 밥 먹고, 마당 쓸고, 직장에 다니고, 가족 거느리고 사는 것, 그 모든 게 다 도입니다. 좋다고 집착하고 나쁘다고 버리려고 하면 그 순간, 어긋나버리는 겁니다. 오면 오는 대로, 가면 가는 대로 자연스럽게 받아들이는 것, 그게 무소유고 평상심입니다."

"《금강경》을 외우면 무소유, 평상심 유지가 실천됩니까?"

"경의 속뜻을 살피면서 외워야 참선參禪이 되는 겁니다. 처음, 《금강경》을 외우고 나서 독송을 하니 나도 모르게 눈물이 쏟아져 몇 번 울었어요. 업장소멸이 되느라고 그랬는지 이유 없이 흐느껴지고 눈물이 났어요. 결국 상념에 끌려 속은 것이지만, 초학자는 한편 그것으로 인해 더 깊은 신심이 나고 용맹심이 일어나서 밀고나가기도 하겠죠."

스님은 관세음보살도 그냥 읽으면 송誦이지 염念이 아니라고 하셨다.

"'나'라는 존재는 '텅 빈 곳간처럼 비었구나'라는 통찰은 매우 중요한 겁니다. 도둑들이 곳간에 보물이 가득하다고 잔뜩 기대하고 멀리서부터 파고들어 갔는데 텅 비어 있다면 어떻겠습니까? 허망하기 짝이 없겠죠. 그러나 한 생각 돌이켜 '저 집은 휘황찬란하게 보이지만 실은 아무것도 없다'라는 것을 안다면 모든 욕망과 탐욕심을 놓아버리게 되죠. 그래서 '비어 있다'는 것은 굉장히 중요한 겁니다. 《반야심경》의 '조견오온개공照見五蘊皆空 도일체고액度一切苦厄(정신과 물질이 모두 비어 있음을 비추어보고 일체의 고통을 건너다)'의 참뜻을 알아야 집착에서 벗어날 수 있죠. 인연법으로 얽혀 있는 것이지 본래 나의 본질은 뿌리 없이 공한 겁니다. 공한 줄 알아서 마음만 놓아버리면 본래 청정해서 때가 붙을 수 없는 것입니다. '공화불사空華佛事'라는 말이 있어요. 참선과 염불을 하고 법당을 짓고 또 재를 지내는 일이 다 불사인데, 불사를 행하되 허공의 꽃 같이 하라, 즉 일체 마음을 상(모양)에 두지 말라는 것입니다. 그래서 '보살은 복을 지어도 복을 받지 않는다'고 합니다. 다 털어버려야만 자유자재로 쓸 수 있어요. 그 힘은 정진한 데서 나오는 겁니다."

결국 모든 문제는 정진하지 않는 데 있다. 정견을 뚜렷이 세우고 오직 정진해나갈 뿐이다.

"견성 성불해야겠다는 발심이 분명해야 합니다. 발심이 희미해서 어영부영하다 보면 여기저기 기웃거리게(방황하게) 돼요. 발심과 목표가 뚜렷하면 출가자나 재가불자나 별 다름이 없어요. 간절하기만 하면 천지만물이 다 내 선지식이죠. 간절하지 못하다는 것은 알고 싶은 게 없다는 거예요."

간절하지 않은 것은 알고 싶은 게 없다는 것이다! 알고 싶은 게 없다는 것은 죽은 생명 아닌가. 무서운 말씀이었다.

"해안 선사께선 한마디로 어떤 분이셨습니까?"

"한마디로 이 세상에 지도자로 오신 분 같아요. 신발 벗고 맨발로 백 리를 뛰어도 은사 스님을 따라갈 수 없지요. 돌아가시기 전까지 삼 년 동안 스님을 모시면서, 죽을 때 견성은 못했다 하더라도 육신을 애지중지하지 않는 정도는 되어야겠다고 생각했죠. 허물어져가는 육신의 큰 고통 앞에서 수술을 마다하시고 참으로 의연하셨던 스승을 보면서 평생 게으름 피우지 않고 수행해야겠다고 결심했어요."

그때 스님은 이십 대 후반이었고 해안 선사께선 칠십이 넘은 연세였다고 한다. 철산 스님은 그간 아무리 어려운 일이 닥쳐도 일이 원만하게 해결되어온 것은 스승을 시봉하고 병간호를 성심껏 한 공덕으로 생각한다고 고백하셨다.

다시, 스님의 말씀이 가슴에 박힌다.

"해안 스님께선 아침저녁으로 빠짐없이 관음예참을 꼭 하셨어요. 예참을 하시기 전에는 꼭 사부대중을 위한 축원을 하셨습니다. 그리고 차를 타거나 길을 가시면서도, 일을 하시면서도 '관세음보살'을 염하셨죠. 일생 동안 변함없으셨습니다."

철산 스님은 후학들에게 꼭 전해주고 싶은 말이라면서 이렇게 말씀하셨다.

"선지식은 상대방을 마음속으로 꿰뚫어보고 있어서 그가 알에서 깨어날 때를 압니다. 그래서 후학들에게 '공부가 잘되어 스승의 경지에 계합될 때까지는 한 스승만 믿고 매달려라. 그런 다음 다른 선지식을 찾아 탁마를 해야 된다'는 것을 말하고 싶어요."

선지식의 중요성을 역설했던 혜산 스님의 말씀이 떠오른다.

"불법에 귀의한 사람에게 가장 필요한 존재는 선지식입니다. 선지식과의 만남에서만이 지혜를 체득할 수 있기 때문입니다. 체득된 지혜가 있어야 생사를 해탈할 수 있습니다. 체득된 지혜가 없는 사람은 가다가 돌아서고, 가다가 돌아서기를 반복합니다. 그러나 체득해서 아는 사람은 알고 있는 것을 곧바로 실천하며 동요함 없이 한 길로 매진합니다."

철산 스님에게 스승과 어떤 점이 가장 닮았느냐고 여쭤보았다.

"감히 비교할 수 없지만, 세심한 것은 배우지 않았나 싶습니다. 내가 지나간 곳엔 다른 사람의 손길이 다시 닿지 않아도 되게끔 앞뒤 정리를 잘해놓는 편입니다."

참고로, 올해 세수 예순넷이시라는 철산 스님의 처소는 정갈하기 그지없다. 여행을 좋아해서 국내외를 수없이 다니셨다고 하는데, 앨범을 정리해놓은 것을 보고 정말 놀랐다. 앨범에 사진을 가지런히 끼워놓고 시간, 장소 등 소감을 간단히 설명해놓은 것은 물론, 동참자들의 주소록, 안내서, 영수증까지 챙겨 넣어두셨다.

스님의 방엔 어느 수좌 스님이 백 년 전 그렸다는 달마도가 벽에 걸려 있다. 크기가 보통이 아닌데도 커 보이지 않고 잘 어울렸다. 그리고 앉아 계신 등 뒤에 직접 찍어 걸어놓으신 티베트의 수미산 사진이 정말이지 압권이었다. 은산철벽이 그러할까?

화두 공부하는 사람은 아는 것도 버리고 무심해야 하는데 털어놓다 보니까 옛날 얘기가 다 나왔다고 하면서 스님은 이런 말씀을 하셨다.

"난 지금까지도 사람을 똑바로 안 봐요. 옷 색깔만 봐요. 그래서 다음에 만나면 몰라요. 알고도 모른 척한다고 오해도 많이 받았지만,

그렇게 살아요."

주위에서 나이 스물다섯의 성실하고 선한 청년에게 '장가들라'고 그렇게 야단이었는데, '장가는 무슨' 하고는, 모든 것을 다 알게 하는 그 깊이와 크기를 알 수 없는 '지혜'를 성취하기 위해 절에 들어오셨다는 스님께 마지막으로 여쭈었다.

"스님! 인생이 뭡니까? '인생은 나그네길'일까요?"

스님도, 우리 일행도 웃었지만, 오십이 넘은 나는 아직 인생이 무엇인 줄 모르겠어서 선지식들께 꼭 이 질문을 빼놓지 않는다.

"부처님께서 인생은 고苦라고 하셨잖아요. '인생은 고'라는 것을 뼈저리게 느낄 때 벗어나는 길을 찾게 됩니다. 고임을 철저히 깨닫고 벗어나는 길을 찾는 것, 그것이 불교예요. 본래 없는 고苦를 즐겨 받으면서 고인 줄 모르고 살아가는 게 우리 중생들 아닙니까."

갑자기 부처님의 골수 법문인 고집멸도의 사제四諦, 팔정도八正道의 수승한 가르침이 사무쳐온다.

질박함과 순수함 백 퍼센트이셨던 내소사 선원장 철산 스님. 가슴을 따스함으로 데워주셨던 스님의 말씀을 정리하면서 다시, 이 말씀에 가슴이 철렁 내려앉는다.

"공부는, 무상함이 뼈저리게 느껴졌을 때, 그때부터 시작입니다."

스님의 말씀을 듣고 보니 공부는 아직 시작도 못하고 있지 않은가. 큰일이다.

# 그만 꿈에서 깨어날 것

월암 스님

1

문경 한산사 용성선원 월암 스님의 목소리는 유난히 크다. 행자시절을 듣기 위한 인터뷰 초반, 스님의 살아오신 이야기를 들으면서 짐작했다. '불교를 중흥하리라'는 결의를 가슴에 품고 청소년기를 지나 한평생을 살아오셨기 때문이라고, 누구보다 불교중흥에 열정이 많아 대중을 향해 법문을 많이 하다 보니 그렇게 되었나보다고 미루어 짐작했는데, 그게 아니었다. 속삭여야 할 때도 소리 지르듯 큰소리로 말할 수밖에 없는 사연을 이야기하시곤 스님께서 그러셨다.

"이 이야기 글로 쓰면 안 돼요!"

"그래도 스승께 혼난 이야기는 써야죠."

그러나 결국 스님의 행자시절 이야기를 쓰면서 스님의 목소리가 커진 사연을 쓰지 못했다.

심상치 않은 월암 스님의 출가 동기는 이렇다.

초등학교를 졸업하고 중학교 시험을 치를 무렵, 담임선생님이 아버지를 찾아왔다. 학교에서 늘 급장을 하면서 공부도 잘하고 책도 많이 읽는 아이가 가정형편이 어려워 중학교 입시를 치르지 못한다는 이야기를 듣고 가정방문을 한 것이다.

"아버님! 염려 마세요. 아드님이 공부를 잘하니까 장학금을 받아서 공부시키면 됩니다."

자신도 형편이 어려워 초등학교만 졸업하고 중학교에 들어가지 못했던 아버지는 장학금을 타서 공부할 수 있다는 담임선생님의 설득에 공장에 취직시키려던 생각을 바꾸었다. 그날, 들판을 바라보고 앉은 아버지와 선생님의 등판을 바라보면서 소년은 희망을 읽었다. 드디어 경주에서 수십 리 떨어진 벽지의 시골 소년은 경주로 대망의 유학을 가게 되었다.

초등학교 오 학년 때 학교문고 출납을 담당하면서 도서관에 꽂혀 있던 책을 거의 다 섭렵했다. 그중에서도 왜 그렇게 부처님의 일대기나 원효 대사 전기가 사무쳐 마음속으로 들어왔던지 읽고 또 읽었다. 부처님께서 육 년 동안 고행하시던 이야기나 원효 대사, 사명 대사의 고행기가 왜 그렇게 가슴을 후려쳤는지 모른다. '나도 스님이 될 기회가 있으면 고행을 좀 해봐야겠다'고 다짐했다. 그런데 그 고행을 할 기회는 생각보다 빨리 찾아왔다. 중학교 이 학년 이 학기 초, 불교 학생회원을 모집하기 위해 경주고등학교 선배들이 온 것이다.

날짜도 잊을 수 없는 그날, 음력 팔월 오 일, 양력 구월 오 일. 소년은 학교 근처 분황사로 가서 훗날 은사가 된 지도법사 스님께 법문을 듣고 그 자리에서 출가를 해버리고 만다.

중학교에 다니면서도 방과 후면 도서실에서 살다시피 하며 철학이며 문학, 불교 책에 빠져 있을 무렵이었고, 불교에 대한 생각이 조금 더 정리되고 차원이 좀 높아져 있어서 '정말 출가해서 제대로 된 수행을 해봐야겠다'고 생각하고 있던 즈음이었으니 물고기가 물을 만난 듯 절로 들어가버린 것이다.

"그날 은사의 게송은 출가에 대한 나의 마음을 격발시키기에 충분했죠. 그 게송이 얼마나 마음으로 사무쳐 들어왔는지 그 흥분을 지금도 잊을 수 없습니다."

스님은 그때를 그대로 재현하듯 눈을 지긋하게 감고 게송을 읊었다. 스님의 운명을 결정지은 게송은 이렇다.

"나는 무엇을 생각할까. 도를 생각하리라. 나는 무엇을 말할까. 도를 말하리라. 나는 무엇을 행할까. 도를 행하리라. 하여 도를 생각하는 마음 잠깐인들 잊으리까."

열다섯 살의 소년은 그 게송을 듣고 생각했다.

'맞다! 대장부가 이 세상에 태어나 도를 생각하고 말하고 행한다면 그 이상 무엇이 있겠는가. 바로 이 길이다.'

스님의 말씀으론, 사십여 년 전인 1970년 전후, 당시 경주 지방 중고등학교 학생들의 불교중흥에 대한 열기가 얼마나 뜨거웠는지 법문을 끝내고 법사 스님이 '출가할 사람은 손을 들어보라'고 하면 항시 몇 명은 손을 번쩍 들었고, 손을 듦과 동시에 삭발을 시키고 출가자로 만들었다고 한다.

경전을 읽다 보면, 부처님 앞에서 '출가하겠습니다' 하고 말씀드리면 그 자리에서 저절로 머리칼과 수염이 떨어지며 가사가 입혀졌다는 이야기가 자주 나온다. 경전에 나오는 그 이야기를 월암 스님의 말씀을 듣고 비로소 이해했다.

그런데 고행을 하고 싶어 하는 소년의 사무친 마음이 통했는지 다른 사람들처럼 그 자리에서 계를 받지 못하고 삼 년 동안의 매운 고행 끝에 계를 받고 정식 수행자가 되었다.

스님의 목소리가 커진 이유는 그러니까, 삼 년 동안 치른 행자시절의 고행 기간에 일어났던 것이다. 절에서 중학교를 다니면서 《천수경》을 외우고 불공 염불을 익히면서 《초발심자경문》을 배우던 스님은 학교 공부가 점점 시시해졌다. 그래서 중고등학교를 다니면서 반쯤은 학교엘 가고 반쯤은 절에서 일하고 공부하면서 보냈다.

행자시절, 은사 스님은 이렇게 말씀하시곤 했다.

"누군가 '너, 대통령 할래? 중 할래?'라고 물었을 때, 중이란 모름지기 이렇게 대답할 수 있어야 한다. '세상의 일이란 아지랑이 같고 꿈과 같고 번갯불과 같고 허황한 것입니다. 대통령, 설사 전륜성왕의 자리에 앉게 하고 이 우주법계를 통째로 준다고 해도 저는 중이 되겠습니다'라고 하는 자라야 중노릇 제대로 하는 것이다."

스님은 어린 나이에 그 말이 그렇게 마음속으로 사무쳐 들어왔다.

"'견성성불見性成佛 광도중생廣度衆生'이 늘 사무쳤고 '불교를 중흥해야 한다'는 신심과 원력이 가슴에 뭉클대고 있었죠. 찬란했던 신라 불교의 흔적이 남아 있는 탑 터나 절터를 답사할 땐 얼마나 마음이 숙연해지곤 했는지 눈물을 흘리면서 '불교가 다시 일어나야 한다'는 원력을 되새기곤 했습니다. 그때의 그 숙연한 원력과 뜨거운 신심이 지금까지 수없이 법문을 해오면서 나를 일으켜 세운 원동력이 아니었나 생각해봅니다."

그런데 스님의 목소리는 왜 그렇게 커졌을까? 스님은 비로소 은사 스님께 야단을 맞고 무려 네 번이나 고막이 터졌다고 고백했다. 자신의 목소리가 잘 안 들리기 때문에 자연히 목소리가 커졌다는 것이다.

"은사 스님이 회초리를 들면 다른 사람들은 모두 천 리, 만 리 달아났으나 나는 그러지 못했어요. 그분이 생불, 살아 계신 부처님이라 생각했기 때문에 은사 스님께 맞는 일이 업장을 소멸하는 것이라 굳게 믿었습니다. 그것은 아마 저 초등학교 때 읽었던 '고행'이라는 덕목이 가슴에 각인되어 있던 탓이기도 했을 거예요."

이 이야기를 듣고 함께 간 일행 모두가 숙연해지지 않을 수 없었다. 스님을 위로해드린다고 한 말씀 드렸다.

"아, 스님! 본디 훌륭하게 될 인물들은 어렸을 때 고생을 잘 이겨냈더라고요. 종정이신 법전 스님께서도 열네 살에 절에 들어오셔서 삼 년 동안 행자시절을 보냈는데, 들어보니 고생을 많이 하셨더라고요. 그때 함께 있던 도반들은 어려움을 견디지 못하고 모두 속가로 돌아갔고 스님은 종정이 되셨으니 훌륭하게 될 인물에겐 그렇게 고생이 주어지나 봐요."

"하하. 나는 훌륭한 인물도 못 되었고요. 그래도 성장 과정에서 그런 일은 없는 게 좋아요."

유난히 쓸쓸하게 느껴진 스님의 웃음은 진정한 교육에 대해 생각하게 했다.

경주불교학생회 회장과 영남불교학생회 회장을 지내면서 '위대한 신라 불교를 중흥, 재현하리라'는 원력으로 꽉 차 있던 스님은 '그 시절 비록 나이는 어렸으나 왜 출가를 했는지, 무엇 때문에 중노릇을 하는지에 대한 답이 뚜렷했으며 수행자에 대한 자기 정립이 누구보다 확고부동했다'고 했다.

절에 있으면서 중고등학교를 졸업하고 포교 일선에서 활동하다가 군대에 다녀오고 삼십 대 중반에 북경대학으로 유학을 떠나 십여 년 동안 공부와 포교를 병행하면서 선학禪學으로 박사 학위를 받은 스님에게 여쭈어보았다.

"그런데 기대를 걸었던 아드님이 중학교 때 출가를 해버렸으니 부모님이 상심하지 않으셨나요?"

"말도 마세요."

공부 잘하고 매사 똘똘하던 큰아들이 지방의 명문인 경주중학교에 들어가자 부모님은 조금 있던 논밭을 팔아 경주 시내로 이사를 왔다.

'내 아들이 좋은 학교에 다니니 공부 잘해서 판검사가 되어 출세하리라'는 굳건한 믿음으로 도회지로 나온 아버지는, 아들이 절로 들어가자 망연자실했다. 그러고는 급기야 집을 나가셨다. '저 집 공부 잘하는 아이가 출세해서 부모를 먹여 살릴 줄 알았더니 절에 들어가 중이 되었다더라'란 소문에 비감했던 아버지가 화를 이기지 못하고 가출을 한 것이다.

"스님께서 큰 불효를 하셨습니다."

"부모님 곁에서 잘해드리는 것은 작은 효요, 인천人天의 스승이 되어서 다겁생래多劫生來의 모든 부모님을 해탈시키는 것은 큰 효라 했습니다. 출가사문이 되었으니 나태해지지 말고 열심히 공부해서 큰 효를 해야 하는데, 공부도 제대로 하지 못하고 불효막심한 자식이 되었습니다."

그러면서 스님은 지금까지 마음의 빚으로 남아 있다는 이야기를 하나 들려주었다.

군대에 다녀와 지리산 쌍계사 칠불암에서 재발심을 하는 마음으로 기도를 하고 어머니께 인사를 드리려고 잠시 집에 들렀다. 홀로 동생들을 키우면서 고생을 하시던 어머닌 큰아들을 보자 무척 기뻐했다. 아무것도 모르던 어린 나이에 절집에 들어갔다가 이젠 철들어 당신 곁에서 살려는가 하는 기대를 가지고 그렇게 잘해주었다. 하룻밤만 자고 가려던 계획은 이제까지 보지 못한 화색 만면한 어머니의 얼굴에 묻혀버리고 말았다. 그러나 중학교 이 학년 때 출가의 길을 선택했던 모진 아들은 정확히 한 주 후 걸망을 짊어진 채 집을 나서면서 한마디만 했다.

"어머니! 저, 갑니다."

사립문에 기대어 무정한 아들에게 어머니가 내뱉은 한마디도,

"마, 가나?"

스님은 지금도, '그렇게 꼭 가야만 하는가' 하시던 어머니의 그 한마디와, 다시 절로 떠나는 큰아들을 망연히 바라보시던 어머니의 표정을 잊을 수 없다. '한 자식 출가에 구족이 승천한다'고 했으나 출가해서 자신의 몸 하나 구제하지 못하는 신세가 되었으니 서글픈 심정이라고 했다.

2

까까머리 열다섯 중학생이던 때 출가를 감행한 월암 스님은 요즘 자다가 자주 일어나 앉는다고 고백했다.

"내가 생긴 모양은 이래도 민감한 사람입니다. 늘 일대사에 대한 중압감이 떠나질 않는데 오십이 훌쩍 넘어가니까 자다가도 벌떡 일어나는 날이 많습니다. 이렇게 자고 있으면 어떻게 하는가 하는 생각에 일어나 앉아 잠을 못 이루죠. 나이 오십이면 지천명이라, 하늘의

명을 알 나이인데 그것은 고사하고 나의 명도 스스로 알지 못해 안심입명을 못하고 살아가니까, 갑갑하죠."

문밖에 염라대왕의 신발 끄는 소리가 들리는 것 같다는 스님은 혼잣말처럼 이런 말씀을 했다.

"모든 것 놓아버리고 한 오 년, 무문관에 들어가 나오지 말아야 할 것 같습니다. 아무 경계 없이 마지막 청춘을 불태우면서 정진해야 하지 않겠나 하는 심정입니다."

죽음으로 뚫어야 할 관문인 무문관無門關에 들어가야겠다는 말씀 끝에 여쭈었다.

"지난 동안거 해제 법문에서 법정 스님께서 그러시더군요. 그대들이 서 있는 자리가 곧 도량이요 곧은 마음이 곧 도량이니, 기도수행을 한다고 이리저리 돌아다니지 않아도 된다고 말입니다. 그러나 우리가 사는 지금 이 자리에서 그 말씀이 실현되었으면 좋겠는데 그게 안 되잖아요. 그래서 우린 잠시라도 세간을 떠나 기도도 하고 수행도 하고 싶어 합니다. 스님께서도 그렇게 공부를 하시고도 무문관으로 들어가야겠다고 하셨잖습니까? 우리들 딜레마 아닙니까?"

"만공 스님께서 '도반, 도량, 도사(스승)를 구족해야 공부한다'고 하셨죠. 이 세 가지 중에서도 가장 중요한 부분이 스승입니다. 법에 대한 안목을 제대로 가르쳐줄 스승을 찾아야 합니다. 스승은 회초리를 들고 업을 질타하고 전도된 길을 가고 있는 자에게 올바른 길을 일러주는 분입니다. 그런데 신도분들은 아무리 법을 깊게 말해줘도 그때뿐입니다. 인정으로 잘해주어야 따라옵니다. 이러면 무슨 법이 살겠습니까?"

이 부분에서 스님의 큰 목소리가 더 커졌던 것 같다.

"불교는 '꿈을 깨라!'는 것을 가르치는 종교입니다. 악몽도 길몽도 꿀 수 있는 게 우리 인생입니다. 간밤의 꿈은 소몽小夢이고 인생은 대몽大夢이죠. 우린 지금 칠팔십 년에서 백 년 정도 큰 꿈을 꾸고 있는 겁니다. 부처님의 가르침은 악몽이든 길몽이든 꿈인 것이니 '꿈 깨라!' 하신 겁니다. 팔만대장경 법문이 그 하나죠. 그런데 한국불교는 악몽을 꾸지 말고 길몽을 꾸라고 일러주고 있어요. 스님들은 신도들에게 그걸 말해주고 있고 신도들도 그런 이야길 좋아하죠. 중생은 꿈에 젖어 있어서 꿈을 깨면 죽는 줄 알아요. 그러고는 늘 길몽 꾸는 방법을 묻습니다."

스님의 법문을 부끄럽게 듣고 있었다.

"사람들은 어디 가서 신수 묻기를 좋아합니다. 말이 좋아 가피이고 영험이죠. 내가 관세음보살을 몇 번 부르고 삼천배를 몇 번 했으니 우리 집에 편안함이 오겠지, 건강하겠지 하는 것은 결국 꿈속의 일로 길몽을 꾸는 것을 가르치는 거예요. 설사 방편으로 했다고 하더라도 핵심이 아닙니다. 그래서 '꿈 깨!'라고 하는 겁니다. 꿈을 깨고 나면 산해진미를 먹은 자나 굶은 자나 똑같습니다. 꿈에선 부자를 매우 부러워하지만 꿈을 깨고 나면 똑같습니다. 도를 깨쳐 바른 눈이 열리면 원수니, 친한 이니 하는 경계는 다 꿈속의 일입니다."

스님의 법문이 본격적으로 시작되었다.

"좋은 일만 일어나고 나쁜 일은 일어나지 않기 원하는 것은 올바른 불교가 아닙니다. 〈칠불통게〉에서도 '제악막작諸惡莫作, 중선봉행衆善奉行, 자정기의自淨其意'라고 했습니다. 모든 악을 짓지 말고 모든 선을 받들어야 한다고 했으나 그것에만 머물면 불교가 아닙니다. 자정기의, 스스로 그 마음(뜻)을 깨끗이 하라, 곧 자각기심自覺其心, 그 마음을 깨달으라를 행했을 때 앞의 것도 동시에 살아나는 것입니다. 선과 악이 상대적인 것이 아니고 그 전체를 다 보듬어서 중도로 회통될 때, 그러니까 세 번째 것을 깨우쳤을 때 선악이 올바른 것입니다. 역대 조사들께서 이런 말을 다 하셨어요. 요즘 신행 차원을 보면, 신도들은 스승을 찾아 공부할 생각은 안 하고 간절하지 않습니다. 이젠 재가불자들이 스님들에게 화엄의 경계, 본래면목의 도리를 물어야 합니다. '《화엄경》 무슨 품이 이해가 안 되니 그것은 무엇입니까?' 하고 물어야 합니다."

열변을 토하는 스님께 여쭈었다.

"그런데 스님! 꿈은 어떻게 깹니까?"

"괴로워서 죽거나 좋아서 죽거나 꿈속에서 죽어야 합니다. 그리고 또 하나는 누가 깨워줘야 합니다. '뭐 하느냐'고 흔들어 깨워야죠. 공부를 해서 공부로 죽어야 합니다. 사중득활死中得活이라고 하죠. 악몽을 꿀 땐 최고로 막다른 골목에 가면 깨잖아요. 까무러치게 기쁠 때도 깨어나죠. 밤에 잠들어 꾼 꿈은 자고 일어나면 절로 깨지는데 중생의 업으로 인한 꿈(업몽)은 갈수록 깊어집니다. 나를 위한 기도에서 벗어나 교리 공부를 제대로 해서 수행을 해야 합니다. 처음엔 어설퍼도 자꾸 해야 합니다. 대혜 선사는 참선이 무엇이냐고 묻는 말에, '익은 것은 설게 하고, 선 것은 익게 하라' 고 하셨습니다. 익은 업식망념은 설게 하고, 선 진여본성 자리는 익게 하라는 뜻이겠죠. 수행은 반복입니다. 중생은 업으로 태어나잖아요. 업생業生이죠. 그래서 중생은 업을 반복하고 보살은 원생願生이라, 원을 반복합니다. 그러나 업생을 떠나 원생은 없죠. 중생은 앞이 가려 있으니 업이 되어버리고 보살은 트여 있으니 업이 원이 되는 겁니다. 수행을 해서 벗어나야죠. 수행이 우리의 삶의 테마가 되지 않고는 업의 미망에서 벗어날 수가 없습니다."

"어떻게 수행을 해야겠습니까?"

"경전을 읽고 염불을 하고 주력을 하고 화두를 들고 하는 일 모두가 수행 아닙니까? 경전을 읽으면 지혜의 눈이 트입니다. '간경자看經者 혜안통투慧眼通透'라고 했어요. 경전을 마음으로 보다 보면 심안이 열립니다. 지혜가 열리죠. 염불을 하든, 화두를 들든, 주력을 하든지 일심으로 하면 업장소멸이 되는 겁니다. 용성 스님은 '옴마니반메훔' 주력을 선 채로 구 개월 동안 하고 선방에 들어가셨는데 한 주 만에 열려버리셨다고 합니다. 역대 고승들이 주력을 많이 했어요. 통찰하고 직관하는 것이 업장소멸이고 끊는 것입니다. 업은 분명 장障이 되면서 힘을 발휘하죠. 업력이라고 하잖아요. 금생에 익혀 습관이 된 담배도 그만큼 무서운 힘이 생겨 끊기 어려운데, 수억 겁 동안 자유분방하게 중생의 업을 반복해왔으니 수행한다는 일이 결코 쉽지는 않은 일입니다. 그러나 한 방울 빗방울이 수천 년 동안 떨어져서 바위를 뚫잖아요. 수행은 반복이니까 무간단無間斷, 틈이 없이 해야 해요. 물 샐 틈 없이 일념으로 해야죠. 처음엔 잘 안 됩니다. 하다 보면 어느덧 도망가버리고 없어지기 일쑤예요. 엄격히 말하면 화두도 망념입니다. 그러나 화두라는 일념이 천념千念의 망념을 누르는 거지요. 처음엔 잘 안 되지만 반복이 되면 저절로 됩니다.

《선요禪要》라는 책에서 고봉 스님이 '화두를 드는 것은 쇠로 된 밑 빠진 배로 물살을 거슬러 올라가는 것과 같다'고 했죠. 끊임없이 젓지 않으면 물살을 거슬러 가지 못하고 뒤로 밀리는 것처럼 망념이 일어나면 이룰 수 없는 게 이 공부입니다. 수행한다는 것은 화두 드는 사람은 화두로, 염불하는 사람은 염불로 반조하는 것이죠. 탐진치가 올라오면 화두로, 염불로 돌이키는 것, 이게 마음공부요, 수행인의 자세입니다."

스님의 말씀을 들으면서 무저선無底船의 의미를 새겼다. '그렇구나! 수행한다는 것은 밑이 없는 배를 탄 채 물살을 거슬러 올라가는 일과 같구나. 쉼 없이 젓지 않으면 죽음인데 이렇듯 게으르구나' 하고.

스님은 요즘, '제왕의 자리를 준다 해도 중이 되겠다'고 답했던 저 어린 행자시절의 다짐이 사십여 년이 흐른 지금도 건재한지 자주 돌아본다고 했다. 중노릇을 할수록 더 신심 있어야 하고 더 간절해야 하는데 그러고 있는지, 수행자란 열심히 수행하고 교화하는 일밖에 다른 것이 없는 법인데 날이 갈수록 신심은 엷어지고 어긋나는 길로 가고 있는 거나 아닌지 돌아보고 또 돌아본다고 하면서 이런 말씀을 하셨다.

몇 년 전 울산의 한 신도 집에 볼일이 있어 갔다가 건물 주차장에 주차를 하고 나오는데 누가 불렀다.

"아저씨!"

'설마 나에게?' 하고 돌아보니 한 아주머니가 도끼눈을 뜨고 째려보면서, "차를 왜 여기에다 세워놔요?" 하고 따지듯 물었다. 생전 처음 듣는 아저씨란 말에 뒤통수를 맞은 듯 얼얼하고 정신이 하나도 없어서 물었다.

"아주머니, 방금 저를 뭐라고 부르셨습니까?"

"아저씨요!"

"내가 아저씨로 보입니까?"

"그럼, 아저씨를 아저씨라고 하지 뭐라고 그래요?"

스님은 그날 저녁 잠을 못 이루었다고 했다. 억울해서가 아니라 반성하느라고.

"절 집에 들어와 삼십여 년 동안 합장의 숲에서 너무나 편안하게 살아왔더라고요. 돌아보니 한 번도 합장의 울타리를 넘어간 적이 없었어요. 기독교인과 부딪쳐본 적도, 이슬람인과도 만난 적이 없었어요. 불자 아닌 사람들을 만나 포교를 하거나 그들의 고충을 이해하려했던 적이 없더군요. 다시 말하면 소록도에 한 번 가본 일 없었던 거죠. 수행자라는 명목 아래 이 회색 옷을 입은 채 대접만 받아왔어요. 신도들이 가져오는 것을 받기만 했지 한 번도 몸 바쳐 희생과 봉사로 이웃을 도운 적이 없었어요. 말로도 보시해준 적이 없었어요. 불교를 믿지 않는 사람들에게 빵떡 하나 준 적 없고 아픈 사람에게 약 한 번 사준 적 없었습니다."

그날 이후 열여덟 살에 처음 법상에 앉아 법문을 시작해서 오늘날까지 이천여 회의 법문을 토해내면서 불교중흥에의 원력을 잃지 않으려 노력한 스님은 자신을 아저씨로 부르는 사람에게 어떻게 불법을 전하고 무엇을 해야 할 것인가 진지하게 고민했다고 한다.

스님의 저 고민은 불자인 우리들의 고민과 다르지 않음을 돌아보게 했다.

# 절대고독 속으로

현종 스님

고등학교를 막 졸업한 소년이 어머니께 말씀드린다.

"절에 가서 공부 좀 하고 오겠습니다."

고등학교를 졸업하고 동네에 있는 버섯공장에서 한 달 동안 일해 번 돈으로 책 몇 권을 마련, 한 해 더 공부해서 장학금을 주는 서울에 있는 대학에 가든지 아니면 공무원 시험을 볼 생각이었다.

가난한 살림살이 속에서도 공부를 잘하는 아들에게 기대를 걸었던 분이어서 쉽게 허락하실 줄 알았는데 어머니는 고개를 흔들었다.

"안 된다."

지아비가 세상을 떠난 후 홀로 농사를 지으면서 자식들을 키우던 어머니는 신산한 세상살이를 이겨내려는 듯 담배를 피우기 시작하셨는데, 그날도 아들의 이야기를 들으면서 담배 연기를 깊이 뿜어냈다.

아들은 어머니의 반대가 의아하게 느껴졌다. 누구보다 신심이 깊었던 어머니는 어린 아들들을 데리고 자주 절에 다녔다. 스님들에게 '부처님께 이런 축원 좀 올려주세요' 하는 소리 한 번 하지 않고 형편 되는 대로 늘 무엇인가 놓고만 왔던지라, 절에서는 '놓고만 가는 보살'이라고 불렀다. 그러고는 늘 염불만 한 분이었다. 이삼 일을 허락하지 않고 있던 어머니는 아들의 지속적인 요구에 드디어 속내를 드러냈다.

"너는 가면 중이 될 것이다."

염불수행을 많이 했던 어머니는 아들이 절에 들어가면 세간으로 돌아오지 않을 것이라는 것을 예감한 것이다. 집안을 좀 일으켜주었으면 했던 아들이었기에 더욱 절에 들어가는 것을 만류했을 것이다. 어머니의 말씀에 아들은 깜짝 놀랐다. 시험 공부가 목적이었을 뿐 출가는 전혀 생각하고 있지 않았기 때문이다.

"전 시험 공부 마치고 곧 돌아옵니다."

"그러면 두 달만 있어보아라."

두 달만 있어보아라, 했던 어머니의 예감은 적중했다. 절에 있은 지 두 달이 지나자 가지고 들어갔던 《행정학원론》, 《경제학개론》이니 하는 책들을 뒤로하고 조사어록 등 불교 책을 읽기 시작했고 절에 오가는 수좌 스님들을 보면서 출가의 길을 가면 후회 없이 잘 살 수 있을 것 같은 생각이 뭉클대기 시작한 것이다. 그렇게 출가에의 길로 고무줄 당기듯 끌려들어 가던 오월, 들녘에 한창 모내기가 시작될 즈음 소년은 출가를 결정했다. 곧 나주 다보사로 갔다.

몇 달 후, 삼배를 올리고 해인사로 떠나는 소년에게 그곳에 주석하던 노스님이 화두를 주었다. 당시 수좌들 사이에서 '천진도인'이라 불렸던 나주 다보사 우화 노스님이었다.

"너를 끌고 다니는 주인공이 누구인가? 생각하면 천 리 만 리도 금방 다녀오고 과거세 미래세도 다닐 수 있으며 늘 말도 하고 듣기도 하고 좋아하기도 하고, 신통묘용하지만 잘 속기도 하고 알아채지도 못하는 주인공이 누구인가, 그걸 궁구해보거라."

그 뒤 강산이 세 번 바뀌고 난 지금, 스님은 화두를 주었던 우화 노스님을 이렇게 기억한다.

"다보사의 절 분위기가 인상에 남아 있어요. 누구나 오면 마음이 편안해지고 따뜻해지고, 이것이 부처님 도량이구나, 몸으로 느껴지는 도량이었어요. 돌아보니 노스님의 법력 때문이었습니다. 탐진치가 완전히 없어져버린 듯한, 한마디로 표현하면 물 흘러가는 듯한 삶을 사신 분이었습니다. 중노릇을 할수록 어떻게 하면 그렇게 살 수 있는지 공경심이 더해가고, 이상적 모델로 남아 있는 분이죠."

서울 삼성암의 현종 스님이 이 이야기의 주인공이다. 지난해 십이월, 서울 삼성암에서 금강정진회를 가지면서 뵙고 몇 개월 만에 다시 총무원 불학연구소에서 스님을 만나뵈었다. 바로 전날이 스승의 날이었기 때문인지 스님의 책상 위에 놓여 있는 꽃바구니가 유난히 고와 보였다.

스님의 행자시절 취재를 갔다가 삼성암에서 정진을 한 인연으로 마음 편히 이런저런 이야기를 여쭈었다. 스님은 출가 후 동국대와 일본에서 공부를 하고 대학에서 강의를 하는 등 후학 교육을 담당하다가 불학연구소 소장과 삼성암 주지 소임을 함께하고 있다.

스님의 출가 동기와 행자시절 이야기를 듣고 나서 삼십삼 년 전, 마음이라는 그 주인공을 찾으러 떠났던 청년에게, 아니 이미 오십 대의 중진 스님이 된 현종 스님께 단도직입적으로 여쭈었다.

"어떤 것이 제대로 하는 중노릇입니까?"

어떤 원력을 가지고 어떤 방법으로 가야 하는가에 대해 함께 여쭤 보았는데 사실, 중노릇이란 부처님 법을 공부하는 우리 모두에게 해당되는 '사람 노릇'과 같지 않겠는가.

"어떤 계기로 출가했든 일주문 안에 들어오면 어떻게 살면 한 생의 삶을 잘 살 수 있을까, 깊이 궁구할 수밖에 없습니다. 늘 물음을 갖게 되면 길이 있죠. 어떻게 사는 것이 잘 사는 것인가 하는 인생관과 삶을 사는 데 가장 문제되는 것이 무엇인가 하는 그런 사유를 거쳐야 합니다. 자신에게 끊임없이 그것을 물었을 때 자연스럽게 답을 찾을 수 있게 될 것입니다. 중요한 것은, 시대가 변화해도 인생의 근본문제와 인생을 살아가는 데 일어나는 괴로움은 바뀌지 않을 겁니다. 부처님도 말씀하셨으니까요. 세상이 많이 발전하고 휘황찬란 이상적으로 가는 것 같아도 내면이 가진 근본문제는 크게 달라지지 않았다는 것을 알고 믿어야겠죠. 내가 이 길로 갔을 때 세상을 살아가는 데 발생하는 문제가 해소되고 가치 있는 삶을 살 수 있다는 믿음을 가져야 합니다."

스님이 말씀한 '이 길'이라는 것은 스님들에겐 출가의 길이요, 재가불자들에겐 수행정진의 길일 것이다.

"예나 지금이나 근본문제를 푸는 방법도 거기에 따라서 거의 다름이 없을 것입니다. 반드시 고요함(명상)을 거쳐서, 고요함 속에서 자기 자신을 비추는(통찰하는) 그 길을 통해서 자신을 알아가는 것은 불변하는 길일 것입니다. 그런 것에 대해 인식과 믿음을 가져야죠."

그러한 인식과 믿음을, 출가자는 행자시절에, 재가자는 초발심시절에 틀을 잡아야 한다는 말씀이었다.

"아무리 세상이 변해도 가장 근본적인 문제는 여덟 가지 고통, 즉 생로병사의 네 가지 고통과 사랑하는 것과 헤어지는 고통, 싫어하는 것과 만나는 고통, 구하고자 해도 얻지 못하는 고통, 정신과 물질에 대한 집착에서 생기는 고통이겠죠. 우린 그것에 던져진 삶으로 한 시기를 살 수밖에 없는 숙명적인 존재로 사바세계에 온 거죠. '세상이 아무리 바뀌어도 이 문제를 푸는 것이 인간으로서 가장 잘 사는 길이다'라는 신념, 인생관, 가치관이 확실히 형성되어야 합니다. 이 문제들을 풀기 위해서는 반드시 고요함, 통찰을 통해야 합니다. 정혜쌍수죠."

"우선은 문제를 통찰해야 하지 않습니까?"

"마음이 가라앉지 않으면 통찰이 안 되거든요. 마음이 가라앉음과 동시에 통찰하는 거죠. 시끄럽고 헷갈리는데 통찰이 됩니까? 불교를 알아가는 길은 신해행증信解行證의 과정을 겪는데, 신과 해, 즉 믿음과 이해는 동시에 이뤄지지요. 깊이 믿게 되면 깊이 이해하게 되고 깊이 이해하게 되면 깊이 믿게 되죠. 상호보완적으로 가면서 저절로 행이 나오는 과정을 겪는 것이죠. 신해가 상호보완적이지만 해에 있어서 계정혜戒定慧 삼학으로 가는 거죠. 이것을 푸는 데 믿음이 생겼으면 어떤 과정과 어떤 방법을 통해서 갈 것이냐? 그것은 계정혜로 가는 것입니다. 수행은 마음이 고요해지는 것인데, 마음이 고요해지려면 자기 주변의 정리가 되어야 하고 생활 질서가 잡혀야 됩니다. 자기 몸을 비롯해서 생활 자체에 질서가 잡히면서 마음의 고요함이 생기고 고요해짐과 동시에 저절로 통찰이 되죠. 고요함 속에 사물이 비추듯이 연기, 즉 공, 중도, 이런 것들은 신해행증에서 본다면 해에 해당하겠죠. 계정혜는 신信, 해解, 행行, 증證에 다 해당되는 거죠."

"지난해 십이월 저희들이 삼성암에서 정진할 때 '일념, 무념으로 가는 것이 수행의 핵심이다' 그런 말씀을 하셨습니다."

"그것은 고요함을 거치지 않고는 안 됩니다."

"그 고요함은 좌선, 염불, 위빠사나 등 수행을 통해야만 얻을 수 있다고 한다면 무리한 해석입니까?"

"아니죠. 반드시 그럴 수밖에 없는 것이 그게 계정혜 삼학이니까요. 고요함 속에 깃든 것이 삼학이죠. 일념, 무념이 고요함인데, 계와 정과 혜를 거쳐서 무념이 된다는 거죠."

"간혹 그런 말들을 합니다. 사회생활하면서 일해서 돈 벌어야 하고 자식도 키우고 해야 하는데, 화두 들고 염불하고 있으면 문제가 해결되느냐 하고 말입니다. 그리고 수행과 생활이 동시에 가능한 거냐고 묻습니다."

"물론 가능하죠. 처음에는 스스로가 이러한 방법을 가지고 가면 근본문제를 확실히 풀 수 있다는 믿음을 가지고 시간과 공간을 할애해야죠."

"시간을요?"

"하루 가운데 시간과 공간을 고정시키면서 백 일이든 일 년이든 일정한 기간 동안 할애를 해야죠. 수행을 위한 고정적인 시간과 공간을 딱 못 박는 것, 그것이 계예요. 하루에 삼십 분이면 삼십 분, 한 시간이면 한 시간 조용한 공간에서 수행을 하면 반드시 고요하게 됩니다. 그러다 보면 빨려들듯이 자동적으로 마음이 가라앉고 확장이 되게 되어 있어요. 삼십 분만 해도 일상에서 느낄 수 없는 아주 고요함과 편안함과 즐거움이 생기기 때문에 점점 힘이 생기죠. 그러면 가용심, 용맹심이 생겨서 시간과 공간을 확장시키게 되어 있어요. 공간적으로는 '여기'뿐만 아니라 어딜 가든 되고, 진실로 힘을 얻고 확실한 믿음이 생기죠.

'이 세상이 중요한 것이 아니구나. 아무것도 아니구나. 아무리 살아봐도 진실한 것은 이것밖에 없구나' 하는 쪽으로 가게 되면 훨씬 진실하고 간절하게 되어서 점점 확장되어지죠. 수행 쪽으로 삶에 비중이 실리면서 수행이 중심이 되고도 일상적인 삶이 유지가 되는 거죠. 살면서도 공부하는 것이 중심이 되는 거죠."

"지난번 정진 때 스님께선 '이것이면 이 세상 누가 뭐래도 전혀 흔들림이 없고 어떤 것에도 꿈쩍하지 않는 태가 하나 생겨날 수 있도록 용을 써야 된다'는 말씀을 하셨습니다. 그런 분명한, 흔들림 없는 태가 생길 때까지 용맹정진과 가행정진이 필요하겠군요?"

"시간과 공간이란 것이 결국은 내면에 있는 거죠. 객관적인 것이 아니고요. 그것이 확장되면 내면에 태가 생겨서 흔들림이 없게 되죠."

"수행을 안 해도 돌아가는 거죠?"

"그 정도 되면 동정일여가 되는 거죠. 거기다가 자면서도 하게 되면 상당히 이상적인 경지에 가까이 간 거죠. 잠을 자지 않는 수행자들도 꽤 있어요. 잠이라는 것도 습관이기 때문에 자기만의 시간과 공간이 생기게 되면 다니면서도 자고 그러겠죠. 그런 힘이 있는 사람이 꽤 있어요. 평생 동안 매일 철야정진을 하시는 스님도 있습니다. 그런 분은 눈빛이 다릅니다."

"내면에 분명한 태가 생기기까지는 물리적인 시간과 공간을 가져야 된다고 생각합니다. 현실적으로 할 일은 많은데, 한쪽으론 오로지 수행만 하고 싶어서 그런 물리적인 시간을 할애하고 싶을 때가 많습니다."

"가끔 가다 활력을 받기 위해서 그런 시간이 필요하죠. 함께 수행하는 도반 가운데 일념, 무념이 되는 사람이 몇 분이라도 있으면 도움이 많이 되죠. 한 달에 한 번쯤은 함께 수행하는 것이 좋고요."

스님은 공부에 진전이 없으면 용맹심을 가져야 한다면서 용맹심을 갖기 위한 방법에 대해 이렇게 말씀했다.

"첫째, 잠을 덜 자야 합니다. 기도(공부)를 한다는 것은 스스로와의 약속입니다. 언제 어디서 어떻게 하겠다는 불보살님과의 약속입니다. 반드시 나의 원력이 불보살님의 원력에 닿게 되어 있습니다. 둘째, 지속적인 수행입니다. 노는 입에 염불하라고 하죠. 삼만 번만 계속 하면 자동적으로 돌아가는 칩이 하나 생겨요. 자동적으로 돌아가면 속이 텅 비게 되어 있습니다."

"지속적으로 수행을 해야겠다는 생각은 늘 하면서도 실천하기가 참 어렵습니다,"

"믿음이 생기면 할애를 해야 합니다. 아무리 바빠도 아침에 한 시간 정도는 모든 것으로부터 떠나는 절대고독의 시간을 가져야죠. '절대고독을 즐기면 온갖 매임에서 풀린다'고 그랬거든요."

"얽매임에서 풀리려면 절대고독이 전제가 되어야겠네요?"

"절대고독으로 들어가려면 훈련이 필요해요. 삼십 분 정도 해가지고는 안 되고 적어도 두 시간 정도는 모든 것으로부터 해방되는 시간을 가져야죠. 미친 듯이, 죽도록 두 시간 정도라도 아침에 그렇게 해버리고 완전히 놓아버리는 겁니다."

"이 순간 이 자리에서 부닥친 일을 최대한 잘하면 되는 거지, 꼭 그런 시간이 필요한가라고 질문하는 사람들도 있습니다."

"그러면 그 사람들에게 물어야 됩니다. 이 순간 최대한 잘해야 하는데 그렇게 되더냐고요. 물론 어떤 것이 최대한 잘하는 것이냐 하는 것도 기준이 다르지만, 우선 당신의 마음 상태가 이상적인지 아닌지는 두고라도, 하고 싶은 대로 하려고 했을 때 그렇게 되더냐고 말입니다. 그렇게만 된다면 도인이죠. 그 다음에 순간순간 잘하려고 하는 것이 객관성을 가진, 남도 이롭고 나도 이로운 것들인가 하는 점검이 필요할 것이고요."

시간과 공간을 확장하다 보면 자기 내부에 있는 것이기 때문에 계발되게 되어 있다는 것이 스님의 지론이다.

"수행이라는 것을 이미 놓아버렸어도 돌아가는 경지에 도달한 분들이 도인이겠지요."

"그렇게 되는 간단한 방법이 있죠. 목숨을 거는 거죠. 목숨을 걸어야 산다, 그겁니다. 내가 죽는다 해도 불보살님들의 원력 속에 완전히 맡기면 되죠. 수행하다 죽으면 행복한 것 아닙니까?"

"그러니까 믿음에 맡기는 것이 중요한 것이겠네요?"

"그렇죠. 믿음에 맡기고 미친 듯이 돌진하는 거예요. 그러나 이론처럼 쉽지 않죠. 깊이 들어갈수록 거기에 비례하는 두려움이 엄습하죠."

"청화 큰스님께서 '미세한 번뇌가 해일처럼 덮치곤 한다'는 말씀을 하셨다고 합니다. 그렇게 공부를 하신 분도 그런 말씀을 하셨다는

데에 놀랐습니다. 그런데 저는 미세번뇌는커녕 추번뇌(거친 번뇌)가 수시로 덮쳐 와서 괴롭습니다."

"나도 화를 내곤 할 때마다 환객患客, 즉 깊은 병을 앓고 있는 나그네라고 생각하면서 나를 좀 객관적이고 작게 하려고 애쓰죠. 잠시 들렀다 가는 나그네라고 생각하자, 그렇게 생각하면서 노력하지만 자꾸 잊어버리죠. '진심 본정'이라, 진정한 참마음은 본래 고요한 것이니까 고요함을 관하고 있으면 다른 것이 지나가는 그림자처럼 될 텐데, 그게 잘 안 되고 속으니까, 쓸데없는 꾀를 내서 환자나그네라고 보려고 하죠."

"살아가면서 인연이 없는 사람들에겐 자비를 베풀기가 쉬운데 오히려 가까운 인연들에겐 친절하기가 더 어렵습니다. 자식, 혹은 곁의 가까운 사람들과의 갈등이 시시때때로 일어납니다."

"인연은 소중하니까 최선을 다해야죠. 그러나 자식이 어느 정도 성장했으면 중요한 것만 상의하고 던져버려야죠. 힘이 생겨야 역경계를 타고 넘죠. 알아차리고 참을 수 있어야 합니다. 사람이 단순해지면 행복하고 내면을 바라보는 것도 쉬워지고 세상을 바라보는 눈도 객관화됩니다. 마음을 항상 열어놓고 '세상사는 모든 일이 일어날 수 있다, 지나가는 것이다' 그렇게 생각하면서 내면의 절대고독 속으로 들어가려고 해야죠."

"수많은 시간 동안 익혀온 무명의 습기를 제거하기란 쉬운 일이 아닌 것 같습니다. 천일기도를 열 번쯤 해야 습기가 떨어진다고 하던

데, 맞는 말이죠?"

"맞기도 하고 틀리기도 하죠. 거기에 대한 원력과 신심이 깊으면 십 분의 일로 줄 수도 있고요. 시간이 나한테 있으니까요. 백 분의 일로 줄일 수도 있고. 수행의 정도에 따라 다르죠. 영가 스님 같은 분은 일숙각一宿覺이라고 하죠. 하룻밤 자면서 깨달았죠. 물론 오랜 생 동안 어느 정도 익어왔느냐가 중요하지만, 생짜라고 해도 얼마나 독한 마음을 가지고 익히느냐에 따라서 짧은 기간에 익을 수 있는 거죠."

점심시간을 훨씬 넘기는 것도 모르고 이야기에 취해 있던 내게 스님이 이윽고 그러셨다.

"이제 공양하러 갑시다."

마지막으로 스님께 여쭈었다.

"출가란 무엇입니까? 미친 듯이 죽도록 절대고독 속으로 들어가는 것이 출가입니까?"

"출가는 인간의 본래 맑고 밝고 따뜻한 조건 없는 마음을 찾아 모든 것을 버리고 떠나는 나그네의 길이죠. 미친 듯이 죽도록 절대고독 속으로 들어가는 것은 출가해서 지향해야 할 방법론이고요."

"그렇다면 세속에 있으면서도 절대고독으로 들어갈 수 있는 것 아닙니까?"

"남쪽에 심으면 유자가 되고 북쪽에 심으면 탱자가 된다고 하듯이 환경적으로 높은 확률로 가는 것이죠. 재가에서도 도를 이룬 예로 방거사나 부설 거사 같은 분들이 본보기로 있지만 그렇게 될 확률이 스님들보다는 훨씬 낮다는 것이죠."

"수행이라는 것은 순금을 제련하기 위해 용광로에 들어가는 것과 같다는 생각을 해봅니다. 그래서 세속의 우리는 일주일 혹은 이십일 일, 백 일, 삼 년 정도 수행 기한을 정해놓고 용광로에 들어갑니다. 스님들의 출가는 전 생애 동안 용광로에 들어가는 것이라고 생각해 봤는데요. 맞습니까?"

"물론이죠. 그런 목표와 이상을 가지고 가는 것이 출가죠. 출발점은 그렇지만 실제로 되느냐, 안 되느냐는 근기와 자기 원력에 따라 다르죠. 스스로 출가해서 그런 용광로에 들어갈 수 있는 기회와 확률이 높은 것뿐이지, 진정 목숨을 건 수행의 길로 들어갔을 때 용광로에 들어갔다고 할 수 있지요. 수승한 사람들은 행자시절 때 바로 용광로로 들어가서 자신을 제련해 나오는 경우도 있죠."

스님이 주석하고 있는 삼성암에선 곧 백 일 동안 철야정진에 들어간다. 백 일 동안 매일 밤 아홉 시부터 새벽 네 시 반까지 신묘장구대다라니 삼백 번을 송한다고 하는데, 백 일 동안이면 삼만 번을 염송하게 된다. 삼십삼 응신에 대비해 재가 불자 삼십삼 명과 함께 절대 고독 속으로 들어갈 것이다. 모기장을 짜야 한다는 스님께 어리석은 질문을 했다.

"그런데 스님, 잠은 언제 자요?"

–2007년 오월에 현종 스님을 인터뷰했는데 2011년 유월, 책을 출간하기 위해 준비하는 동안 스님께서 갑작스러운 병고로 입적하셨다. 지금 여기에서, 인생을 다시 돌아보게 하신 현종 스님, 빛으로 다시 오시길 기원드립니다.

# 다른 사람의 행복을 위해 기도하라

영운 스님

은해사 백흥암 선원장 영운 스님의 미소는 오월의 모란처럼 화사하다. 저 여유롭고 행복해 보이는 웃음은 수행자로 살아온 기쁨에서 우러난 것일까 하고 있는데, 그 의문이 풀리는 데는 그리 오랜 시간이 걸리지 않았다. 앉자마자 우리 일행에게 하신 스님의 첫 말씀이 '감사함'이었다.

"출가한 절에서 주지 소임을 마치고 이제 막 선원으로 돌아왔습니다. 이곳에서 입승을 살다가 갔는데 육 년 만에 돌아오니 마치 공부를 다 해 마친 듯 이리 한적할 수가 없네요. 이 한가로움이 너무 감사해서 지나는 바람에도, 흘러가는 물에도 절을 합니다."

역시 행복의 밑그림은 감사한 마음이다.

"머리에 복잡한 게 아무것도 없어요. 마음 닦는다는 것이 시간에 쫓겨서 공부하는 것만이 전부가 아니구나, 마음 하나 돌려 이렇게 감사함으로 모든 것이 다가올 때 공부가 아니겠나 싶습니다. 지금도 법당에 가서 기도하고 있노라면 부처님과 하나 되는 그런 마음이 됩니다. '마음 하나 먹는 데서 모든 것이 이뤄진다'는 진리가 가슴 깊이 체험으로 올라옴을 느껴요."

열아홉에 출가해서 사십여 년이 지난 세월 앞에서 어떻게 살았기에 그렇듯 기쁨으로, 감사함으로 충만할 수 있을까.

"스님께선 어머니가 그렇게 출가의 길을 축복해주셨다면서요?"

"네, 그랬습니다. 어머니는 사바의 세계가 너무 고해라는 걸 잘 아셨지요. 속가 언니의 출산을 돕고 오셔서는 '사바세계는 이렇게 고해니까, 사바세계에는 뜻도 두지 마시고 그렇게 귀히 출가하셨으니 해탈의 길에 들어서시기 바랍니다' 하고 장문의 편지를 두 장 빽빽하게 써 보내실 만큼 제 출가의 길을 격려해주셨죠."

어머니의 기대에 어긋나지 않게 스님은 지금까지 부끄럽지 않게 출가의 길을 걸어왔다. 누가 부르기라도 하듯 끌려서 들어간 석남사는, 지나놓고 보니 자신이 예전에 오래 살았던 곳이었으며, 출가한 그곳에서 팔 년 동안을 규율에 한 치 어긋남 없이 스승의 뜻을 따른 채 보냈다고 한다.

"스님은 삼 년 동안 석남사에서 공양주를 살면서 매일 천팔십배를 하셨다지요? 공양주만큼 바쁘고 일 많은 소임이 없는데 어떻게 그렇게 하셨어요?"

"성철 큰스님께 화두를 받고 와서 공부하는데 절에 일이 많다 보니 공부에 매진할 수가 없는 거예요. 앉으면 졸리고 해서 꾀를 내었죠. 큰스님께 가서 공양주 소임을 좀 살게 말씀해달라고 청을 넣은 거예요. 큰스님께서 알았다고 하시면서 삼 년 공양주를 살되, 천일기도를 하라고 하시더군요. 천일기도를 숙제로 주신 거예요. 그러면서 참회기도의 중요성을 말씀하시더군요. '사람은 살면서 항시 업을 짓기 때문에 항상 참회의 절을 해야 한다'고 하셔서, 스물네 살인 제가 여쭈었죠. '매일 업을 짓는데 절은 해서 뭣합니까?' 하고요. 그랬더니 큰스님께서, '낙엽 떨어진 가을날에 마당을 쓰는 것과 쓸지 않는 것은 천지 차이다. 매일 쓸다 보면 어느 날엔가는 깨끗해지는 날이 온다. 그러니 끊임없이 참회기도를 해야 한다'고 하시더군요."

기쁜 마음으로 큰스님께 삼배를 드리고 방을 나서서 백련암 앞마당을 지날 즈음, 마루문이 열리면서 성철 큰스님께서 스님을 부르셨다고 한다.

"영운아!"

돌아보고 합장하니 큰스님께서 그러시더란다.

"정진 열심히 하거라."

"그러고는 바로 문이 닫혔는데, 저는 사십여 년이 지난 아직도 스님의 그 음성 그 모습을 잊을 수가 없어요. 그 한 말씀이 수행의 길에 얼마나 힘이 되었는지 모릅니다. 그 일이 엊그제 같은데 그 생각만 나면 눈물이 나옵니다."

호랑이처럼 무섭게 야단하시고 공부들 안 했다고 내쫓던 성철 큰스님께서도 그렇게 다정하실 때도 있으셨나 보다.

"저는 큰스님을 뵈면 큰스님께서 공부하신 정진의 힘이 제게 그대로 실리는 걸 느끼곤 했습니다."

스승에게 받은 은혜를 이야기하시면서 스님은 눈시울을 붉혔다. 삼 년 동안 그 일 많은 공양주를 하면서 어찌나 신심 내어 참선공부하고 천팔십배 정진을 열심히 했는지 법당에서 절을 하고 있노라면 노스님들이 살며시 다가와 알사탕 몇 알, 삶은 감자 몇 알을 놓고 가기도 했다. 자식 넷을 두고 늦게 출가한 혜춘 스님은 착실한 후배 스님에게 '스님, 부디 졸지 말고 정진 열심히 하세요' 하면서 삼 년 동안 사탕을 줄곧 댔다고 한다.

'잠자는 방에선 남보다 먼저 눕지 않고, 정진하는 방에선 남보다 먼저 일어나지 않겠으며, 낮에 눕지 않겠다'는 자신과의 약속을 지키려고 몸부림쳤다는 스님은 그 후 무사히 삼 년 기도를 잘 마쳤다고 한다.

그로부터 이십팔 년 후 그 출가 절로 주지 소임을 살러 갔다. 입산해서 삼 일째 되던 날, 주지 스님과의 면담을 기다리면서 이 절에서 받아주지 않으면 손을 물어뜯어 혈서라도 써야지 하고 이를 앙다물었던, 석남사는 여성들만 있는 곳이라는 것은 꿈에도 생각지 않고 오로지 신선들만이 사는 곳이라고 믿었던, 티 한 점 없이 순진하기만 했던 열아홉 소녀가 오십 대 중반이 되어 입산했던 절로 들어간 것이다.

삼십여 년 제방 선원을 벗어나지 않은 채 선객의 외길만을 걷다가 사중의 부름을 받고, 그간 세상과 절 집안으로부터 받은 은혜를 갚는다는 심정으로 주지를 맡았다는 이야기와 함께 스님은 이런 말씀을 했다.

"주지를 살면서 많은 신도분들에게 참회기도를 권했습니다. '나'라고 하는 욕심, 성냄으로 해서 상대방에게 상처를 주고 원한의 고리를 만들고, 어리석음으로 해서 지혜롭게 살지 못하는 업을 짓고 사는 게 우리 중생 아닙니까? 그 업을 참회해야 하는 기도를 해야 한다고 했지요. 다생겁을 살면서 악업을 짓지 않을 수는 없거든요. 그래서 참회기도를 하는 거예요. 다생겁으로 살면서 지었던 업을 다 참懺하고 앞으로 다시는 안 하겠다고 회悔하면 되거든요. 보리심을 내어 일체 중생을 위해 기도해야 한다고 했더니, 모두들 환희심을 내어 기도를 했습니다. 남을 위한 기도를 하기란 쉽지 않죠. 기도는 내가 지은 업을 참회하고 남의 행복을 위한 서원이지요. 남을 위해 기도하는 대원을 가지고 수행하면 그 원력이 우주 공간에 꽉 차버리는 겁니다. 그 기운을 다시 기도하는 사람이 받는 거지요. 그게 기도성취입니다."

"선객으로만 살다가 출가 절에서 주지 소임을 사셨으니 감회가 남다르셨겠습니다."

"최선을 다해서 참 열심히 산 시간들이었습니다. 소임을 마친 후

신도분들에게 꼭 들려드리는 이야기가 하나 있습니다. '일념으로 기도하면 부처님이 정말 계시다'는 것을 전합니다. 바른 마음으로, 환희심으로 부처님을 믿고 일념으로 기도하면 부처님께선 반드시 도와주시는구나, 정말 우리 곁에 계시는구나를 기도하면서 확신했기 때문이죠. 부끄럽게도 저는, 항시 부처님은 법신 보신 화신으로 나투신다고 해도 법당에만 계시다고 생각했거든요. 주지를 살면서 거기에만 계시지 않는다는 걸, 언제든지 우리 곁에 나투신다는 걸 확연히 알았어요. 저는 부처님께서 다 알아서 해주신다는 확신을 가지고 산사순례를 오는 신도분들에게 이 이야기를 해드립니다. '부처님은 언제든지 원하면 원하는 대로 나투신다. 내가 한 만큼 받을 수 있는 게 기도법이더라. 열심히 농사지어놓으면 분명히 거둘 것이 온다. 확신을 가지고 해봐라'고 말이지요."

기도의 영험을 역설하는 스님께 말했다.

"그러니까 우리가 기도를 하지 않는 게 문제지요? 하면 되는데요."

"그래요. 사람이 안 해서 문제죠. 한 것만큼 돌아오는 것은 불변의 이치인데 말입니다. 참선도 '공부가 안 되지' 하는 것은 공부를 안 해서 그런 거예요. 화두 하는 사람은 인과를 믿어야 해야 해요. 한 시간 화두를 했으면, 그 한 시간 공부한 것은 영원히 안 없어진다는 거예요. 그걸 알면 우리가 어떻게 살아야 하는지 확연해지지 않아요? 일상생활에서 익어진 것들을 버리기가 쉬운 게 아니거든요. 그럴 만한 이유가 있는 거죠. 자기가 지어놓아서 생활한다고 생각하면 한 치도 어긋남 없이 살아야 하는 거지요. 깨우치고 또 깨우치고 깨어나고 또 깨어나야 해요. 소신껏 내 마음 그대로의 맑은 원을 세워서 '이렇게 할 것이다' 하는 그 마음자리 하나가 굉장히 환희로운 것 같아요. 부처님과 하나가 된다는 것이 얼마나 환희롭습니까? 딱 발원해서 간절하게 하겠다고 생각한 그것이 아름다운 것이지요."

그러면서 스님은 이런 말씀을 곁들였다.

"저희 인홍 노스님에게 들은 이야기입니다. 노스님께서 정진하시던 선방에 비구 스님 한 분이 결제하러 왔는데 얼굴이 꼭 노루상이더래요. 얼굴뿐만 아니라 손발이 노루처럼 붙어 있더랍니다. 결제하면서 공양주를 자원했는데, 어찌나 신심 깊게 정진을 잘하고 공양주를 잘 사는지, 군불 때서 대중들 모두 씻도록 해주고, 노스님들이 사용하는 목욕탕까지 물을 떠다드리면서 그렇게 잘하더랍니다. 그러고는 한 달쯤 지났는데 얼굴에서 노루의 모습이 완전히 사라졌다는군요. 손발이 붙은 것은 어쩔 수가 없는데, 얼굴의 모습은 완전히 바뀌었다고 해요. 남을 위해 복 짓는 공덕이 그만큼 크다는 얘기지요."

영운 스님의 말씀은 때로는 그 순수한 지난날에 박장대소하게 했고, 끊임없는 용맹정진엔 신심이 일어나게 했으며, 환희심으로 걸은 출가의 길을 부럽게 바라보게 하셨다. 다음 날까지 이어진 자리에서 스님의 마지막 말씀은 이러했다.

"사람들이 나를 보고 환희로운 마음을 낼 수 있고, 내가 중생을 위해서 마지막까지라도 어떤 힘이 될 수 있는 수행자가 되면 좋겠다는 것이 저의 마지막 원입니다. 그러면 불제자로서 밥값은 하고 가는 것 아니겠는가 하는 생각을 합니다. 지금 사는 마지막 모습이 다음 생에 연결되니까 그리 생각해요. 석남사에 있을 때 처음 출가한 행자님들을 데리고 이야기할 때 항상 말하는 게 있었어요. '원을 세워라. 우리의 삶은 원에 의해서 이뤄진다. 수행인이 해탈을 위해서 출가했으면 해탈을 목적으로 하고 지극히 매진해나가다 보면, 언젠가 그 길로 연결이 된다. 삼배할 때마다 내 원이 세워질 수 있도록 해봐라' 하고 말입니다. 아미타 부처님도 사십팔 대원을 세우셨고, 약사여래부처님도 십이 대원을 세우셨고, 이산혜원 선사도 지극한 발원문을 남기지 않으셨습니까? 원을 하나 세워놓고 그 길로 매진하다 보면 원하는 지점에 어느 날 당도한 내 모습이 있지 않겠는가 싶어요."

오랜 시간의 인터뷰에도 조금도 지침 없이 환한 웃음으로 말씀해주신 스님께 여쭈었다.

"세속에 사는 저희들은 어떻게 살아야 할까요?"

"고통은 집착에서 오는 것 아닙니까? '나'에 대한 집착, 자식에 대한 집착, 배우자에 대한 집착을 내려놓고, 항시 자신을 돌아봐야 합니다. '나는 하루 종일 어떻게 생활하고 있나. 어디에 시간을 많이 할애하고 있는가'를 살피면서 '참나'를 찾는 길로 가야 합니다. 세상에서 제일 중요한 일은 '나'를 찾는 일이거든요. 참나를 찾는 일에 깨어 있으면서 익혀가다 보면 진정한 '나'와 가까이 있게 돼요. 찾으려고 노력한 만큼 이뤄지는 겁니다."

자신이 선택한 길을 잘 걸어간 사람의 모습은 얼마나 아름다운가. 아름다움을 느껴 감동하면 그만큼 내면이 바뀌어야 하는데 나는 아직 여전히 제자리다. 화를 내서 남에게 상처를 주는 것도 여전하고, 역경계 앞에서의 인욕은 아직도 머나멀다. 내 허물은 없다고 우기며 남의 허물만 자세히 보는 것 또한 세월이 가도 변함없다. 원에 대한 기도정진은 지극하기는커녕 여전히 들쭉날쭉하기만 하다.

그래서 참담하지만, 깊은 신심으로 성불이라는 대원을 향해 올곧게 걸어가는 수행자를 뵐 수 있는 것만으로도 감사해하면서 오늘만큼은 위로를 받는다.

# 한눈팔지 않고 조금도 흔들림 없이

원중 스님

그 스님에 대한 말들이 전설처럼 들려왔다.

출가한 지 반 오십 년 동안 〈증도가〉를 외우며 새벽도량석을 돈 것 말고는 소임 한 번 맡지 않고 참선정진의 한 길로 매진했다고 했다. 서울대 사회과학대를 다녔고 고시 공부를 하다가 출가했다고 했다. 《능엄경》을 전부 외우고 나서 불에 태워버리고 수행에 돌입했다고 했다. 추운 겨울 한철을 김천 수도암과 청암사 사이 한데에 비닐 천막을 치고 주먹밥으로 요기를 하면서 거의 잠을 자지 않았다고 했다. 불령산 낭떠러지 위에 좌복 하나 가져다놓고 삼 년 결사를 나기도 했단다.

수행하는 데 있어 팔십 평생 누구보다 철저했던 스승 다음으로 독종이며, 사는 모습이 스승의 모습과 가장 근접하다고 사형사제들은 입을 모았다. 출가한 지 이십오 년이 넘도록 결제와 해제철이 따로 없이 살고 있다고 했다.

지난 주 일요일, 그래서 원중 스님을 만나러 가는 길은 다른 때보다 설레었다. 그분의 스승에 대한 글을 쓰기 위해 증언을 들으러 떠난 길이었다. 스승이신 법전 스님께선 정진에 매진하고 있는 제자의 공부에 관심을 많이 보이신 터였다.

"워낙 말이 없는 분이라서 만나도 별 소득이 없을 텐데요."

그분을 잘 아는 사제 한 사람이 그렇게 귀띔해주었으나, 먼발치에서라도 모습을 한번 보리라 작정하고 길을 나섰다. 스승에 대한 이야기를 들으러 간다는 명분을 앞세웠으나, 몇 년 전부터 스님의 이야기를 전해들어왔으므로 일과 상관없이 한번 만나뵙고 싶었다. 본 적은 없지만 때때로 스님을 떠올리면서 잘 사는 길에 대해 생각해보곤 했었다.

서울에서 아침 일찍 출발해 그분이 수행하고 있다는 금산 태고사에 도착했다. 대둔산 태고사. 원효 대사께서 지었다는 천년고찰이다. 가파른 산길을 따라 주차장에 차를 세웠는데 절이 보이질 않는다. 입구조차 보이지 않아서 잘못 들어온 걸까 하고 있는데 마침 초등학교 이 학년쯤 되어 보이는 사내아이 하나가 사과를 베어 먹으며 주차장에 서 있었다.

"너, 절에 다녀오니?"

"네."

"절이 어디에 있니?"

"저 밑이요."

친절하게도 아이가 뛰어와 입구를 가리켰다. 가리키는 곳을 보니, 우리가 지나온 바로 몇 미터 앞 왼쪽에 절로 오르는 돌계단이 보였다. 지나오면서 입구가 그 밑에 있으리라고는 생각도 못하고 위쪽만 보면서 절을 찾았던 것이다.

길을 가르쳐준, 내 자식보다 어린 선지식에게 인사를 하고 돌계단을 오르면서 생각했다. 인생도 이렇겠구나. 모르고 지나오면 바로 코앞의 길도 보이지 않아서 갑자기 막막해질 것이다. 잘못 온 게 아닐까, 여기가 맞나, 그렇게 수없이 의심하고 불안해할 것이다. 그러나 알고 보면 가까운 곳에 길이 있다. 그리고 길을 일러줄 스승은 생각지도 않은 사람일 수도 있다.

잠시 가파른 길을 따라 오르니 태고사가 드러났다. 새로 시멘트 건물을 중간에 떡 세워놓아 천년고찰이 지니는 고졸한 맛이 덜했다. 일요일이라 그런지 등산객들도 많았다. 마침 스님 한 분이 지나가시기에 여쭈었다.

"선방에 계신 스님 한 분을 만나러 왔습니다. 만나뵐 수 있을까요?"

"그래요? 한 십 분 있으면 방선 시간이니까 모두 나오실 거예요. 기다리세요. 제가 말씀드려놓죠."

법당 앞 간이휴게실에서 기다리다가 잠시 나왔는데, 스님 두 분이

휴게실로 들어가는 것이 보였다. 혹시 하고 다가가 한 스님에게 여쭈어보았다. 나중에 알고 보니 선원 입승스님이었다.

"저, 원중 스님 만나뵈러 왔는데요?"

그런데 옆에 있던 스님이 묻는다.

"누구세요?"

바로 전설 속의 주인공이었다.

해제철에도 쉬지 않고 하루 스물한 시간 가행정진 중인 스님은 정확히 십오 분을 할애해주었다. 그 짧은 시간에 무엇을 물을 수 있었겠는가.

스님의 사형사제들에게 '독종'이라 불리는 스님은, 흔히 독종들에게서 느껴지는 강한 눈빛도 몸짓도 없었다. 목소리에도 힘이 들어가 있지 않았다. 상상했던 것처럼 고요한 분위기에 맑은 눈빛도 아니었다.

큰 키에 비쩍 마른 몸, 움푹 들어간 배를 바라보았다. 그럼에도 스님은 반듯해 보였다. 스님과 나의 평생 도반인 남편과 입승 스님, 이렇게 넷이 함께 휴게소 마루에 걸터앉았다. 모두 오십 대 초중반들인 우리는 커피를 마시며 잠시 이런저런 이야기를 나누었다. 휴식 시간이 끝나고 입선을 알리는 죽비 칠 시간이 되자 스님이 일어섰다.

돌아서 선방으로 걸어가고 있는 스님에게 뭐라고 한마디 했다. 물론 스님은 돌아서지 않았다. 뒷모습이 고독해 보이지 않았다. 저 멀리 물결처럼 펼쳐져 있는 산의 능선처럼 유연했고 아름다웠다.

스님의 스승은 일찍이 제자에게 일렀다.

"너는 참선을 하되 삼십 년을 한눈팔지 마라. 만일 하다가 조금이라도 흐트러지는 생각을 하면 병에 금이 간 것이다. 이십오 년을 잘 하다가도 한 생각 비틀리면 병에 금이 간 것처럼 깨져버리고 마는 것이 이 공부다. 한눈팔지 말고 조금도 흔들림 없이 삼십 년을 하면 갈 데가 없다."

목숨을 바쳐 스승을 모시고 공부하겠다던 스님은 지금 이십육 년째 산문 밖을 나오지 않고 가행정진중이다.

선방 스님들이 입선에 들자 나는 선원 밖에서 오십 분을 기다렸다. 다시 십 분 휴식 시간에 스님이 나오면 인사라도 하고 가야지 한 것이다. 취재할 스님들을 기다리는 데 나는 이력이 난 사람이다. 바빠서 시간을 내지 못하는 스님을 기다리면서 법당에서 절을 하며 몇 시간 기다리기도 했고, 때로는 인터뷰 도중에 가방을 싸서 물러나오는 일도 있었다. 아침에 갔다가 외출해서 저녁 늦게 돌아온 스님을 기다린 적도 여러 번이다. 만약 스님이 시간을 내준다면 하룻밤을 절에서 머물며 기다릴 수도 있었다. 그러나 가행정진 중인 스님에게 더 이상의 요구는 무례였다. 그래도 나는 서운하거나 미진한 감이 없었다. 스님의 할아버지 스님이 그러셨다던가. '진리를 위해 일체를 희생하라'고. 이십 대 후반에 모든 욕망을 버리고 세간을 떠나 그곳에 서 있는 스님을 알 수 있을 것 같았다.

방선을 알리는 죽비 소리가 나자 하나둘 선방에서 스님들이 나오기 시작했다. 그러나 스님의 얼굴은 보이지 않았다. 입승스님이 나오다가 나를 보고 고개를 흔들었다.

“쉬는 시간 없이 계속 하려나 봐요. 종종 그래요. 나오지 않을 거예요.”

입승스님과 잠시 마당가에 서서 이야기를 나누었다.

"개시오입開示悟入에서 보통, 오悟까지는 가는데, 입入이 되기 어려워요. 그러나 이 길에 대한 확신이 없으면 수십 년 동안 한 길을 못 가죠. 그런데 할수록 확신이 서기 때문에 이 길을 가는 거예요.”

개開는 미정迷情을 깨뜨리고 제법의 실상을 보임을 말하고, 시示는 번뇌가 사라지고 지혜가 나타나 우주의 만덕이 밝게 나타나 보임을 말한다. 오悟는 우주의 본체 그대로가 현상이고, 현상 그대로가 본체임을 깨달음이며 입入은 진리인 그대로의 본체에 증입하는 것을 말한다.

성불에 대한 확신! 세상에서 그보다 더 멋진 확신이 있을까. 해제철에도 스무하루 동안 스물한 시간 가행정진에 돌입해 있는 그분들이 그런 확신이 없다면 그곳에 앉아 있겠는가. 내가 원중 스님을 찾은 사정을 알고 위로해주던 입승스님이 글 쓰는 것을 업으로 삼고 있는 나에게 비수처럼 한마디 던졌다.

“글이란 게 참 중요하더라고요. 사실이 아닌 것도 글로 써놓으면 얼마 후 사실처럼 되어버리니까요. 그래서 글 쓰는 사람은 사실대로 잘 써야 합니다. 특히나 수행자에 대한 글을 쓰려면 수행을 해서 적어도 삼매를 경험해봐야죠."

돌아와 한 주가 지났는데 스님의 얼굴은 생각나지 않고 큰 키와 훌쭉하고 누런 얼굴색, 마른 몸의 시니컬한 이미지만 남아 있다. 스님의 존재가 아무 무게 없이 스쳐 지나간 한 줄기 바람처럼 느껴진다. 스님이 그토록 고행을 해서 얻은 것은 저 가벼움이 아니었을까. 모든 분별이 사라진 사람에게서만 나올 수 있는 경쾌함 같은 것이 아니었을까. 온전한 무심이 아니었을까.

마음이 급해서 이름도 밝히지 않고 용건부터 말한 나에게 스님이 이름과 나이를 물었다. 그렇다! 오십여 년 동안 박 아무개로 살아온 나는 누구란 말인가!

어느 날 한 비구니 스님으로부터 문자가 도착했다.

"결제에 들기 전 도반들과 함께 독종 스님 뵈러 갑니다."

바로 답을 보냈다

"스님! 그 스님 지금 거기 안 계세요. 다른 곳으로 가셨을 텐데요."

"알아요. 직접 뵙는다는 게 아니고 PC방에 가서 독종 스님에 대해 쓴 보살님 글 보여준다는 뜻이에요. 도반들이 보면 신심 낼 것 같아서요."

# 결정적인 순간에 바짝 당겨라

무여 스님

1

몇 년 전 이라크와 미국이 싸울 때 이라크에 종군기자로 가 있던 일간지 여기자가 한 말이 생각난다.

"아! 선택해야 하기 때문에 너무 괴롭다."

죽음이 코앞에 있는 전쟁터인지라 언제든 철수하고 돌아와도 되는 상황에서, 위험을 감수하고 전쟁터에 남아 기자로서의 자존심을 지키느냐 마느냐로 고민하던 기자의, 선택할 수 없어서 괴로운 게 아니라 선택할 수 있는 것이 괴롭다는 저 말이 인상 깊게 남아 있다.

한 달에 한 번 있는 일박이일의 금강카페정진회에 가는 일은 어느 일보다 즐겁다. 그래서 나는 저 기자와는 반대로 길을 떠날 때마다 외치고 싶은 것이다.

"아! 수행하는 일을 선택할 수 있어서 얼마나 행복한가!"

그 마음을 아신 듯 차 안의 카세트테이프를 통해 청화 큰스님께선 이렇게 법문하셨다.

"마음수련을 해야 인간으로 태어난 보람과 긍지를 느낄 수 있는 것입니다."

축서사 무여 스님께서도 몇 년 전 행자시절 취재로 만나뵈었을 때 이런 말씀을 하셨다.

"자부심을 가지고 인간답게 살려면 정신적인 수행은 필수입니다. '나'를 찾는 정신적인 수행 없이는 외형적인 성과가 있다 하더라도 결국엔 대단찮고 허망한 일임을 느낄 수밖에 없습니다. 수행이 배제된 삶은 남의 집 머슴살이하듯 살아가는 것과 다름없습니다."

축서사행은 이번이 두 번째다. 2003년 초 겨울, 무여 스님을 취재하러 갔을 때, 불사가 한창이어서 어수선했을 법도 한데, 도량이 얼마나 청정하게 느껴지던지 초입에서부터 압도당했던 기억이 난다. 무여 스님께선 또 얼마나 청아한 수행자이셨던가. 다시 뵙고 싶은 수행자로 마음속에 남아 있던 분이다.

청청한 도량에서 겸손한 수행자를 다시 만나뵙는다는 기쁨으로 나선 축서사행이었다. 돌아오는 길에 울산 석남사에 가 있는 작은아이를 데리고 와야 해서 서울에서 축서사가 있는 봉화까지 먼 길임에도 차를 가지고 떠났다. 평생 도반 인월 거사님이 운전하는 차에 호원 거사님과 소향 보살님이 동승했다.

중간에 차가 밀렸으나 젊은 도반님들의 이야기를 듣느라 시간 가는 줄 몰랐다. 바쁜 사회생활을 하면서도 진지하게 본질을 추구하며 정진하고 있는 호원 거사님. 자주, 세 살짜리 딸인 서경일 데리고 전국의 좋은 도량을 다니면서 정진한다는 이야기를 들으면서 신심 깊은 부모의 영향에 대해서 생각하지 않을 수 없었다. 올 여름의 긴 특별 휴가를 가족과 함께 적멸보궁이 있는 오대산 상원사와 태백산 정암사, 사자산 법흥사에서 보내기로 했단다.

소향 보살님의 청화 큰스님을 찾게 된 이야기도 감명 깊었고, 인도 남부의 한 아쉬람에서 지낸 이야기도 재미있었다. 인도의 성자로 불리는 라마나 마하리쉬와 청화 큰스님의 사진을 책상 위에 모시고 기도하면서, 날마다 두 분의 향훈을 느낀다고 했다. 진리를 향한 다양한 경험과 스승을 향한 존경심이 아름다워 보였다. 젊은 도반들의 이야기를 들으면서 자극을 많이 받았다. 후배님들에게 부끄럽지 않게 열심히 잘, 정진하면서 살아야겠다.

생각보다 늦게 일곱 시가 넘어 축서사에 도착했다. 역시 맑고 청정한 기운이 감도는 도량이다. 도량 구석구석이 잘 정돈되어 있는 것을 보면서 그곳에 사는 분들의 내면을 짐작했다.

밤 열두 시, 선방에서 1차 정진을 끝내고 나와서 대웅전을 올려다보는데, 아! 하는 감탄사가 절로 나왔다. 불빛이 흘러나오는 대웅전 모습이 어쩌면 그렇게 아름다울까.

많은 분들이 열두 시 차담 시간 전까진 법당에서 절과 함께 하는 염불정진을 택했다. 선방에서 좌선을 하고 있으려니 법당에서 들려오는 아미타불 염불 소리가 화음이 잘 조화된 합창 같았다. 무념 거사님의 아미타불 선창이 날로 깊어짐이 느껴졌다. 간절하고 지속적인 수행의 결과일 것이다.

후반부에 법당에서 절을 하면서 보니, 주련 보살님의 아미타불 염불 소리가 아주 청아했다. 얼마나 열심히 정진하고 사는지 짐작이 갔다. 본받아야겠다.

자정, 차담 시간.

이번 정진엔 새로 오신 도반님들이 많았다. 인사말을 하는데 모두 구도심이 뜨겁고 진지했다. 귀한 도반님들이다. 봉화에 사는 친구도 왔다. 지혜등 보살. 서울서 출판사를 경영하는 친구인데 일은 뒷전이고 마음공부하면서 농사짓는 일에 더 열심이다.

차담 시간 이후는 법당에서 염불하면서 절을 했다. 몸이 무척 가벼웠다. 역시 도반님들과 함께하는 수행은 수월하게 느껴진다. 도반님들 모두 맑은 모습이었다. 후배인 선희의 흥건히 젖은 등판은 볼 때마다 감동이다.

축서사 대웅전 옆 마당이 얼마나 고르고 넓은지 쉬는 시간에 한참을 서성거렸다. 두꺼비 보살님 두 분도 염불삼매에 든 듯 마당가 풀섶을 떠날 줄 몰랐고, 염불 팀 모두는 남은 한 시간 동안 달빛 아래 마당가에 있었다.

이윽고 새벽도량석 시간.

도량석을 하는 행자님을 따라 함께 도량석을 했다. 맑은 도량의 새벽에 울려 퍼지는 '법성게'를 마음으로 들었다. '무량원겁즉일념 일념즉시무량겁', 그 먼 옛날 신라시대에도 이곳에 잠깐 서 있지 않았을까 하는 생각이 스쳐 지나갔고, 그 순간에 그곳에 있다는 것이 참으로 복되게 느껴졌다.

새벽예불 때, 불자 된 무량 복을 가장 많이 생각하게 된다. 불자가 되어 부처님을 우러를 수 있어서 얼마나 다행인가 하고 말이다.

2

아침 여덟 시.

이십여 년간 축서사에 머물면서 중생교화를 하고 계신 무여 스님께서 모습을 드러내셨다. 자비와 겸손이 그대로 느껴지는 분이다. 스님은 승가에선 보기 드물게 대학에서 경제학을 전공하고 직장에 다니다가 출가하셨다.

직장을 그만두고 한 일주일쯤 수양차 해인사 암자로 들어갔다가 자연스럽게 출가의 길로 들어서게 되었다. 송광사와 몇 군데를 거쳐 깊이 들어간 곳이 오대산 상원사였다. 그곳에서 한 해 조금 넘게 행자생활을 하면서 지금 돌아봐도 잘 살았다고 생각되는 시절을 보냈다. 예닐곱 분의 수좌 스님들이 머물며 공부를 했던 상원사에서의 생활은 오롯이 공부에만 관심이 있었을 뿐 주변의 어떠한 것에도 관심이 없었다. 오로지 '내가 누구인가' 하는 의문만을 가졌고, 그것이 자연스럽게 '이 뭐꼬' 화두가 되었다. 《초발심자경문》 하나만 읽었을 뿐, 출가 후 한 칠 년 동안은 책을 전혀 보지 않고 참선만 했다. 그래서 출가 후에도 한참 동안 《천수경》과 《반야심경》을 외우지 못하는 수행자로 살았다.

언제나 화두만을 생각하면서 '아, 이것이로구나. 내가 참, 좋은 길에 들었구나' 하는 생각에 젖곤 했다. 행자시절 이후 '이 길뿐이다' 하여 한 이십 년 정도 선방에만 다녔다. 본디 말이 많지 않았지만 참선한다고 애쓰다 보니 자연스레 말이 끊겨 거의 묵언하다시피 했다. 눈은 늘 앞 삼 미터 앞에 고정되어 있었고 가급적 옆을 쳐다보지 않고 지냈다.

행자시절 이후로도 선방 이외에 꼭 필요한 일 아닌 경우에는 어딜 다니지 않았고 웬만하면 사중 내에서도 다니질 않고 지냈다. 그래서 선방에 한철 내내 있어도 선방 스님들 얼굴이나 알지 후원의 공양주가 누군지 행자님들이 누군지 모르고 산 적이 많았다.

'눈은 늘 앞 삼 미터 앞에 고정되어 있었다.'

'답답할 정도로 그렇게 삼십여 년을 살았다.'

한참의 시간이 지났지만 그 말씀이 오래도록 마음에 남아 있다. 얼마나 절실하고 철저하게 자신에게 깨어 있었는지 짐작이 갔기 때문일 것이다.

드디어 스님의 아침 법문이 시작되었다.

"지금까지 인간이 발견한 최상의 진리가 불교입니다. 수행을 잘해서 몽중에서도, 깊은 잠에서도 여여한 상태가 되면 말로 표현할 수 없는 미묘함이 느껴집니다. 《천수경》에도 있지 않습니까? 무상심심미묘법이라고. 여러분은 지금 가장 좋은 길을 가고 있습니다. 수행 잘해서 맑고 향기롭게 사십시오. 수행의 극치에 이르면 맑고 향기롭게 살 수 있습니다. '맑다'는 것은 티 없이 깨끗하다는 것입니다. 수행이 잘되어서 여법하고 계행 청정한 삶을 살아야 합니다. 깨끗하다는 것은 투명한 것입니다. 수행이 잘되어서 안팎이 훤히 보이는 상태입니다. 부처님은 아주 맑은 분이셨습니다. 천재성을 지닌, 맑고 초롱초롱한 지혜를 가진 분이셨습니다.

중국 수나라 때의 영명 연수 선사는 선지禪旨가 대단하셨습니다. 스님의 어록을 읽노라면 '깨친 분이셨구나!' 하는 생각을 하곤 합니다. 그분은 《법화경》을 만 삼천 번 읽었다고 합니다. 경전을 간절하게 읽으니까 양 떼들이 한참을 듣다가 갔다고 해요. 물고기들도 우— 하고 모여들었답니다. 티 없이 맑아야 됩니다. 향취가 나는 사람은 어질고 착하고 자비한 사람입니다."

티 없이 맑고 향취가 나는 사람. 불자가 추구하는 모델일 것이다. 그렇게 되려면 어떻게 해야 할까? 스님께선 이렇게 답을 주셨다.

"잘 닦으면 됩니다. 경전 독송을 많이 하세요. 몇 가지 지정해서 읽던가, 아니면 연수 스님처럼 한 가지를 집중적으로 독송해서 부처님 말씀을 떠나지 말아야 합니다. 항상 경전을 끌고 다녀야 합니다. 집에서도 여기저기 놓고 수시로 읽으세요. 한 페이지라도 들춰 읽을 수 있도록 말입니다. 탄허 스님은 웬만한 경전은 이백 번 정도 읽으셨다고 합니다. 《화엄경》 팔십 권을 다 외우셨지요. 《장자》도 모두 외워서 강의를 하실 때면 보지 않고 칠판에 적으면서 강의하셨지요. 대강백이셨던 박한영 스님도 경전을 깊이 공부한 분이셨습니다. 불법은 아주 깊고 깊은 법문입니다. 우리도 깊게 들어갈 수 있고 성공할 수 있습니다. 경전을 보는 공부를 꼭 실천할 것을 당부드립니다. 경전을 정성스레 읽으면 부처님의 후광이 보입니다. 성스러운 모습이 드러납니다. 그 모습을 닮으세요. 그대로 실천수행하세요. 부처님처럼 사시고 관세음보살이 되고, 만나는 모든 사람을 부처님처럼 공경했던 상불경 보살님이 되십시오."

스님께선 경전을 읽지 않으면 기본 틀을 갖추기 어렵고 수행이 잘 안 되는 것은 기초 없이 하기 때문이라며 경전을 외울 정도가 되어야 제대로 염불을 할 수 있다고 하셨다.

"화두도 그렇습니다. 기본 틀이 갖춰져야 자연스럽게 몸에 푹 배는 것입니다. 경전을 많이 읽고 그대로 실천하세요. 부처님을 그대로 본받으세요. 부처님의 말씀은 성언聖言, 성스러운 말씀입니다. 경전을 외워서 인용할 정도가 되면 수행할 수 있는 기본 틀이 갖추어집니다. 그러면 수행이 의외로 쉬워집니다."

경전공부의 중요성에 대한 스님의 말씀은 간곡하게 들렸다.

“수행하는 사람의 실천 덕목 중 가장 중요한 것은 자비와 보시입니다. 말을 해도 부처님처럼, 진리에 접근되는 말씀을 해야 합니다. 자비는 큰 사랑을 베푸는 것입니다. 참으로 자비로운 사람은 아무 대가 없이 주는 사람입니다. 불자는 자비를 떠나지 말아야 합니다. 자비하게 사는 모습을 갖추려고 노력해야 합니다. 자비하게 사는 삶 자체가 부처님의 삶입니다. 자비 자체가 여래如來입니다. 자비를 떠나서는 불법을 이야기할 수 없습니다. 어떤 생명체에게도 늘, 자비하고 온화해야 합니다. 훈훈한 마음을 가지려고 애써야 합니다.

그리고 보시입니다. 늘 베푸는, 큰마음을 가져야 합니다. 말도, 상대방에게 좋지 않은 말은 아예 하지 마세요. 상대를 진정으로 위하는 말만 하십시오. 말 한마디라도 간절하게 하세요. 자비와 보시가 자연스럽게 몸에 푹 밸 정도로 바탕이 되어야 수행이 제대로 됩니다.

복혜쌍수福慧雙修라, 자비와 보시는 복을 닦는 것이고 수행은 혜를 닦는 것입니다. 이것은 수레의 두 바퀴와 같고 새의 양 날개와 같습니다. 복혜쌍수가 되어야 큰사람 된 보람과 긍지를 느낄 수 있습니다. 또 그걸 갖추어야 ‘상구보리上求菩提 하화중생下化衆生’을 할 수 있습니다. 이렇게 안정되고 틀을 갖춘 상태에서 염불하고 참선하면 쉽게 됩니다.”

요즘 사람들은 ‘수행이 잘 안 된다’고 하는데 마음을 고요하고 지극하게 해서 안정시키지 못하기 때문이라고 스님은 지적하셨다. 생각이 복잡다단하고 번뇌가 많으면 항상 불안하고 들떠 있게 되는데,

그런 상태에선 수행을 해도 별 이익이 없다는 것이다. 사고를 단순하게 하고, 해야 할 중요한 것 한두 가지에 집중해야 수행이 잘된다고 하셨다.

“성공과 명예는 외부에서 구하는 것이고 수행은 본래 지니고 있는 안의 것을 드러내는 것이며 바로 보고, 바로 느끼는 것입니다. 늘 삶 자체가 수행이 되도록 생활하십시오. 불교 수행은 인간이 잘 살 수 있는 수행법입니다. 잘하면 팔자를 고칠 수 있는 거예요. 인생의 시나리오는 갖고 태어나죠. 보통 사람은 각본대로 연출하고 살다가 갑니다. 그러나 불교는 시나리오를 새로 쓰는 것을 가능하게 합니다. 부처님과 조사님들의 삶이 그 실례입니다. 삶에 문제가 있거나 부족한 부분은 노력하는 것에 따라 인생을 바꿀 수 있습니다. 수행은 어쩌다 한 번 하면 성취하기 어렵습니다. 혹시 여건이 어렵다 하더라도 마음만은 떠나지 말아야 합니다. 얼마나 지극하고 간절하게 하느냐에 따라 쉽게 이뤄질 수 있습니다.

마음이 고요해져서 맑은 상태가 되면 몸이 아주 가벼워집니다. 가벼우면 기분이 좋습니다. 기분이 좋으면 사는 게 기쁘죠. 그렇게 기분 좋고 기쁠 때 수행하는 보람을 느낄 수 있습니다. 고요하면 맑아져서 향취가 납니다. 수행의 공덕이죠.

어쨌든, 여러분은 좋은 길로 들어왔으니 수행이 참으로 내 것이 될 수 있도록, 뼛속에 사무치도록 노력해서 인생의 진정한 행복을 느껴보시기 바랍니다.”

《화엄경》에 '다문多聞이면 지혜가 증가하여 성불에 대한 서원을 잃지 않는다'란 말씀이 있다. 복혜쌍수, 곧 자비와 보시, 간절한 수행을 당부하시는 법문을 들으면서 다문의 공덕에 대해 생각했다. 선지식의 법문을 듣고 경전을 보고 좋은 책을 읽는 것 모두가 다문 아닌가.

법문이 끝나고 화정 거사님이 여쭈었다.

"살아가면서 자신이 마주한 상황에 끄달리지 않으려면 어떻게 해야 합니까?"

"화두(수행)가 동정일여가 되면 경계에 끄달리지 않습니다. 항시 한 곳에 집중되어 있으면 외부의 충격이나 경계에도 내면에 흐트러짐이 없습니다. 경계와 일여가 되죠. 공부가 정답입니다. 수행을 할 때는 바짝 당겨서 해야 합니다. 때로는 무모할 정도로 와일드하게 해야 합니다. 진실로 지극하고 간절하게 집중하면 의외로 쉽게 될 수 있습니다. 매일 못 하더라도 수행한다는 마음을 놓치지 마세요. 그리고 결정적 순간에 바짝 당겨 하세요."

스님의 답은 역시 간절하고 지속적인 정진이었다. 살아가면서 수없이 부닥치는 문제에 마음이 동요하고 고통스러운 것은, 그러니까 정진의 부족 때문인 것이다.

스님께 여쭌 적이 있다.

"스님은 지금 어떤 스승으로 존재한다고 생각하십니까?"

"나는 무얼 잘못했거나 난관에 봉착했을 때 '과연 부처님은 이럴 경우 어떤 마음가짐을 하셨을까' 하고, 늘 부처님에게 비유하고 부처님을 생각했습니다. 내가 한평생 지향한 것은 부처님이었습니다. 해서 주변의 부족한 모습을 보면 얼른 덮어버렸습니다. 내가 부족한 점이 있으면 부처님에게 호소하듯이 그분을 믿고 의지해가면서 하나하나 따져서 고치려고 애썼어요. 출가한 지 십 년이 지나면서 조사어록을 보기 시작했습니다. 그분들의 행장 중에서 중요한 대목들을 기록해놓고 수시로 즐겨 보고 있습니다. 그분들의 판단과 말씀 그리고 삶의 모습에 비추어서 나를 알고 경책하고 있습니다. 그래서 나는 주변 스님들이나 나의 상좌들에게 늘 부처님을 향하는 마음을 가지라고 말합니다. 또 상좌들을 나무랄 때는 옛 스님들은 이렇게 사셨는데 너희들은 왜 이렇게 사느냐 하면서, 내 이야기보다는 위대한 삶을 살았던 옛 스님들을 예로 들곤 합니다.

내가 주변 승려들에게 강조하는 세 가지가 있습니다. 첫째, '승려노릇 깨끗하고 여법하게 하라'는 것입니다. 계행이 없으면 정定으로 들어갈 수 없고 지혜가 나오지 못합니다. 요즘 출가자들은 계율에 별 관심이 없어요. 그러다 보니 계율정신이 많이 해이해졌습니다. 계행이 청정해서 여법하게 살아야 내면도 갖춰지고 지혜가 나타남을 잊지 말아야 합니다. 둘째, '늘 화두를 놓지 마라' 하는 것이니, 자신이 하는 수행에 푹 빠지라는 것입니다. 그리고 셋째, '늘 자비하라'는 것입니다. 수행자가 냉랭하면 안 됩니다. 자비가 뚝뚝 흘러야 합니다."

저 세 가지가 어찌 수행자에게만 해당하겠는가. 불자인 우리도 반드시 지켜야 할 덕목일 것이다.

'수행자는 자비가 뚝뚝 흘러야 한다!'

스님께서 바로 그런 분이셨다. 법문이 끝나고 처소로 잠깐 스님을 찾아뵈었다. 작지만 정갈한 방과 검소한 생활 모습이 변함 없으셨다. 스님께 인사드리고 나오면서 한평생을 티 없이 맑고 청정하게 사신 선지식이 상주하는 도량이어서 축서사가 더 고풍스럽고 아름답지 않은가 생각해보았다.

# 삶, 몰입해서 최선을 다할 뿐

환성 스님

1

전 조계종 종정 혜암 스님께서 일갈하신 바 있다.

"천 년 된 고찰이요 아무리 큰 절이라도 제대로 수행하는 자가 없으면 그곳은 술도가요, 도살장이라도 정진하는 사람이 있는 곳은 큰 절이다."

참수행자가 있는 곳은 생동감 있고 편안하다. 공주 영평사가 그런 절이다. 여러 해 전, 중국의 백마사를 참배한 적이 있다. 백마사는 중국이 불교를 처음 받아들인 후 최초로 지어진 고찰이다. 고찰이요 대찰임에도 불구하고 그곳은 너무 삭막하게 느껴졌다. 공부하는 수행자가 없기 때문이었을 것이다.

중국의 여러 절을 순례하면서 생각했다. 정진에 정진을 거듭하는 수행자들이 있고 신도들과 함께 호흡하는 스님들이 주석해 생동감 넘치는 절이 무수한 한국 땅의 불자여서 너무 다행이라고. 중국에서 돌아온 바로 다음 날, 다니던 절에 가서 부처님 앞에 감사함으로 엎드렸던 일이 생각난다. 햇살이 가득한 법당의 부처님이 얼마나 아름다웠던가.

울산 석남사에서 작은아이를 돌보아주었던 무위 스님이 잠시 영평사에 머물면서, "영평사 달빛 아래 구절초 향이 참 좋습니다"라고 전해주어서 작은아이와 함께 내려갔다. 작은아이는 중학교 삼 학년 여름방학 때 석남사에 구 일 동안 있으면서 하루 천팔십배를 하고 마지막 날 삼천배를 해서 모두 일만배 회향을 했다. 물론 그곳 주지로 계신 환성 스님의 취재를 위해 녹음기도 챙겼다.

영평사의 상징처럼 되어 있는 구절초 꽃 축제가 한창이던 그곳엔 축제를 즐기려는 사람들로 가득했다. 다음 날, 산사음악회가 열려서 한층 열기가 가득한 것을 보면서 '조용하기만 한 절도 이렇게 가끔 축제의 장이 되면 좋겠구나' 생각했다. 축제와 정적이 함께하는 사찰이라면 불자가 아닌 일반인들에게도 친숙할 수 있겠다 싶다.

환성 스님은 이십여 년 전 이곳에 걸망을 풀고 영평사를 창건하면서 '수행과 일과 포교'를 삼대 슬로건으로 내걸었다고 한다.

출가해서 이십 년 동안 선방에서 공부하고 난 후, 신도들에게 기대지 않고 자급자족하면서 홀로 공부하려고 들어온 곳이 이곳 장군산

자락이었다. 한 해 정도 홀로 잘 공부하고 있는데 절 곁에 사는 분들이 와서는 '진짜 스님을 보았다'고 하면서 불교 좀 가르쳐달라고 했다. 수행자가 되어 살고 있으니 부처님 은혜도 갚을 겸 그분들에게 불법을 가르치다 보니 청소년 포교가 시급하고 중대한 불사임을 깨닫게 되었다. 그래서 자급자족의 범위가 더 넓어져 죽염을 만들고, 순수한 우리 농산물로 만든 된장, 고추장, 간장 그리고 구절초 추출액 등을 생산 판매하게 되었다. 물론 이익금은 청소년 포교, 불우이웃 돕기 등 세상에 회향된다.

다음 날 아침 일곱 시부터 일찍 시작된 인터뷰 중간에 환성 스님께서 물었다.

"수행이 뭐라고 생각하십니까?"

열다섯 살에 처음 출가를 결심했고 고등학교를 졸업한 열아홉에 뒤도 안 돌아보고 안면도 간월암으로 출가하셨다는 말씀을 하신 후였다.

내가 대답했다.

"본성을 회복하는 거겠죠."

그리고 덧붙였다.

"최근에 혜암 스님 법문집에서 '불법을 안다는 것은 무엇인가? 자신을 아는 것이다. 자신을 안다는 것은 무엇인가? 자신을 잊는 것이다. 자신을 잊는다는 것은 무엇인가? 무심을 증득하는 것이다. 무심을 증득해야 비로소 대자유인이 될 수 있고 불교를 철견徹見한 것이다' 라는 글을 읽었습니다. 불법을 잘 표현했다고 생각합니다. 무심을 증득한다는 것은 분별하지 않는다는 거겠지요. 선이다 악이다, 옳다 그르다, 길다 짧다. 살면서 우리는 한 순간도 이런 분별을 멈추지 않는 것 같습니다. 이 분별 때문에 삶이 괴로운 것이겠고요. 이 분별을 멈추고 있는 그대로 보는 것이 무심일 텐데, 본성의 회복은 무심이 증득되어야 가능한 것으로 알고 있습니다. 국가 간의 전쟁에서부터 가족 간의 갈등 등 인생사의 크고 작은 모든 다툼이 이 분별심에서 일어나니, 저 선지식들께서 하신 말씀은 고금의 진리인 것 같습니다."

스님이 우려 주시는 연꽃차에 취해서인지 대답이 좀 길었다. 스님께서 다시 물으셨다.

"분별 없는 무심이 되면 뭐할 겁니까?"

분별 때문에 괴로움이 생겼고, 그 괴로움 때문에 행복하지 않았을 테니, 무심이 되면 행복하지 않을까.

"처음 출가해서는 오직 도만 닦아서 삼 년 안에 마치고 중생제도를 하겠다고 생각했지요. 그런데 그게 간단하지 않잖아요. 지금도 원력이라면 금생에 해 마치는 거죠. 나는 자잘한 인정이 많아요. 사람들을 만나면서는 생사결단의 공부는 안 되겠어서 걸망을 쌌다 풀기를 수도 없이 했죠, 그런데 이미 함께하고자 모인 사람들, 이 모자란 중을 진짜 스님으로 아는 순진한 산골 불자들을 두고 떠날 수가 없었어요. 떠날 수 없는 상황이라면 많은 사람들이 함께 수행할 수 있는 공간을 만들자고 생각하면서 지금까지 걸망을 짊어지지 못하고 이런저런 수행을 함께 하게 되었죠."

영평사는 신흥 사찰이면서도 각종 수련 프로그램을 운영한 노하우로 진작에 템플스테이 사찰로 지정되었다.

"아까 수행의 목적이 분별심이 없는 무심이 되는 것이라고 했는데, 맞는 말입니다. 불법을 단적으로 말한다면 마음 맑히기와 공덕 닦기이고, 부처님은 본성회복, 즉 마음 맑히기와 공덕 닦기를 완성한 분이시지요. 무심의 자리에서 끊임없는 자비실천이 되어야 합니다. 불교는 깨달음을 목적으로 하지만 궁극으로는 모든 존재들을 다 행복하게 할 수 있는 능력을 키우고 실천하는 종교입니다. 불법을 그냥 관념적으로 알았더라도 그것을 곧바로 실천으로 옮기는 것이 중요하죠. 다 같이 행복의 길로 갈 수 있게 이끌어주는 삶을 살아야 합니다. 이것이 대승적인 수행 자세죠."

스님의 말씀을 들으면서, 한 골짜기에 있으면 그 골짜기만 아는 고지식한 사람이라 해제가 되어도 남들처럼 어디를 만행하지도 않은 채, 붙박이처럼 그곳에 머물며 밭 갈고 도량을 가꾸던 선승이 수행과 일과 포교를 슬로건으로 내걸고 세간 사람들을 껴안고 사는 이유를 알 수 있을 것 같았다.

스님은 자신의 단점이 자비가 결코 아닌 잔정이 많은 거라고 했지만, 스님을 알고 있는 분들은 한결같이 스님을 이렇게 표현한다.

"자신에겐 서릿발보다 더 차갑지만 이웃에게는 따뜻하고 자비로운 분입니다."

두 번 뵈었지만, 참 편안하고 매듭이 없으신 분으로 느껴졌다. 함께 자리했던 무위 스님이 조용히 여쭈었다.

"저는 출가할 때 도를 깨쳐야지 그런 것도 없었습니다. 이웃들에게 마음이 많이 갔어요. 공부에 질주하면 될 것 같은데, 마음이 중생들과 같이 가야 한다는 것에 자꾸 머물렀습니다. 경전을 모르는 사람은 봐주어야 하겠고요. 그러다가 몇 년 전 미얀마에서 수행하면서 생사해탈에 마음이 가는 거예요. 나고 죽는 업을 그만하고 싶었습니다. 중생들에게 힘이 되고 싶고, 행복의 길을 정확하게 확보해주면서 같이 가고 싶었는데 이젠 우선순위가 정해진 거예요. 제가 마음이 고요하지 않으면 사람들에게 힘이나 신뢰를 주더라도 차별이 있겠다는 생각이 들었습니다. 십 년 정도는 만사 제쳐두고 수행만 하고 싶다, 그렇게 마음을 잡고 있어요."

출가해서 십 년, 이제 분명히 어떤 길을 갈 것인가 결정해야 할 시점인 때문인지 무위 스님의 물음은 간절했다.

"그래야죠. 내가 힘이 없는데 어떻게 이웃을 도울 수 있겠습니까. 물질적 도움도 그렇지만 정신적 도움은 자기가 부실하다면 거의 불가능한 일이죠. 그렇게 생각되면 그때까지 그렇게 하세요. 무엇이 먼저랄 것은 없지만 수행자의 근본원력은 중생제도에 있으나 자성제도 또한 급하니까 그렇게 해야죠. 깨치지 못했다면 평생을 태어나지 않은 셈치고 그렇게 해야 맞는 건데, 나는 마음이 약해 딱한 사람들을 보면 그냥 눈을 못 감았어요. 어찌 내 눈엔 의지할 시봉도 없는 병든 노스님들만 보였는지. 근시안적이지만 어떻게든지 눈앞의 그 문제를 해결해드려야 된다는 쪽에 마음이 갔죠. 그런데 그런 것이 생사를 끊어버리는 본분사를 해결하는 데는 느린 길, 즉 돌아가는 길임엔 틀림없어요. 그래도 생각해보면 부처님께선 수십억 겁을 닦으셨잖아요. 수행에는 일정한 법이 없어요. 만인에게 통하는 고정된 특별한 법이 없다는 말이죠. 마음을 밝히고 공덕을 닦는 일이라면 좀 돌아가는 한이 있어도 다 밟아가야 할 길이라 생각해요. 팔만세행 삼천위의라던가요? 출가본지인 상구보리 하화중생의 보리심이 흔들릴까 염려할지언정 만나는 인연을 외면하지 않는다는 신념 같은 것이 나에겐 있었어요."

그러면서 스님은 후학에게 인정 많고 자비스러운 분다운 말씀을 해주셨다.

"후배들에게 부모 형제에게도 '자비스러워라, 세속적인 효도도 하라' 그렇게 권합니다. 나는 출가해서 이십오 년 동안 집과 담을 쌓았어요. 공부를 마치기 전엔 당연히 그래야 된다는 생각이었죠. 위장병으로 자주 고생하시던 어머니는 내가 출가하자 병이 나셔서 그 길로 돌아가셨는데, 슬하에 있는 동안 단 한 번도 걱정을 안 끼치다가 출가하면서 그런 큰 불효를 한 거죠. 나이 들어 생각하니, 혈연에게 그렇게 매정하게 굴었던 것은 자신이 없고 보리심이 박약한 부끄러운 증거일 뿐이었어요. 그렇지 않았다면 일반 신도님들 만나듯이 자연스럽게 만날 수 있었을 거예요. 모두 평상심으로 만났어야 했죠. 부모님에게도, 스승에게도 최선을 다해 시봉도 하고 형제와 우애를 나누면서 자연스레 불법을 전하는 것이 공부인의 진정한 자세라고 봐요. 규제 아닌 청규가 필요한 거죠."

스님은 어렸을 적부터 너무 점잖고 모범적이어서 부모님이나 형제들은 물론 이웃 어르신들조차 어려워했다고 한다. 어려서부터 누가 가르쳐준 것도 아닌데 옷깃이 흩어지거나 신발 한 번 끌면서 신고 다닌 적이 없으며, 예절 바르고 공부 잘하고 어느 것 하나 어긋남이 없어서 '애늙은이, 군자'로 불렸다고 한다. 중학교 이 학년 때 출가에 뜻을 둔 뒤, 죽 오 년 동안 한 가지 걱정이, 셋째 아들을 그리도 완전한 사람으로 믿어 사랑하시는 어머님이 받으실 충격과 상심이었다고 회상하는 스님의 눈가에 이슬이 역력했다.

신병으로 늘 건강하시지 못한 어머님에게 조금이라도 충격을 덜 드리기 위해 거짓말을 했다.

"제가 출가하지 않으면 단명할 팔자라서 일찍 죽는대요. 중 팔자래요, 어머니!"

거짓 없는 아들로 믿었던 어머닌 나이 어린 자식이 지어낸 박복하다는 그 말을 운명으로 받아들여 아픈 가슴으로 셋째 아들의 출가를 묵인하셨을 것이다. 나이 들어 부모님에게 너무 무정했던 것을 깨우치고 후회하는 마음이 들었을 때는 두 분 다 이미 세상에 안 계시더라고 하시면서, 부모님 살아 계실 때 자주 찾아뵙고 염불을 권해드리라고 하셨다.

부처님께서도 '최고의 선행은 효도다, 부모님이 최고의 신이다'라고 하셨으니, 부모님에 대한 효가 어찌 세상 사람들에게만 해당하겠는가. 스님의 말씀이 너무 가슴 아프게 들렸다.

출가해서 몇 달 후 서류 때문에 집에 들렀더니, 말수가 적으신 아버지께서 "참, 복색 좋구나. 중노릇 하다가 나오면 상놈에 들어가는 거다" 하셨다고 한다. 그 말씀을 듣고 얼마나 고맙고 좋았는지 모르는데, 아버님이 돌아가시고 몇 년이 지나서야 비로소 그렇게도 그립더라고 하셨다.

"연세 들어 부모님이 그렇게 그리우셨던 걸 보면 힘드셨을 땐가 봐요?"

"아닙니다. 난 힘들어도 거기에 몰입할 뿐 딴 생각을 하지 않습니다. 다만 부모님에게 너무 몰인정했고 염불 한 번 제대로 권해드리지 못한 일이 뼈저리게 후회스러웠던 거죠."

스님의 말씀에 정신이 번쩍 났다. 몰입할 뿐! 그렇다. 분별심 없이 몰입해서 최선을 다할 뿐 아닌가, 삶이란 것이.

영평사永平寺. 불멸의 행복이라는 뜻의 이름을 직접 지었다는 스님께 여쭈어보았다.

"불멸의 행복은 무엇이며, 그것을 이루기 위해선 어떻게 살아야 하는 겁니까?"

"마음을 맑혀 본성을 회복한 것이 불멸의 행복 아니겠어요? 그리고 불멸의 행복을 얻은 다음의 삶은 모든 생명과 공존하는, 함께 조화롭게 행복할 수 있는 길을 실천하는 거죠. 그렇게 간절히 원하는 무아도, 본성 회복도 그것 때문이죠."

아침 일곱 시에 시작된 인터뷰가 어느덧 열두 시를 가까이하고 있었다.

"어떤 그림을 그리면서 살 것인가 구상을 해야겠지만, 자기가 현재 어떤 그림을 그리고 있는가를 분명히 알아야 합니다."

삶의 매순간, 자신의 모습에 분명히 깨어 있어야 한다는 말씀으로 들었다.

"매사에 최고의 정성을 다해라. 그리고 염불하라."

오랜 시간 정성을 다해 말씀해주신 스님의 마지막 말씀이다.

그리고 중간에 이런 말씀도 하셨다.

"몸 바쳐서 기도해보라. 분명히 업장이 녹는다."

2

스님을 취재하고 한 해 뒤, 영평사 구절초 축제가 끝날 무렵, 영평사에서 금강정진회를 가졌다. 환성 스님께서 집전한 저녁예불은 한 시간 정도 걸렸던 것 같다. 여법하고 장엄하고 아름다운 예불이었다.

"자, 함께 기도하겠습니다" 하면서 "이 세상 모든 아픈 이들을 위하여 기도합니다" 하시는데, 가슴이 정말이지 뭉클했다. 색다른 예불이었다. 십 분 동안의 좌선도 인상적이었다. 가사장삼을 잘 차려입고 앉아 계신 스님의 뒷모습이 묵중하고 안정감 있는 돌부처 같다는 느낌이 들었다. 예불 후 하신 법문도 감사히 들었다.

"본래 자성을 회복하지 않고는 어떠한 공덕을 지어도 행복하지 않습니다."

"청정한 자성을 지키는 것이 염불입니다."

염불하면 행복해진다고 하니 열심히 염불정진 해야겠다. 스님의 말씀처럼, '나 ~ 무 ~' 하면서 잠들고 일어날 때 '아미타불' 할 수 있도록 말이다.

많은 스님들이 재가불자들에게 '자기 전 오 분, 일어나서 오 분의 수행'을 권하신다. 그런데 그게 쉬울 것 같지만 실천하기가 어렵다. 아직 실천하지 못하고 있는 분들에게 꼭 권한다. 아침에 일어나 앉은 그 자리에서 오 분, 자기 전 잠자리에서 오 분, 기왕이면 좌선하는 자세로 '나무아미타불'을 염불해보시라.

저녁 아홉 시에 시작해서 다음 날 세 시, 새벽예불까지의 정진은 행복했다. 무념 거사님의 나무아미타불 선창에 아미타불을 따라 부르며 가볍게 절을 했다. 새벽 네 시면 일어나서 출근하기 전까지 정진한다는 거사님에게 "그럼 열 시쯤 주무셔요?" 하고 물어보았더니, 열두 시에서 한 시 사이가 취침에 드는 시간이라고 했다. 무념 거사님의 깊은 신심과 정진에 늘 감탄한다.

무념 거사님의 깊고 고른 염불 소리를 들으셨던지 다음 날 새벽예불을 끝내고 스님께서 물으셨다.

"거사님이 목탁 치셨어요? 집에 가지 말고 절에 남으시오. 나 말고는 목탁 칠 사람도 없는데."

그렇게 구애를 받았으니, 아무래도 무념 거사님은 영평사로 가 살아야 할 것 같다.

법당 계단을 내려올 때 코끝에 쏴아 하고 스치던 구절초 향기를 잊지 못할 것 같다. 이미 꽃이 많이 졌다고 하지만 이만여 평의 산에 피어 있는 그 꽃향기가 어디로 갔겠는가.

새벽예불이 끝난 뒤 잠깐, 뜨끈한 방에 누워 편한 잠을 잤다. 마음은 반짝 새고 싶은데, 어느덧 노보살 축에 끼었으니 그렇게 안 된다.

아침 공양 때 먹은 된장국은 환상적이었다. 두 그릇을 뚝딱 해치웠다. 영평사에서 직접 담가서 판매하고 있는 된장, 간장, 고추장 맛은 정말 일품이다. 이제 앞으로 장 걱정은 안 해도 되게 되었으니 주부로선 행운 중 행운이다. 스님께서 극구 효능을 자랑하신 구절초를 달여 만든 구절초액도 온 식구가 시식 중이다.

신은 우리가 성공할 것을 요구하지 않는다.
우리가 노력할 것을 요구할 뿐이다.
– 마더 테레사

스스로 찾은 것만이
해답이다

# 기도를 시작하는 마음

1

인생이 무엇인지 궁금하기만 했던 스물세 살 때 불교와 처음 만났다. 이미 고인이 되신 불교학자 이기영 교수님께 불교개론에 대한 강의를 들었을 때의 감동은 평생 잊을 수 없을 것이다. 그 후 부처님의 가르침은 내 인생의 나침반이 되었고 세상을 선명하게 보게 하는 안경이 되었다.

학교를 졸업하고 사회생활과 결혼을 하면서 잠시 물러나 있던 신행생활이 본격적으로 시작된 것은 금강카페와의 만남 이후일 것이다.

'불교 입문에서 성불까지'를 슬로건으로 한 인터넷 사이버 도량 금강카페는 부처님 가르침을 통해 지혜롭게 살고자 하는 도반들이 칠천여 명에 달하는 대도량이다. 금강카페에선 한 달에 두 번 모임을 가지면서 교리공부와 정진회를 가졌는데, 매달 삼사십 명의 도반들이 함께하는 일박이일의 정진은 내 삶에 단비와도 같은 청량제 역할을 하고 있다.

금강카페 식구가 된 삼년 여의 세월. 드디어 처음으로 천일기도를 입제했다. 부끄럽게도 십여 년 전 개인적으로 백일기도 한 번 해보고는 집중적으로 기도다운 기도를 못해본 터였다. '온 마음을 다해 천일기도 한번 해봤으면' 하고 기원했는데 도반들과 함께 수행을 하게 되었으니 부처님의 가피라는 생각이 저절로 든다. 이번 해인사행은 매달 정기적으로 갖는 금강카페 정진회와 천일기도 입제를 위한 것이었다.

2006년 11월 25일 오후 여덟 시. 해인사 원당암 달마선원.

팔십여 명의 금강카페 도반들과 함께한 마음으로 천일기도 발원문을 읽었다.

> 누겁의 수승한 인연이 익어, 금타 대화상님과 청화 큰스님의 법향을 통해, 오늘 여기 부처님 광명 속에 함께 모인 저희 진리 도반들은, 천일기도 기간 중에 목숨을 아끼지 않는 아미타불 염불선 수행으로 한사코 수릉엄삼매를 얻어 위없는 바른 깨달음을 성취하고, 진리에 몸을 바쳐 위로는 부처님 은혜에 보답하고, 아래로는 널리 중생을 제도하기를 지심으로 발원하옵나니, 시방삼세의 모든 부처님과 역대조사께서

는 이를 증명하시고, 진리를 옹호하는 모든 신중께서는 저희들을 보호하셔서, 이 인연공덕으로 희유한 아미타불 천일기도가 장애 없이 환희롭고 원만하게 성취되게 하여지이다.

금강카페를 이끌고 있는 경주 법사님이 쓴 아미타불 염불선 천일수행 발원문이다. 그러나 나는 그토록 기다려왔던 천일기도였음에도 불구하고 기도에 임하는 마음이 돈독하지 못했다. 예열이 충분히 되어 있지 않았다고 할까. 단행본 원고를 마치느라고 거의 몇 달간 진이 빠져 있었고 뒷손질을 해야 할 부분이 숙제로 남아 있어 마음은 그 일에 더 많이 가 있는 형편이었다. 일에 너무 치어 있으면 수행도 순일하게 할 수 없음을 느끼면서 입제식을 맞았는데, 저 발원문을 읽으면서 위안을 얻었다. 이 발원문과 함께 내가 천일기도 입제자라는 사실을 잊지 않고 정진하면 되겠구나 생각하니 조금 마음이 편했다.

저녁 아홉 시에 시작된 정진. 달마선원에 앉았다. 안거 기간이면 원당암 재가 결제대중이 모여 열기를 뿜는 곳이다. 두 시간 동안 좌선을 했는데, 온전하게 집중하지 못하는 자신을 보면서 내 수행의 깊이가 어느 정도인가를 가늠했다. 열두 시가 가까워올수록 어쩌면 그렇게 혼침이 스며드는지 갈 길이 참 멀구나 싶었다.

자정에서 새벽 한 시까지 진지하게 진행되었던 차담 시간이 끝나고 다시 정진.

아무래도 졸음을 견디지 못할 것 같아 보광전에서 절하는 삼천배

팀에 합류했다. 절을 좀 빨리 하는 편인데, 그날은 앞에 부처님이 앉아 계시다고 생각하고 천천히 정성을 다해 절했다. '누겁의 수승한 인연이 익어 여기까지 올 수 있어서 감사합니다'는 마음을 무수히 바쳤다. '지심귀명례 아미타불'과 함께.

새벽 세 시 반. 해인사 대적광전에서의 새벽예불. 해인사 새벽예불은 강원 학인 스님들의 힘찬 예불 소리와 대적광전 뜰 안으로 쏟아져 내리는 새벽의 별빛이 백미다. 그런데 그날따라 수련생들이 많아 법당에 학인 스님들이 불참했고 날씨가 흐려 별빛이 숨어버린 탓에 기대에 미치지 못했다.

그래도 숲에서 뿜어져 나오던 짙은 솔향기를 잊을 수 없다. 해인사에 올 때마다 늘 홀로 참석했던 새벽예불을 도반들과 함께해서 감격스러웠다.

원당암에서 잣죽으로 아침 공양을 마치고 종정 스님을 친견하러 가기 전, 카페 운영진과 함께 원당암 원주 스님을 방문해서 잠시 환담을 가졌다. 새벽 두 시쯤 보광전 밖에서 있었던 일련의 소요로 마음이 무거웠는데, 《명심보감》에 있는 말씀을 원주 스님이 직접 써서 걸어놓으셨다는 '道吾善者是吾賊 道吾惡者是吾師, 나를 선하다고 하는 자는 곧 나의 적이요 나를 나쁘다고 하는 자는 곧 나의 스승이라'는 글귀의 설명을 듣고는 마음이 좀 가벼워졌다.

카페 도반이 아닌 외부의 어느 한 사람으로 인해 새벽에 정진을 잠시 중단해야 하는 상황이 벌어졌기 때문에 원당암 정진을 주선했던 나로서는, 정성과 준비가 부족했다는 자책으로 마음이 몹시 무거웠는데, 그 한 말씀에 많은 위로가 되었다. 천 일이라는 긴 시간 동안 얼마나 많은 역경계가 우리 앞에 있을 것인가. 그 어려운 상황 앞에 저 가르침을 기억하라고 제불 보살님들께서 역경계 보살을 한 사람 보내주셨구나 생각하니 처처에 스승이 있다는 선지식들의 말씀을 떠올리지 않을 수 없었다.

"매순간 자신을 자각하긴 어렵습니다. 그러나 불교는 자각의 종교입니다. 수행하는 사람들에게 있어 가장 중요한 것은 자신을 투철하게 반조하는 것입니다."

여운을 남겼던 원주 스님의 말씀을 뒤로하고 여덟 시 이십 분 전, 종정 스님이 주석하시는 퇴설당으로 향하는 발걸음은 가벼웠다.

2

아침 여덟 시 퇴설당.

올 때마다 가슴이 서늘해지도록 맑은 기운이 느껴지는 곳이다. 작은 방으로 향해 열려진 문틈으로 종정 법전 큰스님께서 의자에 단정히 앉아 계시는 모습이 보였다. 스님의 성품으로 보아 아마 객들보다 먼저 오셔서 기다리고 계셨으리라. 천일기도에 입제하는 금강카페 도반들을 위한 법문을 해주시기로 한 종정 스님께서 나타나시고 우린 삼배를 올렸다. 팔십여 명에 가까운 사람들로 퇴설당이 꽉 찬 느낌이었다.

열네 살에 출가해서 스물다섯 살에 스승인 성철 스님을 만나 공부하면서 일평생 위법망구爲法忘軀의 자세로 살아오신 세수 여든두 살의 노수행자. 언제나 그분 앞에 서면 큰 산을 대하고 있는 듯한 느낌이다.

종정 스님께서 벽에 걸려 있던 '사중득활死中得活'이라는 글자를 가리키시며 법문을 시작하셨다.

"내가 오늘은 저 '사중득활'에 대해서 한마디 하겠습니다. 조주 스님이 투자 스님을 찾아갔습니다. 투자 스님은 깨 농사를 지어서 기름장사를 하며 생계를 잇고 살았던 분입니다. 그분께 조주 스님이 '死中得活是如何?' 하고 물었어요. '완전히 죽은 데서 다시 살아나면 어떻습니까?'라는 뜻입니다. 이 물음에 투자 스님이 답합니다.

'어두울 때는 다니지 말고 날이 밝을 때 다녀라.'

이번엔 투자 스님이 묻습니다.

'그대는 어디로부터 오는가?'

'칼산으로부터 옵니다.'

'칼은 가져왔는가?'

투자 스님이 그렇게 묻자 조주 스님이 손가락으로 땅을 가리킵니다."

짧은, 그러나 깊은 선지禪旨가 담긴 법문을 마치시고 종정 스님께서 우리들을 향해 물으셨다.

"여기 모인 대중들은 이 뜻을 알겠소?"

모두 묵묵부답이었다.

다시 종정 스님께서 이르셨다.

"'칼은 가져왔는가'라고 묻자 조주 스님이 손가락으로 땅을 가리킨 그 뜻을 알아야 합니다."

스님께 이 법문을 몇 번 들었지만 들을 때마다 깜깜 무소식이다. 언제쯤 환히 마음으로 소식을 들을 수 있을지 모르겠다.

나중에 들으니, 이때 정진을 맹렬히 잘하고 있는 도반 한 분은, 답도 못하고 가만히 앉아 있으려니, 종정 스님께서 내미신 검으로 인해 가슴에서 피가 뚝뚝 흐르더라고 했다.

법문 끝에 도반 한 사람이 종정 스님께 여쭈었다.

"천 일 동안 오로지 순일純一하게 수행할 수 있으려면 어떻게 해야 합니까?"

"사소한 것이라도 시작했으면 끝내는 습관을 들여야 합니다. 화두(수행)의 근본생명도 시작했으면 끝내는 거기에 달려 있는 것입니다."

얼핏 평범해 보이는 것 같으면서도 새길수록 깊은 법문으로 와닿는 것이 스님 말씀의 특징이다.

"세속의 지식을 많이 쌓아두는 것, 그것은 세지변총世智辯聰에 불과합니다. 불교의 생명은 팔만대장경에 있는 것이 아니고 손가락이 가리키는 그 뜻을 아는 것에 있습니다. 참말로 영리한 사람은 그것을 압니다. 불교는 산중에 와서 찾는 것만이 아닙니다. 자신이 살고 있는 복잡한 그 한가운데서 자신을 돌이켜 보면 되지, 굳이 여기까지 올 필요 없어요. 자기 보물을 모르고 남의 보물만 좇는 사람이 되어서는 안 됩니다. 종교개혁이라는 것은 인재를 가르치는 것에 있습니다. 투철한 제자, 눈 밝은 종사를 만들어내는 이것이 진정한 개혁이에요."

스님의 말씀을 들으면서 '우리들 개개인의 개혁도 수행으로 거듭나 눈 밝은 사람이 되는 것에 있겠구나' 싶었다.

한 젊은이가 다시 종정 스님께 여쭈었다.

"세속에서 열심히 최선을 다해 일하고 있고 수행도 한다고 합니다만, 만족감이 느껴지지 않습니다. 어떻게 해야 합니까?"

"유정 무정의 모든 존재는 행복을 추구합니다. 그러나 세간과 비세간의 행복은 다릅니다. 세간에서 추구하는 행복은 일시적 행복이지 영원한 행복은 아닙니다. 영원한 행복은 '자기 자신을 확실히 아는 것'에 있으며 그것은 수행을 통해서만 가능합니다. 수행은 자신이 누구인가를 수시로 묻는 것입니다. 자신을 아는 것이 확실하지 않으면 행복할 수 없습니다. 수행이라는 길을 꾸준히 걸어보세요, 오래하다 보면 틀림없이 들어가는 곳이 있습니다."

'행복, 자신을 확실하게 아는 것, 수행', 이 세 가지가 하나라는 것을 스님의 말씀에서 다시 느끼지 않을 수 없었다. 스님께선 중국의 맹상군孟嘗君의 예를 들면서 세간의 복이라는 것이 생사의 과제 앞에서 얼마나 허무한 것인가를 말씀하셨다.

몇 년 전, 며칠간의 긴 인터뷰가 끝난 자리에서 종정 스님께서 나에게 물으셨다.

"보살님은 지금 몇 살입니까?"

사십 대 후반이란 내 대답을 들으시더니 스님께선, "흠, 그러면 이제 살아가는 데 무엇이 중요한지 알지 않겠습니까?" 하셨는데, 그때 스님의 미소를 잊지 못한다. 이제, 세상사 오욕락이라는 것, 혹은 세간에서 추구하는 행복이라는 것이 한낱 이슬 같은 것이요 허깨비와 같은 것임을 알 나이가 아니냐고, 그래서 이제는 무엇을 추구해야 될 것인가를 알 나이가 되지 않았느냐고 물으신 것이다.

그때도 맹상군의 이야기를 들려주셨다. 그는 중국 전국시대 때 사람으로 모든 왕자와 식객 등을 천여 명씩 거느리며 세속에서 누릴 수 있는 최대의 복을 누린 사람이라고 한다.

어느 날 지나가는 식객이 찾아와 그에게 물었다.

"군께선 울어본 적이 있습니까?"

"없소."

"그러면 내가 한번 군을 울려봐도 되겠습니까?"

식객이 옥퉁소를 불면서 한 말이 이랬다는 것이다.

"공수래공수거요 세상사 뜬구름과 같으니, 오늘 그대가 숨을 거둔다면 아들이 송장을 산에 가져다 묻는데, 송장을 묻고 돌아오는 산은 황혼이라."

식객의 그 말을 듣고 평생 울음 한 번 없었던 맹상군이 통곡해버렸다고 한다.

스님께선 그 말을 듣고 울 수 있는 맹상군은 영리한 사람이라고 하셨다. 세속에서 아무리 최고의 복을 누린다 하여도, 생사의 문제를 풀지 못하면 결코 행복할 수 없다는 말씀으로 이해했다. 생사의 문제란 자신을 아는 문제와 다름 아닐 것이다.

스님께서 말씀하셨다.

"'내가 누구인가'라는 근본문제를 해결해야 안정과 평화가 오는 겁니다. 근본을 여의고 지말을 좇으면 분주하기만 하지 마음에 안정을 얻을 수 없어요. 일상에서도, 꿈에서도, 잠 속에서도 '내가 누구인가'라는 화두를 가지고 있어야 합니다."

그러시면서 스님은 조주 무자 화두를 가지고 십칠 년 동안 공부해서 오매일여가 되어 확철대오했다는 태고보우 스님의 이야기를 전하셨다.

일평생 수행정진으로 일관해오셨으니 자비곡진, 후학들에게 전하고 싶은 말씀이 많으셨을 것이다. 만암 스님과 금타 선사에 대한 추억, 그리고 육십여 년 전 백양사 시절을 잠깐 추억하시고 나자 한 시간여 동안의 종정 스님과의 친견 시간이 끝났다. 무사히 친견할 수 있었던 인연에 무한히 감사해하면서 삼배 올리고 나니 밖에선 겨울을 재촉하는 비가 내리고 있었다.

비로 인해 해인사 경내를 둘러보기로 한 행사가 취소되고, 청화당에서 차담 시간을 가졌다. 두 시간 정도 진행된 그 시간, 금강 도반님들의 대화가 얼마나 진지하던지 천 일 수행정진의 서막이 참으로 상서룹게 열림을 느끼지 않을 수 없었다.

이번 정진회엔 멀리 일본, 제주도, 강원도, 전라도, 충청도 등 전국 각지에서 금강 도반님들이 오셨다. 도반으로 인해 공부의 전부를 이룬다고 했다. 뜻을 같이하는 도반들과 함께 시작한 천일기도가 원만히 이뤄지기를 기도한다.

# 내가 쥐고 있는 패

1

별 자각 없이 늘 반복되는 일상. 그 속의 자신을 바라보면서 "이게 아닌데……" 할 때가 있다. 지난 한 주 동안은 늘 하던 일을 멈추고 나 자신의 모습을 바라보았다. 가까이 있는 한 사람에게 '엉터리 삶을 살고 있다'는 심한 질타를 당한 후였다.

지금 내가 어떻게 살고 있나, 인생에서 선후로 두어야 할 것들을 잘 챙기며 살고 있는가. 하는 일에 진정으로 정밀한가, 최선을 다하고 있는가 돌아보았다.

한 주 동안 여러 번 《금강경》을 읽었다. 《금강경》에서 설한 '무아와 인욕', 그것에서 너무 거리가 먼 생활을 했던 자신이 보였다. 무아와 인욕에서 멀어질수록 타인에게 상처를 주고 진실하지 못한 삶을 살 수밖에 없음을 절감하고 있을 즈음, 도반에게서 연락이 왔다.

"석종사로 정진하러 갑시다. 안거 중이지만 와서 정진해도 좋다는 혜국 스님의 허락을 받았어요."

지난해 이맘때쯤 제주도 약천사에서 삼천배 정진을 한 도반들이 다시 모이기로 한 것이다. 온 나라가 장마권에 든 가운데 장대비가 쏟아지는 서울을 떠나 충주 석종사로 갔다.

"지금까지 살아오면서 어떤 패를 쥐고 있는지 탁자에 늘어놓고 돌아볼 셈이다."

영화 〈굿 윌 헌팅Good Will Hunting〉에서 정신과의로 나왔던 로빈 윌리엄스가 자신에게 치료받던 주인공에게 이 말을 던지고 인도로 떠났던 것처럼, 나도 내 인생의 패를 한번 늘어놓고 들여다보고 싶었다.

수행은 자신을 깊이 집중적으로 들여다보는 시간이다. 저녁 예불 후 법당에 앉아 좌선을 하고 있으니, 가족 일원으로서의 역할, 일하는 사람으로서의 역할 모두 정밀하지 못했다는 자각이 물밀듯이 올라왔다. 최선을 다하고 살지 못했음을 깊이 참회했다. 여덟 시 삼십 분부터 시작된 삼천배 염불정진은 힘들지 않았다.

"나무아미타불 나무아미타불."

스무 명쯤 되는 도반들의 고향으로 돌아가고 싶은 염원을 담은 나무아미타불 염불이 빗소리에 섞여 간절했다.

오랜만에 들어보는, 아미타불을 선창하는 덕암 거사의 목소리는 때론, 계곡을 타고 흐르는 물소리처럼 우렁찼고 때론, 티 하나 없는 허공처럼 맑고 가볍게 들려왔다.

큰 번뇌 없이 여섯 시간의 정진을 끝냈다. 절수행에 관한 한 고수인 도반들과 함께 정진해서인지, 새벽예불 후에도 다시 한 번 삼천배를 하고 싶을 만큼 몸과 마음이 가벼움을 느꼈다. 정진을 끝내고 대웅전 계단을 내려오면서 생각했다.

사는 것도 이렇게 번뇌 없이 가벼웠으면.

새벽녘 빗속의 석종사 모습은 장엄했다. 신라 때 창건된 대가람이었으나 수십 년 전 혜국 스님이 부모를 잃은 다섯 명의 아이들을 데리고 들어왔을 때는 무너진 탑만 남아 있었다는 절이다. 그 뒤 세월이 흐르고 오륙 년 전부터 적극적인 불사를 시작한 것으로 알고 있는데, 그새 드러난 가람의 위용은 웅장했다. 적당한 크기의 대웅전이며 선방, 위치가 잘 배치된 가람 속에서 천년고찰의 세월이 느껴졌다. 한 생을 잘 살아온 한 수행자의 원력과 수행력이 고스란히 스며든 때문이 아니었을까.

퇴락한 절이 지금(2006년 칠월)은 대가람으로 바뀌어 절 집안 대중이 모두, 선방 스님 삼십여 분, 재가 수행자 사십여 명, 일하는 분들 합쳐 여든일곱 명이라고 한다. 대단한 불사가 아닐 수 없다.

아침공양을 끝내고 석종사를 대가람으로 재건한 혜국 스님을 찾아뵈었다. 열세 살에 출가해 오십 대 후반이 된 스님의 맑은 모습에서 범접할 수 없는 큰 힘이 느껴졌다. 살아온 법랍 사십여 년의 족적과

닮은 듯 짙은 눈썹이 인상적이었다.

내려간 김에 취재를 요청할까 하다가 묵언 중이시라고 들어서 그만두었는데, 스님께서 말문을 여셨다.

"내가 스물두 살에 성철 스님과 여러 가지 얘기 끝에 하루 오천배씩 하지 않으면 안 되게 되어서 절을 했죠. 그때 이런 생각이 듭디다. '이렇게 절을 여러 번 한다고 되려나? 한 번 하더라도 참절을 해야 할 텐데……' 하고 말입니다. 그랬는데 하루 오천배씩 하면서 십칠팔 일이 지났을 때였어요. 아주 없어진 것은 아니지만, 생각하던 감정이나 번뇌를 가진 나는 거의 없고 절하는 놈만 남아 있는 거예요. 지금 생각하면, 한 번의 참절을 하기 위해서 만 번의 헛절을 해야 했던 거죠. 만 번의 헛절을 하지 않으면 한 번의 참절을 못하는 겁니다. 붓글씨도, 가만히 앉아 있다가 어느 날 갑자기 명필이 되는 것이 아닌 것처럼, 연습을 많이 해야 명필이 되는 게 세상사 진리입니다."

말씀을 듣던 중 일행에게 대접하기 위해 차를 달이는 스님을 바라보다가 무심히 눈길이 손에 닿았다.

2

스승인 일타 스님이 손가락 네 개를 연비해서 부처님에게 바치고 세세생생 부처님 법에서 물러나지 않기를 서원했던 것처럼, 혜국 스님도 스물두 살 때, 하루 오천배씩의 십만배 기도를 두 번 하고 연비를 했다고 들었다. 가만 바라보니 왼손 두 개, 오른손 검지, 중지, 약지, 세 개의 손가락이 뭉툭 잘려나간 것이 보였다.

"인간으로 태어나서 성지를 찾아다니며 수행을 한다는 것은 참으로 아름다운 일입니다. 혼자 해보면 안 돼요. 처음 시작은 잘 해도 나중엔 게을러져서 못해요. 대중을 이끌어주는 사람이 있으니까 하지요. 절하는 데 더웠지요? 여기가 시원한 곳인데, 지금은 더울 때예요. 그래도 그 더위 덕택에 사과가 익어가고 벼가 영글어가니까, 오히려 고맙구나 하는 마음으로 받아들입니다."

이번에 도반들을 이끌고 내려간 덕암 거사가 혜국 스님과의 추억을 꺼냈다. 하루 천팔십배씩 정진해서 올 초 이백만배 회향을 하고 다시 삼백만배 회향을 향해 정진하고 있는, 지독히 수행을 열심히 하고 있는 도반이다.

자신을 취재하러 온 기자들에게 법당에 들어가 백팔배를 하지 않으면 사진을 찍지 않겠다고 해서, 취재진 일행이 법당에 들어가 백팔배를 하고 나왔다는 후문이다. 수행과 대중교화에의 원력이 깊은 사람이다.

"큰스님, 세월이 빠릅니다. 처음 뵙고 벌써 삼십 년이 지났습니다."

"앞으로 또 그만큼 세월이 지나면 우리들 이름을 부르며 누구누구 영가여 하겠지.(웃음) 내가 옛날에 학교에 다닐 때, 〈빠삐용〉이란 영화를 봤어요. 지금도 가끔 그 영화가 생각날 때가 있어요."

스님께선 살인을 저지르지 않은 빠삐용이 억울하게 사형선고를 받고 무죄임을 주장하며 탈옥을 시도하다가 꿈속에서'인생을 낭비한 죄가 있다'는 재판관의 말에 비로소 자신이 유죄임을 인정하는 대목을 실감나게 들려주시곤 이렇게 말씀하셨다.

"나는 그 대목이 그렇게 절실히 다가왔어요. 불교에서 금하는 살생을 저지른 죄보다도 인생을 낭비한 죄가 더 크다고 생각해요. 인생의 낭비라는 것은 곧 시간의 낭비거든요."

살생의 죄보다 더 큰 시간의 낭비, 인생의 낭비라. 그 말씀을 들으면서, 시간을 낭비한 것만큼 삶이 무겁고 힘들 거라는 생각을 했다.

"지구라는 별자리에 오셨던 석가모니 부처님, 다시 말해 내 마음 부처님 앞에 삼천배를 한다는 것은 귀한 일이고 아름다운 시간입니다. 인생을 낭비하지 않는 시간입니다. 살아보면 인생을 낭비하지 않기가 쉽지 않아요. 여기 석종사 선방에 여든셋 되신 노장님 한 분이 정진하고 계신데, 한 시간도 안 빠지고 참선하십니다. 그런데 일어났다 앉을 때는 꼭 쓰러질 것 같아요, 그래서 '스님! 좀 쉬었다 하시지요' 하면 '나 죽은 다음에 앉혀줄 거여? 죽은 다음엔 앉지 못할 거 아녀. 지금 한 시간이라도 더 앉아야지' 하십니다. 노스님의 말씀처럼 여러분들도 죽고 나서 수행할 자신 있어요? 부지런히들 하세요. 나도 이렇게 큰 불사를 했지만, 크게 남는 것은 없고 수행하는 것만큼 남는 게 없어요."

누군가 "천년고찰이 이렇게 시작되지 않았나 하는 생각이 듭니다" 하니, "흐흠. 그래도 수행하는 것만큼 남는 게 없어요" 하신다. 그렇게 말씀해도 석종사 불사가 있었기에 수십 명의 수좌들이 모여 수행에 전념하고 있지 않은가. 무량한 복을 지으신 큰 삶이다.

전국 각지에 다니면서 법문을 멈추지 않고 선방에 앉아 정진을 하면서 그토록 큰 불사를 했어도, '수행하는 것만큼 남는 게 없다'라는 혜국 스님의 말씀은 깊은 여운을 남겼다. 언젠가 수락산 자락 한 자그마한 절에서 들은 혜국 스님의 수행에 대한 말씀이 떠오른다.

"무명을 없애는 길은 두 가지입니다. 하나는 지금 자신이 하고 있는 일에 감사하며 즐겁게 최선을 다하는 것, 그리고 하나는 마음농사, 즉 참선을 해서 욕망을 순수에너지로 바꾸는 것입니다. 이게 진정한 수행입니다."

스님은 석종사 불사를 하신 뒷이야기 끝에 석종사 자리가 기막힌 명당자리임을 설파하신 다음 '이런 데 와서 수행하는 사람은 보통 복이 아니다'라는 것으로 이야기를 마쳤다.

"나는 지금도 새벽예불 때마다 백팔배를 하는데 그때마다 '세세생생 스님의 길이 아니면 가지 않겠습니다. 부처님 지켜봐주십시오' 하고 기도합니다. 출가의 길은 한번 가볼 만해요."

석종사 재가선방에서 정진하고 있는 분들에게 법문이 있어 일어서던 스님께서 일행 중 가장 나이 어린 학생을 향해 물었다.

"네 이름이 뭐냐? 고등학생인가? 한 방울의 물이 영원히 마르지 않을 방법이 있는가? 없는가?"

대답이 없자 일행 모두를 향해 하신 스님의 마지막 말씀은 이랬다.

"그릇에 담겨 있는 물은 어디에 놓아도 마릅니다. 이 컵에 담겨 있는 물은 며칠이면 말라버리고, 아무리 큰 그릇에 담겨 있어도 언젠가는 말라버려요. 그러나 부처님 말씀에 '바다에 떨어진 물방울은 영원히 마르지 않는다'고 하셨습니다. 수행을 하는 시간은 마음 바다에 내 물방울을 던지는 시간이에요. 참 아름다운 시간입니다. 염불하면서 진리의 바다에 자기를 던지는 것은 참 귀한 일입니다. 열심히 정진하세요."

빗속을 뚫고 서울로 돌아오고 다시 한 주가 흘렀다. 여전히 인생을, 시간을 낭비한 채 한 주를 보냈다는 자책이 든다. 그래서 다시 시도한다. 진리에 자신을 던지는 시간, 인생을 낭비하지 않는 시간을 만들어보는 일을 말이다.

오늘, 금강카페에서 마련한 정진회에 동참한다. 온 가족이 출동해 인생을 낭비하지 않는 시간을 가져보고 싶은 것이다. 고요히 한자리에 앉아 내가 쥐고 있는 인생의 패가 과연 최선의 가치인지 깊이 들여다볼 생각이다.

# 어느 노보살의 절수행 이야기

나의 체험에 의하면 절수행만큼 몸과 마음을 가볍게 하는 데 도움이 되는 수행이 없지 싶다. 기력이 있는 한 죽을 때까지 하루에 삼백배를 하면서 자신을 돌아볼 수 있기를 발원하고 있다. 매일 아침에 일어나 삼백배를 하는 것은 아직 무리가 없으나 언젠가는 내 몸도 노쇠하여 삼백배가 이백배로, 이백배가 백팔배로 줄어들 것이다.

신심이 한창이던 초발심 시절엔 절을 하기 시작하면 그 자리에서 천팔십배를 거뜬히 했는데, 요즘은 특별한 경우 아니고는 시도하지 않는다. 그만큼 나이 들어가고 있다는 증거이리라.

매달 금강카페에서 정진하기 전인 오륙 년 전에 일만배 가행정진에 참여한 적이 있다. 뜻이 맞는 도반들과 함께 한 달에 한 번 삼천배 정진을 몇 년째 계속하고 있었는데, 그 모임을 주도했던 덕암 거사가 겨울 안거 동안 세 번의 일만배 정진을 제안한 것이다. 나는 세 번 다 실패하고 말았지만 그곳에서 만난 노보살님 한 분이 가끔 생각난다. 나이 들어 그렇듯 깊은 신심으로 일만배에 도전할 수 있을까?

일만배를 향해 정진하는 자리에서 젊은(?) 나보다 더 확실하게 정진하시는 예순여덟의 노보살님께 여쭈었다.

"이렇게 열심히 부처님을 부르며 절하시니 이제 부처님 나라에 태어나시게 되겠네요?"

열네 명의 동참자 중 가장 고령이시자 동참 도반들의 경이로운 시선을 한 몸에 받는 분이다. 보살님께서 확신에 찬 음성으로 대답하셨다.

"아, 그렇게 될 거여요."

안성 도피안사 신도인 보살님은 철야정진에 거의 빠지지 않고 동참하셔서 우리들을 온몸으로 경책했던 보살님이다. 백팔배를 한 번 하실 때마다 콩 한 알을 옮겨놓는 보살님께, 언젠가 여쭌 적이 있다.

"힘들지 않으세요?"

"처음엔 힘들었는디 자꾸 허니께 힘 안 들어요. 내가 혀는 게 아니라 불보살님이 허시는 거니께요."

"그 연세에 백팔배도 힘드실 텐데, 어떻게 젊은 사람들 틈에 끼어 삼천배를 하시게 되었어요?"

쉬는 시간에 노보살님의 어깨를 주물러드렸더니 살아온 지난 이야기를 털어놓으셨다.

"내가 고생을 참 많이 혔어요. 시집을 오기 전에는 인민군 때문에 고초를 많이 겪었고, 시집와서는 남편이 일찍 돌아가는 바람에 참말로 고생 많이 혔어요. 나는 고생을 정말 징허니 많이 혀서 이젠 참말로 다시 사람으로 태어나고 싶지가 않어요."

남편 되는 분이 마흔이 넘어 돌아가셨다고 한다. 사냥을 즐겨 했는데, 어느 날 읍내 유지들이 와서 모시고 나가 사냥을 하고 돌아온 그 이후, 까닭 없이 시름시름 앓더니 일 년 만에 돌아가시더란다.

"살생을 많이 혀서 죄를 받았나봐요. 그이가 그렇게 죽자 올망졸망한 애들 다섯을 키우느라 젊은 나가 월매나 고생을 혔겄어요. 딸 넷, 아들 하나를 키우느라고 안 해본 게 없어요. 고춧가루 장시(장사), 떡 장시, 과일 장시, 겨울이면 엿을 고아서 팔며. 죽을 힘을 다해서 고생고생하며 살았는데도 애들을 고등핵교까지밖에는 보내지 못혔어요."

말씀을 하시지 않아도, 아주 자그마하신 몸에 주름진 얼굴 모습에서 이미, 노보살님의 지나온 역정이 보이는 듯했다. 안팎의 힘든 역사를 살아온 우리들 할머니, 어머니의 모습이었다.

고등학교까지 졸업시켰으면 훌륭히 키우신 거라는 나의 말에 노보살님은 손을 저으셨다.

"아니어요. 나는 지금도 많이 가르치지 못혀서 애들헌티 미안혀요. 그래도 자식들은 나에게 잘 헙니다. 근디, 나는 고생을 너무 혀서 참말로 다시 사람으로 태어나고 싶지가 않어요. 그래서 절을 하면서 부처님께 부탁드리는 거여요. 부처님 나라에 태어나게 해달라고요. 처음엔 나처럼 박복하고 못생긴 사람이 그럴 수 있을까 혔는디, 이젠 부처님 나라에 태어날 수 있을 것 같어요. 이러캐 정성 들여 절하고 부처님을 부르는디 안 들어주시겄어요?"

그런데 학교 문턱에도 못 가보신 이 노보살님이 얼마나 총명하신지, 몇 해 전 불교텔레비전에서 경전공부를 할 사람을 모집한다는 광고를 보곤 등록을 해서 강의를 들으셨다고 한다. 일주일에 두 번 하는 강의에 한 번도 빠지지 않고 한참을 다닌 결과 아마도 불교의 요체를 깨닫고 수행에 재미를 얻으신 것 같다. 집에서 매일 백팔배와 좌선을 하면서 텔레비전을 통해 스님들의 법문을 빼놓지 않고 들으신다는 것이다. 그래선지, 이번 일만배 가행정진을 취재하러 온 교계 기자가 "보살님, 왜 절을 이렇게 많이 하세요?" 하고 묻자, "중생교화하려고 하는 거여요" 하시는 거였다.

"중생교화를 어떻게 하시려고요?"

"아, 이 세상은 둘이 아닌 겁니다. 모두가 하나여요. 그래서 중생교화를 혀야 하는 거지요. 나만 좋을 수가 없는 거시니께."

아이쿠, 상락행 김삭순 할머니! 옆에서 듣고 있다가 내심 놀란 나는 기자가 다녀간 후에 여쭈었다.

"부처님 나라에 태어나시려고 절을 하신다더니 이젠 중생교화로 바뀌셨네요?"

"아, 그라니께 둘 다여요."

"보살님, 중생교화를 할 좋은 방법이 있으셔요?"

"워트캐 하긴요. 이 늙은이가 삼천배를 혀고 일만배를 허는디 젊은 사람들이 따라 혀지 않겄어요? 그라니께 나는 절을 하는 것으로 중생교화를 하는 거여요."

셋째 딸로 태어나서 석순이라는 이름을 얻었으나, 그만 이름을 등록한 관계자가 점 하나를 잘못 찍는 바람에 평생 김삭순으로 불렸다는 상락행 보살님이다. 쉬는 시간에도 방에 내려가서 등 한 번 붙이지 않고 자리에 앉아 계시던 보살님! 커피다 음료수다 죽이다 과일이다 먹어가면서 허기를 달래고 시간이 갈수록 여기저기서 신음 소리가 나오지만(특히 일만배 정진에선 육천배가 넘어가면 쉬는 시간엔 아이쿠 하는 신음 소리가 절로 나온다), 별반 드시는 것도 없이 작은 눈을 또렷이 뜨고 앉아 젊은 우리를 기죽이던 보살님!

젊은이들에게 단 한 번도 말을 놓지 않는 깔끔한 성격의 할머니다. 회향까지 두어 시간 남겨두고 마시는 커피 맛이 너무 좋아서 한 잔 드시라고 권하자 노보살님이 그러셨다.

"지금 커피 마시면 잠이 안 와요. 끝나면 쉬어야 하니께 안 마실라요. 보살님이나 많이 드셔요."

드디어 스물세 시간의, 그야말로 사투를 벌인 용맹정진이 끝나고(금요일 자정에 시작해서 토요일 밤 열한 시까지), 옆에서 정진하던 내가 노보살님을 향해 "성불하십시오" 하고 반배를 올리자 보살님께서 나를 포옹해주셨다. 그때 손끝에 닿았던 노보살님 허리디스크 보조기의 투박한 감촉! 가슴이 뭉클하지 않을 수 없었다.

열네 사람이 가행정진에 동참했다. '일만배 가행정진'이라는 이름에 걸맞게 절수행에는 거의 일가견이 있는 분들이다.

일백만배를 마치고 몇 개월 후면 이백만배를 성만하는 덕암 거사님은 매일 천팔십배, 매 주말 삼천배를 하고 있는데, 이젠 그것도 모자라서 한 해 두 번 안거 때마다 일만배를 한다고 선언했다.

하루 천팔십배씩 천일기도를 작정하고 시작해서 이제 오백 일 넘은, 만학으로 학교에 다니면서 아이들 셋을 키우는 사십 대 보살님은 너무 절박한 문제가 있어서 절수행을 시작했는데, 지금은 자신이 왜 절을 하는지 잊었다고 한다. 분명한 것은 날마다 참회의 마음이 올라온다는 사실 하나인데 눈물이 솟구치는 날이 많다고 했다.

하루 삼천배씩 백일기도를 마치고 다시 삼천배 백일기도를 시작했다는 삼십 대 보살님, 컴퓨터 관련 회사에 다니면서 절수행을 열심히 하고 있는 젊은 총각 거사님, 대학 졸업 후 한의학 관련 일을 하면서 한약과 편입을 발원하고 절을 하고 있다는 스물다섯 아가씨 보살님도 있었다.

주말마다 한 달에 두 번은 삼천배, 한 번은 광륜사에서 참선수행으로 철야정진을 하는 무착 거사님, 칫솔 제조회사를 경영하면서 주말마다 삼천배, 매일 천팔십배를 하는 오십 대의 반야심 보살님 등 기라성 같은 분들이 많았다. 그러나 이들도 상락행 김삭순 보살님 앞에선 맥을 못 추고 말았다.

그리고 가행정진에 새로운 얼굴이 나타나서 신선함을 더해주었다. 키가 크고 잘생긴 소년 하나가 열심히 절을 하기에 쉬는 시간에 물어보았다.

"참, 장하구나. 고등학생이니?"

"아니요, 중학교 이 학년입니다."

그 옆에 있던 소년의 어머니가 아들 자랑을 했다.

"여긴 저 애가 자원해서 온 거랍니다. 우리 아들은 공부도 잘하지만 참 대견해요. 길상사에서 매달 한 번씩 삼천배를 하는데, 이번에 제가 온다니까 오고 싶다고 해서 같이 왔어요. 올 여름엔 이 주 동안 새벽마다 길상사에 가서 학생수련회 자원봉사를 했답니다. 스님들께 칭찬을 많이 받았어요."

처음 하는 오랜 시간의 절이 힘들었던지 중간에 잠깐씩 쉬던 그 아름다운 소년의 어머니가 함께 쉬고 오더니 이런 말을 했다.

"우리 애가 그러네요. '거짓 나'가 '진짜 나'를 괴롭히고 있다고요. 부처님을 믿고 모든 것을 부처님께 맡기기로 했다고요. 호호호."

한국불교의 동량이 될 것이 확실한 늠름한 소년의 어머니를 나는 아주 부러운 눈으로 바라보았다.

삼천배 절하는 것으로 중생교화를 하시겠다던 노보살님, 지금은 어디에서 부처님 나라로 갈 공부를 하고 계실지 궁금하다.

# 삭발한 선배를 만나다

스님들을 취재하면서 시작된 것일까, 언제부턴가 출가에 대한 동경이 생겼다. 결혼 전으로 돌아간다면 뒤도 안 돌아보고 할 텐데 하는 생각을 가끔 한다. 어떤 스님은 "지금이라도 하지 그래요" 하는데, 자식을 두고 출가를 감행할 만큼 나는 마음공부에 깊이 들어가지도 못했고 독종이지도 못하다.

자식들을 두고 출가한 선배를 만난 것은 '나의 행자시절'을 취재하기 위해 찾아간 송광사의 한 암자에서였다. 제방에 도인으로 소문난 한 노스님을 만나뵙기 위해 송광사로 간 것은 큰아이가 초등학교 오 학년 겨울방학을 맞았을 때였다.

행자시절 이야기를 들으러 간 나에게 노스님은 선문답을 하셨다.

대답하기 곤란한 질문을 받고 몇 번이나 우물쭈물하는 사이, 일격을 맞았다.

"나 이 취재에 응하지 않겠다. 이봐라 기자 보살, 이렇게 밖으로 사방 돌아다니지 말고 들어앉아서 공부해라."

십 년에 한 번쯤은 있는 일이어서 할 수 없이 주섬주섬 녹음기를 거두고 나오면서 중얼거렸다.

'스님도 참, 행자시절 이야기만 해주시면 될 텐데 왜 어려운 질문을 하셔서 곤경에 처하게 하신담.'

짧은 겨울 해가 저물기 시작해서 하룻밤을 암자에서 묵기로 하고는 저녁을 먹기 위해 공양간으로 갔다. 이미 와 있는 사람들 뒤에 줄을 서 있는데 누군가 뒤에서 내 이름을 불렀다. 돌아보니 낯익은 얼굴이 합장한 채 서 있었다.

"아니, 선배님이 여기 웬일이세요?"

대학에 근무하고 있어야 할 사람이 머리를 삭발한 채 암자에 와 있는 것이 실감나지 않아 한참을 바라보았다.

"저녁예불 마치고 차 한 잔 하죠."

저녁예불 시간, 그의 뒷모습을 바라보면서 나는 여러 상념에 젖었다.

낡은 녹색 파커에 자주색 트레이닝을 입은 그는 예전의 모습 그대로였다. 어쩌면 뒤꿈치가 빵 뚫린 양말까지.

대학에 다니면서 처음 불교에 입문해 불교 기초교리 강좌를 들을 때 그를 만났다. 그는 당시 대학원 박사 과정 학생으로 신심이 남달

랐다. 대한민국 최고 수재들이 모인다는 대학원 기숙사에서 새벽 네 시면 그의 목탁소리가 들렸다는 이야기가 있을 정도였으니까. 다양한 대학의 학생들이 모인 불교 서클에서 우리들은 불교학자로부터 경전 강의를 들으면서 함께 공부했고, 나중엔 중등 과정의 야학을 만들어 운영하기도 했다. 그는 언제나 성실하게 앞장섰다. 모임의 의식에서 목탁을 치는 사람도 언제나 그였다.

얼마나 잘 웃는지 그는 이십 대 중반에 이미 입가 양옆이 주름으로 깊게 패였고, 이마의 주름 또한 육십 대 노인보다 깊었다. 추운 겨울 그는 자주 구멍 뚫린 양말을 신고 나왔으며 때론 맨발로 나타나 "양말을 빨지 못해서……" 하고는 얼굴을 붉히곤 했다. 수재로 불리던 사람답게 그는 서른도 채 안 된 나이에 박사 과정을 마치고 지방의 한 국립대학에 교수로 부임했다. 그러고는 그를 거의 만나지 못하다가 세월이 많이도 흘러 둘 다 사십 대 중반에 한 암자에서 만난 것이다. 그것도 삭발한 그를.

저녁예불을 마치고 공양간에 마주 앉아 이야기를 나누었다. 그는 그간 결혼을 해서 아이 셋을 둔 아버지가 되었고, 사십 대 초반이던 삼 년 전, 더 이상 공부를 미룰 수 없어 사직서를 내고 출가를 하기 위해 암자로 왔다고 했다.

삼 년 전에 왔으면 당연히 승복을 입고 있어야 할 텐데 그는 트레이닝복 차림이었다. 출가를 하려면 독신인 상태에 있어야 하는데 아내가 이혼에 동의해주지 않아서 행자생활을 하면서 삼 년을 보내고 있다고 했다.

“아내가 정신적, 경제적 충격이 컸을 겁니다.”

결혼을 늦게 해서 큰아이가 중학생이고 그 아래로 아이들이 둘 더 있다고 하니, 그의 아내가 겪었을 충격을 짐작할 수 있었다.

“꼭 이번이어야만 했나요? 식구들도 있는데, 다음 생으로 미루시지 않고요.”

그는 어떤 변명도 하지 않고 조용히 웃었다. 깊이 파인 주름은 여전했지만, 예전의 그 환한 웃음이 아니었다.

“언젠가 아내가 이해하리라 믿습니다. 그때까지 기다려야지요.”

부인이 언젠가는 이해할 거라고 나는 대답했다. 옆에 앉아 있는 내 아이에게 그가 물었다.

“학생, 몇 학년이에요?”

초등학교 오 학년이라고 대답하자 아이를 바라보는 그의 눈빛에 잠시 아픔이 스치는 듯했다.

“아이들은 가끔 보시나요?”

“떠나와서 한 번도 집엔 들르지 않았습니다. 육 개월에 한 번쯤 전화를 해서 안부를 묻고 있어요.”

그도 나의 근황을 물었고, 예전의 도반들에 대한 안부도 물었다.

한참 동안 이야기를 나누고 일어설 즈음, 그에게 물었다.

“불교의 핵심이 뭐라고 생각하세요?”

그가 짧게 대답했다.

"중도中道!"

그의 답을 듣고 경전 한 구절을 떠올렸다.

'12인연을 불성이라 부르나니 불성은 곧 제일의 공이요, 제일의 공은 중도라 하며 중도는 불타니, 불타는 열반이라 한다.'

"수행은 어떻게 하고 계세요?"

"산스크리트어로 된 《법구경》을 한 구절 한 구절 떠올리며 사유수思惟修하고 있습니다."

다음 날, 아침공양을 하고 떠나올 때 그는 암자 입구까지 따라 나와 배웅을 해주었다. 인사를 하고 돌아서는데, 뒤에서 들려오던 그의 마지막 인사가 지금도 가슴 시리다.

"학생, 잘 가요!"

산길을 내려오면서 큰아이가 울듯 한 얼굴로 불만스럽게 말했다.

"엄마! 나는 저 아저씨 이해 못하겠어. 자식들은 어떻게 하라고!"

'그래, 열두 살인 네가 어떻게 이해할 수 있겠니.'

그렇게 생각하며 걷고 있는데, 아이가 갑자기 걱정된 듯 물었다.

"설마, 우리 아빠는 괜찮겠지?"

한창 불교공부에 심취해 있는 제 아빠가 걱정이 된 모양이었다.

"아빠는 너희들을 두고 떠나지 못할 거야. 그런데 민수야. 네가 좀 더 크면 아저씨가 왜 가족을 놔두고 절에 와 계신지 알게 될 거야. 아저씨가 만약 세속에 계셨다면 한 가족의 행복만을 위해서 사셨겠지만, 가족을 두고 저렇게 출가를 하신 것은 많은 사람들의 행복을 위해서란다."

'가족들 마음 아픈 것은 어떻게 하냐'고 아이는 물었다.

"아저씨 자식들도 크면 아빠가 왜 집을 떠났는지 이해하게 될 거야."

아이는 남겨진 자식들의 상처가 깊을 것 같다는 생각을 한 모양인지 끝내 불만스러운 표정을 거두지 않았다. 암자에서 송광사로 내려와 깨끗하게 비질된 앞마당에서 아이가 팔을 벌리며 말했다.

"엄마와 이렇게 좋은 곳에 같이 있다니 참 행복하다."

아이는 가족이 함께 있는 것에 대한 소중함을 깊이 느낀 듯했다.

돌아오는 길에 광주에 들러 한 노스님을 인터뷰해 펑크 난 취재를 메우고 서울고속터미널 상가에 들렀다. 두터운 트레이닝복 한 벌, 양말 몇 켤레를 고르자 아이가 옆에서 누구 것이냐고 물었다.

"암자에 계신 아저씨 부쳐드리려고 그래. 너, 아저씨 양말에 구멍 난 것 봤니?"

다음 날, 포장을 하면서 아이에게 "너, 아저씨한테 편지 한 장 써라. 같이 넣어서 보내게" 했다. 할 말이 없다고 뻗대던 아이를 달래며, "그래도 한번 써봐. 아저씨가 좋아하실 거야" 했더니, 연필을 들고 아이는 이렇게 썼다.

'아저씨, 저는 처음에 아저씨를 이해하지 못했어요. 그리고 밉기까지 했어요. 그러나 엄마의 말씀으론, 아저씨가 여러 사람의 행복을 위해 거기 계신 거라고 해서 조금 이해했어요. 공부 열심히 하셔서 꼭 많은 사람들을 행복하게 해주세요.'

앞뒤가 조금 생략됐지만, 아이가 쓴 편지를 읽어보면서 눈시울이 뜨거워졌던 기억이 난다.

옷을 부친 지 십 년 남짓한 세월이 흘렀다. 아직도 그가 괴팍한 노스님 밑에서 행자인 채 거기에 있는지, 아니면 아내의 이해를 받고 정식으로 출가를 했는지, 끝내 집으로 돌아갔는지 알 수 없다. 고지식한 성격에 집으로 돌아갔을 것 같진 않다. 아마도 수행자의 길을 잘 걸어가고 있으리라 믿는다.

행자시절 취재를 하면서 그렇게 그를 문득 만나고, 추운 겨울이면 그가 가끔 생각난다. 어린 자식들을 두고 떠나올 만큼 그렇게 절박했던 걸까?

# 당신이 답을 내려라

1

아이들을 키우면서 부모의 역할이 얼마나 어려운지 실감하고 있다. 세월이 가면서 내가 가지고 있는 어떤 역할보다 어렵다는 생각을 많이 하게 된다. 가만 보면 결국 나도 부모님이 나를 키웠던 방식 그대로 따라가고 있는 것을 발견하게 된다. 그래서 부모, 특히 자식들에게 어머니라는 존재는 곧 '환경'이라고 하는가 보다. 가끔 아이들이 친구들과 전화하는 모습을 보면, 내 모습 그대로를 보는 것 같아 섬뜩하기도 하다. '잘 살아야겠구나' 하고 돌아보는 순간이기도 하다.

자식도 많았던데다가 그 옛날 농촌에서 일에 치여 일일이 자식에게 신경을 쓰지 못하기도 해서였겠지만, 지금 생각해보면 나의 부모님은 참 자유롭게 자식들을 키웠고 무조건 믿어주셨다는 생각이 든다. 그 무간섭과 믿음으로 성장한 나는 부모님의 교육 방식이 옳았다는 생각을 해왔고, 아이들도 그렇게 키웠나.

아이들 친구들이 어려서부터 이런저런 과외를 받으러 다닐 때도 '맘껏 놀아라!' 하면서 보내질 않았고, 학교 수업을 빠뜨리면서까지 여행을 데리고 다녔다.

"괜찮다!"

엄마는 이렇게 씩씩하게 선언했고(지금은 씩씩한 것이 아니라 무식했던 것이 아닌가 하는 의구심이 들지만), 아이들 또한 자유를 빙자한 이 역마살 많은 엄마를 따라 사방팔방을 돌아다니면서 자유를 만끽했다.

그 결과, 올해 드디어 고등학생이 된 큰아이는 중학교 때보다 학업 성적이 더 떨어지는 결과를 낳았고, 그 사실에 무책임한 엄마는 자신이 아이를 그렇게 만든 데 대한 과오를 잊은 채 화를 내기 시작했다. 그러다 급기야는 지난달 어느 날, 매채를 들고 말았다.

야간자율학습을 이유 없이 빠뜨리고 집으로 돌아왔다는 것이 이유였지만 그것은 핑계에 불과했고, 성적에 대한 불만과 자식은 부모를 끝없이 기다리게 하는 존재라는 사실을 망각한 소치였다.

엄마는 팔뚝이 벌겋게 부르트도록 아이에게 매를 내리치고 아이는 울고불고 한바탕 난리를 치렀다. 지금 생각하면 뭘 그렇게 크게 잘못을 했다고 그랬는지 후회막심이다.

그렇게 한바탕 소란이 있었으니 모녀의 사이는 자연히 냉랭해졌고 나는 며칠 동안 일과로 하는 절도, 염불도 하지 못했다. 부모라는 이름으로 어린 부처님을 때린 부끄러움과 아이에 대한 미안함 때문에.

그 일이 있고 난 후 중간고사를 치르고 난 어느 날 큰아이가 말했다.

"엄마! 해인사에 가자! 종정 스님 만나고 싶어!"

중학교 때 며칠 동안 종정 스님을 가까이서 뵙는 복을 누렸던 아이는 그때의 느낌이 매우 강렬했던지, 가끔 스님을 뵙고 싶다는 말을 해온 참이었다.

모든 일을 미뤄놓은 채 짐을 싸서 아이와 함께 해인사로 떠났다. 먼 길을 가면서 내내 나 자신을 돌아보았다. 진정으로 얼마나 아이들에게 정성을 기울였던가. 일한다는 핑계로 아이가 시험 중일 때도 집을 비운 엄마가 아니었던가. 인도로, 실크로드로, 어디 어디로 여행한다면서 몇 주 동안씩이나 다반사로 집을 비운 엄마이지 않았던가. 남들이 차를 태워 자식을 학교로, 학원으로 실어 나를 때도 이 엄마는 자기 일 바쁘다고 차 한 번 태워준 일이 없지 않았던가. 스트레스로 장이 나빠진 아이에게 정성 들여 한약 한 제 달여준 적이 있던가. 나는 아이들에게 과연 무엇을 해주었던가!

이런저런 생각을 하고 있으니 참회할 것뿐이었다. 나무살바못자모지사다야사바하, 참회진언이 입에서 저절로 나왔다.

중간에 휴게소에 들러 차를 한 잔씩 마시면서 아이가 그랬다.

"엄마! 나오니까, 참 좋다."

토요일 오후여서인지 서울 톨게이트를 빠져나오는 데만 두 시간

이상이 걸렸고 휴게소엔 여행객들로 북적댔음에도 불구하고 아이의 표정은 점점 밝아지고 있었다. 해인사 스님들이 가르쳐준 지름길을 택해 김천 톨게이트에서 고속도로를 버리고 국도로 들어서 성주 댐을 지나는 길엔 별반 지나는 자동차도 없이 한적했다. 농촌의 누렇게 익은 벼들이 황금물결처럼 출렁이고 있었다. 해인사에 갈 때면 언제나 이 길을 택하곤 하는데 산자락에 묻혀 있는 시골 풍경이 참으로 아름다운 길이다.

열두 시에 집을 나와 해인사 입구에 도착하니 여섯 시 삼십 분. 된장찌개와 산나물이 일품인 해인사 사하촌의 단골집에 들러 저녁을 먹고 이미 어둠에 잠긴 홍류동 계곡을 지나, 우화당에 깔끔하게 새로 단장한 〈해인〉지 편집실에 딸린 방에 여장을 풀었다.

"이렇게 바람 좋고 별이 아름다운 곳에 와서 방에만 있을 수 없잖니?"

쉬고 싶어 하는 아이를 데리고 나와 법당에 올라가 삼배를 올리고 나왔다. 구광루 너른 뜰 앞에서 올려다본 달빛은 어쩌면 그렇게도 밝던지, 하늘에 총총히 박혀 있는 별들이 빛을 잃고 있었다.

"민수야, 보름달이 뜰 때 소원을 빌면 이뤄진단다. 너도 그래봐!"

아이가 한참을 달빛에 눈을 주고 나더니 편집실로 돌아가는 우화당 뜰 앞에서 가만히 말했다.

"엄마, 나는 다음 생엔 새가 되고 싶어."

"왜?"

"날고 싶어서. 훨훨 날고 싶어!"

자식이 그렇게 짓눌려 있는지도 모른 채 자신만의 자유를 위해 날고자 했구나 생각하니 가슴이 아파왔다. 해인사에 있는 동안 내내 아이의 그 말이 머리를 떠나질 않았고, 집으로 돌아와 남편에게 이 이야기를 전하면서 울고 말았다. 남편은 "그맘때는 다 그런 거지" 하면서 위로를 해주었지만, 아직도 나는 가슴이 아프다.

오랜만에 아이와 둘이 누워 홍류동 골짜기에 흐르는 가을 계곡물 소리를 들었다. 필요한 것만 남긴 채 자신의 모든 것을 다시 밖으로 회향하는 늦가을 나무들이 내보낸 맑은 계곡물 소리를 실컷 들었다. 소나무 숲을 뒤흔들고 지나는 바람 소리도 함께 들었다.

다음 날, 아이와 함께 참석한 새벽예불엔 예의 그 해인사 학인 스님들이 토해내는, 여름날의 폭포수같이 힘찬 예불 소리가 온 해인사 도량은 물론 법계를 장엄했다. 둘러보니, 새벽예불 때문에 발목이 잡혀 산을 내려가지 못했다고 고백하셨던 낯익은 스님 한 분이 조용히 합장한 채 서 계셨다. 출가를 해서도 이런저런 방황으로 '내일은 기필코 이 산을 내려가리라, 내려가리라' 하다가도 새벽예불의 그 장엄한 아름다움 앞에 서면 그 생각이 어느덧 사라져버리곤 해서 절집을 떠나지 못했다는 스님이다. 여행을 수행으로 삼아 세계 곳곳을 만행하신 스님은 방황을 잠재우고, 그 만행을 경험으로 해인사의 문화 포교 부문 중책을 맡고 계신 중진 스님이 되었다.

예불을 마치고 내려오는데, 제행무상이라, 어젠 보름달 빛에 가려 힘을 내지 못하던 별들이 환히 빛을 발한 채 보경당 앞뜰로, 늠름하게 하늘로 뻗은 소나무 숲으로 떨어져 내리고 있었다.

새벽 여섯 시 십 분, 이른 아침 공양을 하고 커피를 마시면서 쉰 다음, 해인사 방장이자 종정이신 법전 큰스님을 뵈러 간 것은 열 시쯤, 조용하던 해인사가 하나둘 들어서는 관광객으로 분주해질 즈음이었다.

2

아침결의 퇴설당 대문은 언제나처럼 굳게 잠겨 있었다.

내 기억으로 해인사 건물 중 유일하게 대문에 초인종이 달려 있는 퇴설당 앞에 설 때면, 구중궁궐의 임금님을 연상하곤 한다. 이리 바깥과 단절되어 계시니 종정 스님은 얼마나 외로우실까, 최고의 자리는 이렇게 고독한 것일까 하는, 다분히 속인다운 생각을 하면서 벨을 누르니 머리를 막 삭발한 듯한 행자님 한 분이 나왔다. 대구 도림사에서 지금 막 돌아오셨는데, 몸이 편치 않으시다는 전갈과 함께, 잠깐 기다리라고 하면서 돌아서는 행자님에게서 초발심시절의 긴장감과 설렘이 보이는 듯했다.

몇 해 전 초여름, 스님의 삶 이야기를 수행 중심으로 쓰기 위해 큰아이와 며칠 동안 머물며 스님의 살아오신 이야기를 들은 적이 있다. 돌아와서 아이는 며칠 동안 몸살을 앓았다.

"엄마, 화두가 뭐야? 학교에서도 공부 시간에 화두 생각나서 혼났다니까."

스님께 삼배를 올리고 앉으니 조용한 미소를 지으신 채 우리를 바라보며 말문을 여셨다.

"지금 허리가 좀 시원찮아요. 얼마 전 한 스님이 납골당을 새로 지었다기에 다니러 갔다가 오랫동안 서 있었더니, 무리가 되었나 봅니다."

그러면서 스님은, 매일 일과로 하던 두 시간여의 산책과 아침마다 하는 백팔배를 하지 못하고 있다고 하셨다. 아직 허리가 꼿꼿한 채 정정해 보이는 스님께선 그렇게 근황을 전하시더니, 아이가 힘들어 한다는 이야기가 생각나신 듯 웃음을 띤 채 아이에게 물으셨다.

"그래, 어린 네 살림살이가 뭐 그리 대단하다고 그렇게 힘이 드니?"

우리 아이보다 더 어린 나이인 열네 살, 단명하리라는 팔자를 면하기 위해 불문에 들어오신 스님은, 이십 대 중반, 당대의 선지식 성철이라는 거목을 스승으로 하여 한평생을 수좌로 올곧게 살아오신 수행자이시다.

목숨을 내놓고 화두 하나에 매달렸던 혹독한 시간들을 거쳐온 스님에게선 도의 궁극인 '순수'와 '겸손'이 느껴진다.

아이가 아무 말 없이 웃기만 하자 가만 바라보시더니 그러셨다.

"절을 좀 하면 좋을 텐데. 가만 있어봐라, 내가 책을 하나 주마. 네겐 어렵겠지만, 한번 공부 삼아 읽어봐라. 어떤 사람에게 주었더니, 내용을 다 외워버렸다고 하더구나."

몇 해 전 처음 뵙고 헤어질 때 아이가 여쭈었었다.

"스님, 공부를 잘하려면 어떻게 하면 될까요?"

"남보다 열 배 더 하면 되지."

그러니까 사실은 그때 이미 간단명료한 그 말씀에서 명쾌한 답을 들었던 셈이다. 무슨 일이든 남보다 열 배 더 열심히 정성을 다한다면 이루지 못할 일이 어디 있겠는가. 그러나 이러한 평범한 교훈이 수많은 실패를 거듭한 뒤에나 절절히 다가오는 것이니, 아이에게는 어쩌면 너무 이른 교훈인지도 모르겠다. 스님은 뒷방에서 조그마한 책 한 권을 가지고 나오셨다.

"내가 좋아하는 책이에요" 하시면서 아이에게 주신 책은《전심법요傳心法要》. 무심이 도, 일체를 여읠 줄 아는 사람이 부처, 허공이 법신, 구함이 없음, 육조는 어째서 조사가 되었는가 등등 목차부터 심상치 않은 책을 받고, "면회는 딱 삼십 분입니다" 했던 시자 스님의 협박(?)이 못내 마음에 걸려 삼십 분 정도 뵙고 자리에서 일어섰다.

삼십 대 초반, '목숨 내놓고 공부해도 별 변화가 없으면, 내 죽어 나오지 않으리라' 다짐하고 대승사 묘적암에 들어가 찬밥 한 덩이와 김치로 요기하면서 산처럼 묵묵히 앉아 있던 우직한 수행자! 공부가 되지 않자 그 적적한 암자에서 홀로 오래도록 울었던 수행자!

참으로 한평생을 잘 살아오신, 그래서 뵙는 것 자체만으로도 마음이 정화되는 노스님과 이별하고 나오면서 아이가 그랬다.

"엄마, 도를 닦으면 스님처럼 저렇게 순수해지나 봐."

순수란 도의 궁극인 무념에서 비롯된 것이란 걸 언젠가는 아이가 알게 되리라. 시비와 선악과 곡직 등으로 분별하지 않는, 사유 이전에 일체 모든 것을 불이不二로 바라보는 경지가 곧 무념임을 말이다.

해인사행의 목적이었던 법전 큰스님을 만나뵙는 일을 마치자, 아이를 데리고 단풍으로 아름답게 물들어가는 가야산도 완상할 겸 마애불까지 등산도 하고, 암자 몇 군데를 들렀다가 집으로 돌아갈 예정이었다.

그러나 인생이란 언제나 예기치 않은 곳에 복병이 있는 법, 금강굴에 계신 불필 스님께 전화를 드리면서 계획이 바뀌고 말았다.

3

"금강굴 불필 스님께 전화 드려보고, 계시면 차 한 잔 얻어먹고 마애불에 올라가자."

보경당에 모셔진 쌍동이 비로자나부처님을 친견하려는 참배객들을 바라보고 나오면서 불필 스님께 아이와 함께 해인사에 와 있다고 전화 드렸더니 반가워하셨다.

"지금 바로 오세요. 점심공양 준비해놓겠습니다."

비질이 잘 된 정갈한 금강굴 입구에 들어서니 벌써 스님께서 마당으로 나와 객을 기다리고 계셨다. 위압적이지 않은 조용한 미소가 당당하면서도 고요한 가야산의 모습처럼 아름다우셨다. 퇴설당 뜰에서 멀리 가야산을 바라보면서, "다음 생엔 대장부로 태어나 해인사 방장이 되리라!" 다짐하셨다는 스님이다. 예순아홉의 연세에도 눈빛이 형형하시다.

조그만 불상 하나와 다탁 말고는 아무것도 없는 조촐한 방에서 잘 우러진 차를 따르면서 스님께서 물으셨다.

"그래, 어째 이렇게 딸과 단 둘이 해인사엘 왔습니까?"

"저희 큰앤데, 고등학교에 들어가고 나서 공부하기가 힘든지 스트레스가 심한 모양입니다. 퇴설당 노스님을 뵙고 싶어 해서 같이 왔어요."

"네가 선근이 있구나. 노스님을 뵙고 싶다고 한 걸 보니. 그래, 대학에 가선 뭘 전공하려고 하니?"

"디자인이요."

"오, 그래 그러면 미대엘 가야겠구나. 미대에 가려면 공부도 해야 하고 실기도 해야 하니까 배로 힘이 들겠지. 그래서 스트레스가 많은 모양이구나."

말없이 앉아 있는 아이에게 스님이 제안하셨다.

"민수라고 했지? 절을 좀 해보면 어떻겠니?"

"절을 좀 하면 좋을 텐데" 하셨던 종정 스님의 제안을 바야흐로 불필 스님께서 마무리하고 계셨다. 생전에 찾아오는 사람들에게 어김없이 절을 숙제로 내주셨던 성철 큰스님 법제자다운 가풍이었다.

"스님 상좌의 조카가 초등학교 때 이곳엘 왔기에 스님이 절을 시켰지. 그리고 돌아갈 때 하루 삼백배를 꼭 하라고 일렀단다. 그 아이는 스님과의 약속을 지켰고, 중학교 때 영국으로 유학을 가서 어른이 될 때까지 삼백배를 꼭 했다고 하더구나. 그래서인지 그 아이는 아주 반듯하게 성장해서 그곳에서 대학원까지 졸업하고 지금 한국에 돌아와 활동하고 있단다. 지난 여름에도 왔는데, 지금도 삼백배씩 꼭 하고 있다고 하더구나. 너도 미술을 전공하고 싶다니 잘되었구나. 그 언니처럼 절을 좀 해보지 않으련? 만약 네가 하루 삼백배 절을 하면 꼭 네 소원을 이룰 수 있을 거야. 단, 최소한 고등학교 졸업하는 날까지는 해야 한다."

아이들은 엄마 아빠를 따라 절에 갔다가 종종 절을 한 적이 있다. 특히 큰아이는 천팔십배를 한 적도 있다. 그러나 하루 삼백배라는 과제가 버겁게 느껴졌는지 대답을 하지 않았다. 그러자 스님께서 얼른 그러셨다.

"오, 그래 그래, 차 마시면서 천천히 생각하자."

시자 스님이 다과상을 내오셨는데 보니 한 치 빈틈없이 놓인 과일하며 색색의 떡들이 금강굴이 지닌 반듯함을 대변하는 듯 보였다. 사범학교 출신답게 스님께선 아이의 심리를 잘 알고 계신 듯 말씀하셨다.

"지금 네가, 이래도 안 되고 저래도 안 되고 그럴 거야. 민수야, 사람은 말이다. 영원한 생명과 무한한 힘을 가지고 있단다. 절을 하는 것은 다른 게 아니라, 네가 지니고 있는 그 무한한 힘을 발휘할 수 있게 하기 때문이야.

밖에 다른 손님을 배웅하려 스님이 잠시 나간 사이, 아이가 그랬다.

"엄마, 스님은 어쩜 내 맘을 그렇게 꼭 집어 말하실까? 내가 바로 그래. 이렇게 해봐도 안 되고 저렇게 해봐도 안 돼."

아이의 눈에서 금방 굵은 눈물이 뚝뚝 떨어졌다.

"괜찮아, 잘될 거야."

초등학교 때 책을 읽히거나 신문에 난 기사를 얘기해주면 어찌나 깊숙이 핵심을 잘 짚어내는지 엄마를 놀라게 하곤 했던 아이였다. 엄마가 자동차 접촉사고를 내고 들어와 시무룩해 있자, "엄마 괜찮아, 그럴 수도 있지. 잊어버려. 내일은 내일의 희망찬 태양이 뜨잖아" 하고 말해 엄마를 환하게 만들어주었던 아이였다. 어떤 일을 의논하면 어른보다 더 명쾌하게 해답을 주곤 해서 엄마가 마음으로 의지했던 아이가, 어느 날부터 시험 성적 때문에 말이 없어지고 자신감을 잃고 있었던 것이다.

손님을 배웅하고 들어오신 스님께서 자리에 앉더니 다시 말씀하셨다.

"그래, 생각 좀 해봤니? 지금 백련암에서 큰스님 주기를 앞두고 일주일 동안 삼천배들을 하고 있거든? 네가 이번에 해인사엘 오고 싶어 한 걸 보니 삼천배를 할 수 있는 좋은 인연인 것 같다."

점입가경, 하루 삼백배를 제안하시더니, 이번엔 삼천배를 하고 가라는 거였다.

"어때, 한번 해볼 수 있겠니?"

드디어 아이가 고개를 끄떡였다.

"네 스님, 해볼게요."

답답한 현실에서 벗어나 변화하고 싶은 강한 의지를 그렇게 드러낸 것 같았다.

"그래, 장하다. 네가 선근이 깊구나. 점심공양하고 바로 올라가서 삼천배를 하고 가거라. 삼천배를 하고 나면, 하루 삼백배는 아주 수월하게 할 수 있을 거야."

아이가 삼천배를 하겠다고 하자, 스님은 서두르셨다.

"자, 보살님. 점심공양하고 어서 아이 데리고 올라가세요. 보살님도 하시렵니까?"

"그럼요. 저도 하겠습니다."

"엄마는 자식에게 영원한 교사입니다. 엄마의 역할이 중요해요."

자식의 영원한 교사, 엄마. 나를 반성하게 한 말씀이었다. 텃밭에서 뽑아온 상추며 배추에 쌈장을 올려 점심공양을 푸짐하게 하고 스님과 잠깐 차를 마신 다음 백련암으로 올라가니 오후 한 시 십 분.

백련암으로 올라가는 차 안에서 아이가 그랬다.

"엄마, 이번에 해인사를 참 잘 온 것 같아. 불필 스님, 참 멋있다."

"그래, 네가 복이 있어서 스님을 만나게 된 거야. 삼천배 할 수 있겠니?"

"아침에 종정 스님께서 절을 하면 좋겠다고 하실 때부터 해야겠다는 생각이 들었어. 꼭 할 거야."

우리 두 모녀는 성철 스님의 조각상이 모셔져 있는 고심원 법당 밖에 자리를 잡고 절을 하기 시작했다. 고심원 법당엔 절하는 분들로 꽉 차 있었고, 밖에 방석을 놓아두었다.

백련암에선 〈백팔참회문〉 속의 부처님 이름을 부르면서 절을 하고 있었지만, 아이는 관세음보살님을 부르고 싶다고 했다.

"하다가 힘들면 쉬면서 해. 관세음보살님은 세상의 모든 소리를 다 들어주시는 분이야. 네가 원하는 것을 말씀드리렴. 꼭 들어주실 거야."

아이와 함께 한 삼천배가 끝난 시각은 다음 날 새벽 한 시 삼십 분. 정확히 절을 시작한 지 열두 시간 이십 분 만이었다.

"장하다! 내 딸!"

아이를 꼭 안고 등을 두드려주었다. 절을 하는 중간 잠깐씩 쉬고 다섯 시쯤 저녁공양을 한 다음 한 시간쯤 방에서 눈을 붙이고 일어난 것 말고는 쉬지 않고 절을 한 것이다. 힘들게 절을 하면서도 아이는 한 번도 못하겠다는 말을 하지 않았다. 평소 하던 속도로 아이와 함께 절을 하다 보니 나는 삼천배를 하고 그 반쯤은 더 했을 것이다. 아이가 내 팔을 잡은 채 절뚝거리며 계단을 내려오면서 말했다.

"엄마, 나 다시는 삼천배 못할 것 같아!"

삼천배를 처음 해본 사람이면 누구나 하는 소리를 아이도 역시 했다. 그러나 나는, 삼천배라는 고지에 한 번 오르고 나면 영원한 생명의 고향(불성)을 향한 그리움 때문에, 그리고 무엇보다 가슴속 깊이 시원해지는 그 개운한 맛 때문에 누가 시키지 않아도 다시 하게 된다는 말을 하지 않았다. 앞으로의 삶 굽이굽이에서 만나게 될 수많은 역경계 앞에서, 혹은 감사하고 싶은 순간 앞에서 삼천배 할 일이 얼마나 많은지도 말하지 않았다.

아이는 두고두고 기억할 것이다. 신심 깊은 많은 불자분들 틈에 끼어 보름달 빛 아래서 엄마와 함께 했던 첫 삼천배 정진을!

그리고 살면서 깨닫게 될 것이다. 그날, 삼천대천세계의 천신들이 자신을 내려다보며 얼마나 무한히 축복해주셨는지를. 그날 그렇게도 많이 불렀던 관세음보살님이 아주 오래도록 자신의 소원을 들어주고 계심을. 그리고 자신이 처음 삼천배 고지를 점령했던 그 도량이 걸출한 도인이 머물며 수많은 사람들로 하여금 삼천배를 하게 했던 곳이라는 것을!

불필 스님과 삼백배 약속을 한 아이는 아직은 하기 싫다는 이야기 없이, 두 주가 지난 지금까지 잘 지키고 있다. 어제는 엄마와 절을 하고 나더니 그런다.

"엄마! 절을 하면 부처님 가피가 있다더니 난 아직 못 느끼겠어!"

"그래? 엄마가 볼 땐 넌 벌써 가피를 받았는데?"

"응?"

"해인사에서 삼천배를 해낸 것이 그 첫 번째 가피, 그리고 또 하나!"

"?"

"너, 어제 엄마가 휴대전화 바꿔주었잖아."

이렇게 딸아이와 나는 진정한 도반이 되었다. 아이를 바라보는 내 마음도 무척이나 편해졌고 무엇보다 아이를 신뢰하는 마음이 깊어졌다.

그리고 장한 딸 덕분에 가피 하나를 첨가했다. 아이의 고등학교 생활이 끝날 때까지 함께 하루 삼백배를 하게 된 행운을 얻은 것 말이다.

반드시 돌아가야 할 영원한 생명의 고향을 향해 적극적 행보를 시작한 선재심 보살 장민수, 화이팅!

이 글을 쓸 때 고등학교 일 학년이었던 딸아이는 지금 불교회화를 전공하는 미대 삼 학년 학생이 되었다. 최근, 잘 그렸다고 소문난 어느 절 벽화를 함께 보러 가면서 딸에게 물었다.

"너는 인생이 뭐라고 생각하니?"

풋풋한 청춘을 구가하는 여대생의 인생 해석에 대한 대답이 궁금했다. 좀 생각한 다음 제 나름대로 그럴듯한 대답을 할 줄 알았더니 바로 대답이 날아왔다.

"모르겠어."

"모르고 살 순 없잖니. 인생을 알려면 어떻게 해야 한다고 생각해?"

"물어봐야겠지."

"누구에게?"

"나 자신에게. 답은 자신이 내리는 거니까."

# 어떤 이유로도 남은 생을 낭비할 순 없다

이번에 책을 내기 위해 또 여러 번 글을 읽었다. 수행은 반복하고 또 반복하는 것이며 지속적으로 반복하는 그 자체가 공덕이 된다는 말처럼, 선지식들의 말씀을 되풀이해 읽다 보니 인생이 얼마나 오묘하며 그 인생의 주인공인 우리가 얼마나 귀한 존재인가를 알겠다. 그래서 주어진 시간을 낭비해선 안 되겠으며 지금보다 삶을 더 정성스럽게 살아야 한다는 걸 알겠다. 출간을 준비하면서 이 책에 등장하는 몇 분의 스님들께 혹시 오류가 있으면 지적해달라는 주문과 함께 원고를 보냈다. 모든 분들이 바로 원고를 다듬어 보내주셨다. 어떠한 일에도 정밀하고 미루지 않으며 최선을 다하는 선지식들을 뵈면서 공부를 한 차례 더 했다.

책을 낼 때마다 감사드려야 할 분들이 많다. 취재를 다닐 때 노스님들께 아이스크림을 얻어먹으면서 말씀을 함께 들었던 아이들이 어느덧 대학생이 되었고 엄마의 도반이 되었다. 그 오랜 시간 취재길에서 만난 따스한 햇살과 바람, 암자의 오솔길에서 문득 스쳐 지나며 인생을 생각하게 하셨던 등 굽은 노스님들, 순수한 모습으로 초발심을 떠올리게 했던 행자님들, 맛있는 밥을 차려주셨던 공양주 보살님 등 모든 분들에게 진심으로 감사드리고 싶다. 나의 글을 읽고 격려해주었던 모든 분들, 특히 원고 전부를 세심히 읽으며 감수해주시고 신행생활에 모범을 보여주고 계신 경주 법사님 내외분과 카페 운영에 헌신을 아끼지 않는 운영진들, 그리고 함께 정진하고 있는 모든 도반님들에게 감사드린다. 평생도반 인월 거사님, 엄마의 잦은 부재에도 착하게 자라준 민수, 희수에게도 고마움을 전한다. 취재로 인해 먼 길을 오가는 딸을 항상 염려해주신 이재희 여사께 이 자리를 빌려 "평생 자식들을 위해 기도하고 계신 엄마, 감사해요"라는 말씀을 전하고 싶다. 그리고 누구보다 성심성의껏 주옥과 같은 말씀을 들려주신 선지식들께 감사의 삼배를 올린다. 평소 잠언처럼 가슴에 새겨둔, 청화 큰스님께서 수행자 한 분에게 보내셨던 편지 한 구절을 되뇌면서 후기를 맺는다.

"생명보다도 귀중한 시일을 미루고 미루다, 온갖 황혼의 마수에 걸려든 산승을 거울삼으시어, 진정 찰나도 자아성불을 떠나는 생활을 말으시기 바라나이다. 아직도 해는 지고 갈 길은 먼 형국이오나 남은 여생이나마 위선이 없는 불자, 임종에 당하여 후회 없는 수행자가 되고자 애타게 몸부림치고 있습니다. 현재 산승에게 필요한 것은 신앙과 정정과 독서뿐입니다. 그 무엇 때문에도 남은 생명을 낭비할 수는 없습니다."